Liebe stirbt nicht

Von Alica H. White

Buchbeschreibung:

Für mich ist die Liebe gestorben, fürchtet Anne, denn das Schicksal hat ihr hart zugesetzt. Von Männern will sie nichts mehr wissen. Lieber kümmert sie sich um ihren kleinen Sohn, denn der hatte es in seinem kurzen Leben nicht leicht. Deswegen zeigt sie nur wenig Dankbarkeit, als ihre Freundinnen ihr für eine Feier einen Tischnachbarn besorgen. Dummerweise ist der charmante Ciro verdammt attraktiv. Anne muss feststellen, dass zumindest ihr Hormonhaushalt noch ziemlich lebendig ist. Das ist fatal, denn Ciro ist ein berüchtigter Casanova ...

Ciro hatte sich eigentlich darauf eingestellt, ein langweiliges Mauerblümchen zu bespaßen, doch dass er bei dieser Feier auf seine zukünftige Ehefrau trifft, hätte er nicht erwartet. Sie ist so anders als all die anderen Frauen - seine Seelenverwandte. Jetzt muss er es nur noch hinbekommen, dass Anne das auch erkennt. Sie muss ihm glauben, dass er anders ist als all die anderen Männer. Eine knifflige Mission, denn die Fakten sprechen gegen ihn ...

Liebe stirbt nicht

Von Alica H. White

1. Auflage, 2021
© 2021 Alica H. White
Cover: © Kooky Rooster
Unter Verwendung von: Shutterstock Bildmaterial

Herstellung und Verlag:
BoD – Books on Demand, Norderstedt
ISBN: 9783753473451

Prolog Ciro

»Was hältst du von Fesselsex? Weißt du, ich steh total drauf.«

Verdammt! Da habe ich den ganzen Abend in diese Frau investiert und dann kommt sie kurz vor dem Ziel mit so was! Das darf ja wohl nicht wahr sein!

»Also, ich persönlich mag es nicht, wenn ich mich nicht bewegen kann«, antworte ich.

»Das meinte ich auch nicht. Ich steh auf dominante Männer. Ihr Italiener seid doch so Machos.«

Ich krause die Stirn. Hat sie wirklich so viel getrunken? »Echt jetzt? Am ersten Abend mit einem Fremden? So was machst du? Ist das nicht ein bisschen gefährlich?«

»Vielleicht. Das kribbelt doch so schön. Ist doch nur ein Rollenspiel.«

Da unterhalte ich mich den ganzen Abend über Lieblingsfarben, Lieblingsfilme, Lieblingsstars, Urlaubsziele, das Wetter, den Sternenhimmel und wer weiß nicht was ... und dann das! Ein Satz mit X. Nix.

»Möglich ... aber Rollenspiele sind ... anstrengend, wenn man den Partner noch nicht gut kennt«, wiegle ich ab, obwohl ich nicht mehr glaube, dass das noch etwas wird.

Ich bin ja für fast alle Rollenspiele zu haben. Krankenschwester und Patient, Chef und Sekretärin, Klempner und Kundin, meinetwegen auch Professor und Studentin, aber schon bei Cop und Diebin wird es brenzlig - sobald Handschellen ins

Spiel kommen. Machtgefälle sind so gar nicht meins.

Die Kleine sieht mich immer noch erwartungsvoll an, aber die Stimmung ist hin, selbst wenn wir keine Spielchen veranstalten würden. Nervös sehe ich mich um.

Mist, meine Freunde sind schon weg!

Ein Blick auf die Uhr sagt mir, dass der letzte Bus auch gerade gefahren ist.

Was nun?

Ich muss wohl oder übel noch schnell eine neue Braut klarmachen. Oder mir damit vier Stunden die Zeit totschlagen, denn dann fährt der erste Bus. Seit die Luft in den Kneipen klarer ist, weil keine Rauchschwaden mehr wabern, sieht man die Leute besser. Das ist nicht immer ein Vorteil. Hier in dieser Kneipe wird das Licht zu später Stunde heruntergedimmt. Wenn man es einmal braucht …

»Hallo? Redest du nicht mehr mit mir?«

»Sorry, ist keine Absicht. Aber ich glaube, dass es zwischen uns nicht so harmonieren würde.«

»Kann dir das nicht früher einfallen?«, murrt sie.

»Schon, aber dafür musst du deine Erwartungen früher kundtun.«

»Blöder Spaghettifresser!«, schnaubt sie und dreht sich weg.

Uff! Was für ein liebreizendes Wesen.

»Keine Ursache«, erwidere ich und nehme mir vor, endlich mit dem Tindern aufzuhören.

Ernüchtert sehe ich mich um. Es gibt nur noch eine Frau, die überhaupt infrage kommt. Eine Blondine, die so aussieht, als ob sie gerade gehen will. Das muss ich verhindern. Ich seufze bei dem Gedanken, dass mir jetzt wieder ein Gespräch über Lieblingsfarben, Lieblingsfilme, Lieblingsstars,

Urlaubsziele, das Wetter, den Sternenhimmel und wer weiß nicht was bevorsteht. Besser, ich trage es mit Fassung.

»Hallo. Bist du eigentlich öfter hier?«, will ich von ihr wissen.

»Warum?«

»Weil du mir so bekannt vorkommst.«

»Nur manchmal! Eigentlich mag ich es hier nicht besonders, habe nur meine Freundin begleitet.«

»Oh, wo ist deine Freundin?«

»Gerade mit ihrem Tinder Date abgehauen.«

»Und sie hat dich einfach so allein gelassen?«

»Nein, sie hat vorher gefragt.«

»Rein rhetorisch?«

»Könnte man so sagen.«

»Feine Freundin.«

»Ja, aber ich gönne es ihr. Sie hat gerade Liebeskummer. Und du?«, fragt sie, stützt ihren Kopf auf die Theke, während sie mich wohlwollend ansieht.

»Meine Freunde sind auch wegen eines Tinder Dates verschwunden.« Ist immerhin nicht gelogen, nur nicht gesagt, wessen Verabredung es war.

»Ätzend. Ich mag diese App nicht«, grummelt sie.

»Ich auch nicht. Und du hast sie sowieso nicht nötig, dafür siehst du viel zu gut aus.«

»Du bist süß, weißt du das?«, piepst sie und himmelt mich an. Sie lächelt ziemlich naiv.

»Danke, du auch. Ich trinke noch ein Bier. Magst du noch einen Prosecco?«, erkundige ich mich und gebe dem Barkeeper ein Zeichen, obwohl mir schon etwas duselig ist. Dies sollte besser das letzte Bier sein, sonst macht der Sex keinen Spaß mehr.

»Gerne, einen Aperol bitte. Aber Achtung, wenn ich zu viel getrunken habe, werde ich ziemlich wild«, verspricht sie.

»Tatsächlich? Und wenn mir gerade das gefällt?«, frage ich grinsend.

»Du bringst mein Herz ganz schön zum Klopfen«, sagt sie, schnappt meine Hand und legt sie auf ihre Brust.

Das Mäuschen gibt ganz schön Gas. Vielleicht hat sie ihren kritischen Alkohollevel, bei dem sie wild wird, schon erreicht. Und sie hat ganz schön Holz vor der Hütte, das gefällt mir. Ich liebe kurvige Blondinen! Ich muss mich beherrschen, nicht zuzupacken. Also testen wir die Sache mal an.

Entschlossen ziehe ich sie zu mir, um meine Lippen auf ihre zu pressen. Stürmisch dringt meine Zunge in ihren Mund und sie beantwortet ihn leidenschaftlich. Der Kuss wird immer ungezügelter, hingebungsvoll schmiegt sie sich an mich. Ihr Stöhnen vibriert bis in meinen Unterleib und lässt die Hose eng werden.

Zum Durchatmen rücke ich etwas ab und lächle sie an.

»Du bist so heiß, kein Wunder, dass die Polkappen schmelzen«, raune ich und zwinkere mit dem Auge.

Das Mäuschen grinst stolz. »Hmmm, deine Küsse machen richtig süchtig«, schwärmt sie.

»Deine Küsse berühren auch nicht nur die Lippen«, erwidere ich grinsend und stütze meinen Kopf mit dem Arm auf der Theke ab.

Die Kleine hält unschuldig ihr Köpfchen schief. Ihre langen blonden Haare fließen tief bis ins Dekolleté, das eine üppige Oberweite famos präsentiert. Sie ist die Richtige für heute Abend.

Ein Hoch auf Tinder!

Für eine Nacht kann ich da nichts falsch machen. Schließlich will ich mir nicht eine von den übriggebliebenen und meist betrunkenen Schnallen antun. So nötig habe ich es nun auch wieder nicht.

Sie lächelt provokant, während sie mit ihren Haaren spielt und mich dabei mustert.

»Du siehst hinreißend aus. Weißt du das?«, raunt sie.

Ja, ich weiß, denke ich und lächle. »Findest du? Aber an dich reiche ich nicht ran.«

»Verwegenes Lächeln, Lederjacke, perfekter Drei-Tage-Bart ... Und das Ganze mit einem Hauch von Macho. Die Frauen stehen auf dich, oder?«

Ich glaube, sie ist die Richtige für eine Bad-Boy-Nummer.

»Du bist wahnsinnig süß, aber definitiv zu lieb für mich. Ich warne dich besser jetzt«, drohe ich. Das klappt fast immer, weil es den sportlichen Ehrgeiz der Frau herausfordert.

»Sag einer an«, säuselt sie und sieht schräg zu mir hoch. »Weißt du, ich stehe total auf Bad Boys.«

Ja, das tun die meisten. Darum funktioniert dieser blöde Spruch ja auch so gut.

»Sicher, aber mich kann man nicht zähmen«, setze ich noch einen drauf.

»Wer sagt denn, dass ich das will?« Provokativ streicht sie mit den Fingern über ihr Dekolleté.

Meine Erfahrung, antworte ich in Gedanken und höre mich »Also, Klartext, ich will nur eine Nacht« sagen.

»Soso, du böser Junge. Vielleicht bin ich ja ein böses Mädchen«, haucht sie, während sie sich zu mir herüberbeugt und an meinem Ohrläppchen knabbert. Ihr heißer Atem streift meinen Hals und verschafft mir eine Gänsehaut, die sich bis in meinen Unterleib zieht und ein vielversprechendes Kribbeln auslöst. Das läuft ja einfacher als gedacht.

»Die Männer sind immer begeistert. Sie sagen, dass ich eine Meisterin im Blasen bin.«

Ich hole tief Luft. »Ja, dann ... Aber über eins musst du dir im Klaren sein: Ich bleibe nicht zum Frühstück.«

»Schon klar«, antwortet sie und streckt siegessicher ihre Brust heraus. »Das sagen alle.«

»Ich meine es auch so.«

»Wir werden sehen.«

Kapitel 1 Lieber nicht

»Anne, setz dich. Wie schön, dass du es zu unserem Geheimtreffen ohne Lea geschafft hast«, begrüßte sie Karina, als Anne in der Dorfkneipe eintraf. »Du kennst uns ja alle, oder?«

Anne nickte. »Ja klar, von der Babyparty für Lea.« Sie warf ihre langen Haare nach hinten, zog die Jacke aus und setzte sich auf den rustikalen Holzstuhl. Die Kneipe war gut besucht, der Lärmpegel entsprechend laut. Anne war schon lange nicht mehr in einem derartigen Lokal gewesen, überhaupt war sie schon lange nicht mehr aus gewesen.

»Die Babyparty ist ja schon ein paar Monate her«, meinte Frauke.

»Jepp, aber so schlecht ist mein Gedächtnis nun auch wieder nicht. Du bist Frauke, die mit diesem Sänger, Elias, zusammen ist, oder?«

Frauke lächelte und nickte. »Genau.«

»Und du bist Karina ... die Seele der Clique?«

»Oh, vielen Dank. Hat Lea das so erzählt?«, fragte Karina mit einem verlegenen Lächeln.

»Na ja, das hat man so mitbekommen. Du organisierst die Feier, da liegt es nahe.«

»Okay ...«, erwiderte Karina. »Mein Ruf eilt mir voraus.«

»Deinen Namen weiß ich nicht mehr«, sagte Anne und wandte sich an Ela. »Ach warte ... Manuela.«

Ela lächelte. »Im Prinzip richtig«, erklärte sie. »Aber ich mag den Namen nicht besonders. Nenn mich Manu oder Ela, je nachdem, was du schöner findest, machen das alle anderen auch so.«

»In Ordnung, also, hallo Ela«, grüßte Anne mit einem Nicken.

»Trinkst du auch ein Alt?«, fragte Karina.

»Warum nicht? Ich bin mit dem Fahrrad da«, meinte Anne schulterzuckend.

Karina gab dem Kellner ein Zeichen.

Anne sah sie fragend an, als die Bedienung nur kurze Zeit später das Bier auf den Tisch stellte.

»Ähm, wir haben hier seit Jahren unsere SatV Treffen, da wissen die, was wir wollen«, erklärte Karina grinsend.

»Sex and the Village ... ich weiß«, grinste Anne. »Lea hat ja lange genug bei mir gewohnt.«

»Jedenfalls finde ich es toll, dass ihre Geburtstagsfeier bei dir im Garten stattfinden kann«, warf Frauke ein.

»Ist doch Ehrensache. Der Garten ist ja groß genug«, antwortete Anne. »Der Garten und auch das Haus ... zu groß, aber ich hänge einfach dran.«

Anne liebte die Gründerzeitvilla ihrer Eltern, in der sie aufgewachsen war, auch wenn der Garten verwilderte und Teile des Hauses nicht mehr bewohnt waren. Es war die Erinnerung an eine sorglose, glückliche Kindheit und irgendwie versprach es die Hoffnung, dass dieses Glück dort noch einmal wieder zurückkehren würde.

»Nachdem Lea ausgezogen war, musste ich mich erst einmal wieder dran gewöhnen, dort auch allein zu sein. Solche Feiern bringen Leben ins Haus.«

Die anderen Mädels nickten. Anne wusste nicht, wie gut sie über ihre Geschichte informiert waren. Aber wie sie Lea kannte, hatte sie denen nur das

Nötigste verraten. Ihre beste Freundin redete nicht viel über andere und Schlechtes kam ihr schon gar nicht über die Lippen. Das war etwas, was sie an ihr sehr schätzte.

»Also, lass uns anfangen, denn mein Babysitter hat noch eine Verabredung«, drängte Karina. »Ich habe hier schon mal die Gästeliste. Es sind sechzehn Leute, mit dir siebzehn.«

»Das dürfte kein Problem sein, aber was macht ihr bei schlechtem Wetter?«, fragte Anne.

»Vielleicht könnten wir kurzfristig einen größeren Pavillon aufstellen?«, spekulierte Frauke.

»Die Bierlieferanten verleihen ja auch Zelte«, ergänzte Ela.

»Aber so kurzfristig?«, meinte Karina.

»Das muss auch gar nicht sein. Ich könnte unsere Garage ausräumen ... beziehungsweise bräuchte ich dann ein paar helfende Hände zum sauber machen und dekorieren, falls nötig. Die Garage ist sicher groß genug«, erläuterte Anne.

»Klar bekommst du die. Aber beten wir mal, dass das Wetter uns nicht im Stich lässt«, sagte Karina und holte einen Block und Stift aus der Tasche. »Dann lasst uns mal in die genauere Planung gehen ... Ich sehe nur noch ein Problem.«

»Und das wäre?«, fragte Anne.

»Hier stehen nur Pärchen auf der Gästeliste. Du wärst der einzige Single.« Karina schaute hoch und blickte Anne abwägend an.

Die nahm einen großen Schluck von ihrem Bier, bevor sie antwortete. »Da sehe ich gar kein Problem. Auf einen Mann kann ich gerne verzichten. Ich bin es gewohnt, allein zu sein.«

»So allein zwischen lauter Pärchen, kommst du dir da nicht blöd vor?«, fragte Frauke.

»Also, ihr denkt ja wohl nicht daran, Thorsten einzuladen?«, fragte sie irritiert.

Die anderen Frauen schüttelten entrüstet den Kopf. »Was denkst du von uns?«

Anne hatte keine Ahnung, wie sie auf diesen schrägen Gedanken gekommen war, dass die Freundinnen von Lea ihren Exmann Thorsten einladen könnten. Der hatte sich nicht nur während der Scheidung bei ihr, sondern danach auch seiner neuen Partnerin Lea gegenüber, ziemlich übel benommen.

»Aber es ist doch blöd, bei einer Feier der einzige Single zu sein«, bestätigte Karina.

»Mir macht das nichts aus – wirklich«, bekräftigte Anne.

Mit dem Thema Mann hatte sich Anne lange auseinandergesetzt und war zu dem Schluss gekommen, dass sie kein Exemplar dieser Gattung brauchte, um ein gutes Leben zu führen. Ihr Job und der kleine Linus waren genug, um glücklich zu sein.

»Weiß denn keiner von euch einen Sitzpartner für Anne?«, fragte Karina hartnäckig und blickte auffordernd in die Runde.

»Soll das hier ein Verkupplungsversuch werden, oder was?«, grummelte Anne.

»Hehe! Wer wird denn gleich so was denken? Mir fällt da gerade jemand ein, Lucas Bruder Ciro«, warf Ela ein. »Ein kleiner Playboy, aber sehr charmant. Auf jeden Fall ist er gut für einen amüsanten Abend.«

Anne hob abwehrend die Hände. »Bitte keinen italienischen Casanova. Das hat mir gerade noch gefehlt.«

Als Ingenieurin war Anne Frau in einem Männerberuf. Durch ihren Job musste sie auch reisen und hatte die Erfahrung gemacht, dass all die Klischees über italienische Männer leider meistens zutrafen.

»Aber als Begleitung für einen Abend? Angeblich will er neuerdings sogar solide werden«, pries Ela ihren Fast-Schwager an.

»Auf keinen Fall!«, antwortete Anne ärgerlich. »So nötig hab ich einen Entertainer bestimmt nicht. Ich kann ja die Kinder bespaßen, falls mir doch langweilig wird.«

»Kommt nicht in Frage. Auf dem Geburtstag deiner Freundin bist du Gast. Außerdem haben wir dafür jemanden engagiert, damit es kein ›Kindergeburtstag‹ wird. Es reicht schon, wenn du die Location stellst«, erklärte Frauke mit Gänsefüßchenfingern.

»Es kann doch nie schaden, neue Leute kennenzulernen«, lockte Karina.

»Aber keinen Aufreißer bitte«, verteidigte sich Anne.

»Aufreißer?!«, entrüstete sich Ela. »Ciro ist nett! Er ist vielleicht etwas … speziell, aber unterhaltsam. Keiner verlangt, dass du mit ihm flirtest, das liegt in deiner Hand. Also, wo ist das Problem?«

»Ja, wo ist das Problem?«, meinte auch Karina.

»Was spricht gegen eine nette Unterhaltung?«, ergänzte Frauke.

»Die wird nicht nett sein, sondern verkrampft! Außerdem kenne ich mit Thorsten genug Luftikusse für den Rest meines Lebens.« Genervt kippte Anne den Rest ihres Bieres herunter und stellte das leere Glas energisch auf den Tisch. Die Freundinnen zuckten zusammen.

»Noch eins bitte. Kannst du ihm das Zeichen geben?«, wandte sie sich an Karina, die ihre Stirn kraus zog, dann aber tat, was Anne wollte.

»Du sollst ihn ja nicht heiraten«, beschwichtigte Ela. »Wir wollen doch nur, dass alle ihren Spaß haben.«

»Den hab ich auch so.« Anne kreuzte ihre Arme vor der Brust. »Ich will nicht angebaggert werden. Ich hab ein für alle Mal genug von den Männern.«

Ela sog scharf die Luft ein. »Ich mag Ciro jedenfalls sehr gern. Er ist wirklich hilfsbereit und nimmt das Leben dabei von der leichten Seite. Du brauchst wirklich keine Angst haben, dass es verkrampft wird«, verteidigte sie ihren Vorschlag. »Und wenn ich ihm sage, dass er dich nicht anbaggern soll, dann macht er das bestimmt nicht.«

Anne verdrehte die Augen. »Hört sich nicht sehr überzeugend an«, meckerte sie.

»Nun sei doch keine Spaßbremse«, forderte Frauke. »Was hast du schon zu verlieren?«

»Genau, du willst doch sicher nicht, dass wir ein schlechtes Gewissen bekommen und dir deswegen ständig irgendwelche Gespräche aufdrängen«, bekräftigte Karina.

Anne sah entgeistert aus. »Ihr redet mich schwindlig. Womit habe ich das nur verdient? Nochmal zum Mitschreiben: Ich brauche keinen Mann! Ich bin mit meinem Leben zufrieden, so wie es ist.«

»Nochmal zum Mitschreiben: Wir wollen dich nicht verkuppeln! Wir wollen nur, dass du dich nicht wie das fünfte Rad am Wagen fühlst«, erregte sich Ela.

»Nun lass schon gut sein«, schlichtete Karina. »Wer nicht will, der hat schon.«

Anne sah in die Runde, alle drei wirkten ein wenig beleidigt. Sie seufzte. Die Mädels meinten es nur gut.

»Ist ja schon gut ... meinetwegen«, lenkte sie ein. Sie könnte diesen Kerl ja immer noch ignorieren, wenn er ihr auf den Geist ging. Damit war er hoffentlich zu vergraulen, ansonsten hatte sie ja durch ihre Arbeit gelernt, sich gegen lästige Männer zu wehren.

»Wenn er nervt, garantiere ich für nichts«, warnte sie vorsichtshalber.

Ela nickte. Ein zufriedenes Grinsen erschien auf ihrem Gesicht.

»Es wird bestimmt gut«, tröstete Frauke und klopfte Anne dabei aufmunternd auf die Schulter.

Anne bleckte kurz die Zähne.

»Puh!«, Karina wischte sich dramatisch den imaginären Schweiß von der Stirn und nahm einen kräftigen Schluck aus ihrem Glas. »Das war ein hartes Stück Arbeit. Können wir jetzt endlich zur Planung übergehen?« Sie hob den Block auffordernd in die Höhe.

»Ja, kommt. Ganz in meinem Sinne, ich kann auch nicht so lange bleiben«, erklärte Ela. »Lina muss zum Fußball und Luca und Ciro sind noch in ihrem Motorradladen.«

»Also, dann macht mal Vorschläge«, forderte Karina und brachte den Stift in Position. »Wer kümmert sich um was? Ich höre.«

»Mama!«, rief Linus und lief in die ausgebreiteten Arme von Anne.

Es war schon eine kleine Kraftanstrengung nötig, um ihren Sohn auf den Arm zu heben. »Ahrrr, du wirst immer schwerer, mein Großer«, stöhnte sie. Ihr Sohn drückte ihr einen feuchten Kuss auf die Wange. »Hast du Bier getrunken?«, fragte er entrüstet und schob sich nach hinten, um Abstand zu gewinnen.

»Ich dachte, du warst shoppen«, argwöhnte Lea, die jetzt auch ihre Freundin erreicht hatte.

»War ich auch, aber es war so heiß und da hatte ich auf einmal einen Bierdurst und hab mir ein Radler gegönnt«, verteidigte sich Anne. Mit schlechtem Gewissen setzte sie Linus wieder ab. Sie hätte sich das Bier verkneifen sollen, Lea wurde skeptisch. Auf keinen Fall wollte sie die Überraschung verderben.

»Ich hab auch immer Lust auf Bier, wenn es so heiß ist«, erklärte Lea.

»Okay«, sagte Linus und verschwand umgehend im Haus.

»Trinkst du noch etwas mit mir? Alkoholfrei natürlich«, fragte Anne.

»Nein, danke, ich muss zurück. Tim muss noch mal weg«, antwortete Lea und umarmte ihre Freundin tröstend. »Nächstes Mal.«

»Okay, mach's gut. Grüß Tim und danke fürs Babysitten«, erwiderte Anne. Dabei konnte sie die Enttäuschung nicht ganz verbergen.

»Tut mir wirklich leid«, bekräftigte Lea schulterzuckend.

Anne nickte. »Mach dir keinen Kopf«, erklärte sie lächelnd. »Das nächste Mal.«

Lea nickte, drehte sich um und hob den Arm zum Abschied. »Tschüss, Anne. Bis bald.«

»Tschau, Lea.«

Kapitel 2 Bad Boys bleiben nicht zum Frühstück

»Hmmm, komm doch noch einmal zurück«, murmelte das Mäuschen und streckte die Arme nach Ciro aus.

Ciro streckte die Beine aus dem Bett und fuhr sich durch die Haare, bevor er sich zu ihr umdrehte.

»Du weißt doch, das geht nicht, meine Zuckerschnecke«, antwortete Ciro und griff eilig nach seiner Hose.

Sein Fluchttrieb setzte meistens sofort ein, wenn er nüchtern wurde. Bei dieser Frau war der besonders stark und trieb ihn zur Eile. Denn entgegen ihren Beteuerungen vom Vorabend, wollte sie mit ihm ganz bestimmt mehr als eine heiße Nacht verbringen. Doch leider wusste er schon genug, um zu wissen, dass sie für einen Beziehungsversuch nicht geeignet war.

»Ach, so ein Blödsinn. Alles ist möglich, hast du gestern selbst gesagt«, schmollte sie.

»Ich rede zu viel, wenn der Abend lang ist. Außerdem habe ich gleich klargemacht, dass ich nicht bleibe«, antwortete er und schloss den Hosenknopf.

Ihre weiche Hand streichelte seinen Arm. Lächelnd betrachtete er die üppigen Rundungen seiner Bettgespielin, deren Namen er wieder einmal vergessen hatte. Oder hatte er gar nicht danach gefragt? Ciro rieb sich über die Augen. Die Erinnerungen kamen wie durch einen Nebel zurück. Es war wieder mal ein Glas zu viel gewesen. Das musste endlich mit dem Saufen aufhören. Er hasste dieses Katergefühl.

Weich und verführerisch lag sie da. Es wäre ein Genuss, noch sich einmal ineinander zu verlieren. Gerne hätte er ihrer Aufforderung Folge geleistet, aber das würde die falschen Signale senden. Deshalb machte er aus seinen Absichten nie ein Geheimnis. Alles, was die Bindung verstärkte und die Hoffnungen schürte, war zu vermeiden – jedenfalls, solange man nicht sicher war, wen man vor sich hatte. Und bei ihr war er sich mittlerweile sicher, dass sie außerhalb des Bettes zu der anstrengenden Sorte Frau gehörte.

»Nur noch ein bisschen kuscheln ... plaudern und vielleicht noch schön gemütlich frühstücken?«, bettelte sie.

Okay, er musste seine Strategie ändern.

»Das ist gefährlich ... für mich und für dich, das weißt du doch«, erwiderte er ernst.

»Aber warum? Ich versteh's nicht. War es denn nicht schön?«

Ciro lächelte, was ihm nicht schwerfiel. »Doch natürlich war es das. Das dürfte dir nicht entgangen sein«, antwortete er und überlegte, was man zu ihrem Trost noch antworten könnte. »Genau das ist doch das Gefährliche. Du weißt doch hoffentlich noch, dass ich dich gewarnt habe.«

»Ja, ja, Bad Boys bleiben nicht zum Frühstück«, wiederholte sie genervt. »Aber wir hatten doch beide getrunken.«

»Richtig. Aber das ist es, Betrunkene und kleine Kinder sagen immer die Wahrheit. Außerdem war ich nüchtern genug, dir keine falschen Hoffnungen zu machen.«

»Damit keiner sein Herz verliert.«

»Genau, denn du weißt, du würdest nicht glücklich mit mir werden«, erklärte er.

Die üppige Schönheit seufzte.

»Also ehrlich, ich finde, du bist überhaupt kein richtiger Bad Boy. Du gehörst nicht zur Mafia, obwohl du Italiener bist«, schmollte sie und spielte mit einer ihrer blonden Locken.

Ciro verdrehte innerlich die Augen. Er wollte doch gar keiner sein. Was fanden die Frauen nur daran?

»Ich bin Deutscher, italienischer Abstammung.«

»Okay, meinetwegen. Trotzdem hast du zwar ein Motorrad, bist aber kein Rocker.«

»Sei doch froh.«

»Bin ich ja auch ... vielleicht. Aber findest du nicht, dass ein richtiger Bad Boy wenigstens ein Tattoo bräuchte?«

»Pfft«, Ciro entließ laut die Luft. »Tattoo? Muss ich denn sooo bad sein, um dir das Herz zu brechen?«

»Hm, ich steh auf Männer, die etwas Verwegenes an sich haben.«

»Siehst du, ich bin viel zu gewöhnlich für dich«, nahm er erleichtert die Vorlage an.

»Nein, stimmt nicht. Du hast schon was Verwegenes.«

»Tatsächlich?«

»Ich frag mich bloß, warum nie einer von deiner Sorte zum Frühstück bleiben will.«

»Noch nie ist einer zum Frühstück geblieben?«

»Na ja, keiner, von dem ich es mir gewünscht hätte. Warum ist das bloß so?«

Ciro biss sich fast auf die Lippe. Was sollte er diesem Törtchen antworten?

»Weil du dir immer die falschen Männer angelst, Süße. Du hast etwas Solideres verdient«, tröstete er sie.

Das Mäuschen nickte einsichtig und steckte sich den Finger in den Mund, das wie eine obszöne Geste wirkte. Sie sah ihn an, als ob sie lieber seinen Schwanz anstelle des Fingers dort hätte. In was für einem Film war er da nur wieder gelandet? Billigster Porno? Es war höchste Zeit, zu verschwinden.

»Tut mir leid, ich muss jetzt gehen«, erklärte er nachdrücklich und griff nach seinem Shirt.

Die Zuckerschnecke räkelte sich noch einmal nachdrücklich lasziv und weckte damit instinktiv sein Bedürfnis, sich doch noch einmal in ihr weiches duftendes Fleisch zu vergraben. Verführen konnte sie, das musste man ihr lassen – doch gerade das war gefährlich. Diese Art von Fehler hatte er schon öfter bereut.

Die Kleine wusste, womit man Männer lockte. Sie fasste sich an ihre Brüste, hob sie hoch und streichelte über die Nippel, die sich sofort zusammenzogen.

Ciro sah sie wie hypnotisiert an und schluckte mehrmals.

»Meine Mädels würden gerne noch spielen. Gönn ihnen doch eine Nachspielzeit«, lockte sie.

Automatisiert nickte er, während sich in seiner Hose etwas regte.

Jetzt aber schnell! Ciro schlüpfte eilig in die Lederjacke.

Die dralle Schönheit zog alle Register und ließ ihre Finger über den flachen Bauch, Richtung Venushügel gleiten.

Ciros Blick hing wie gefangen an den langen, knallrot lackierten Nägeln. Oh Mann, das war ein Porno der besseren Sorte. Immer mehr Blut sammelte sich in seinem Unterleib. Sein Atem ging schneller, als sie die Beine spreizte und ihre Finger genießerisch in die Spalte führte. Mit einem sinnlichen Laut leckte sie sich mit der Zunge über ihre prallen Lippen.

»Komm, küss mich wenigstens noch einmal«, flüsterte sie.

Das war ein wenig too much. Nervös fuhr er sich durch die Haare.

»Tschüss, meine Hübsche«, sagte er, bevor er ihr ein Abschiedsküsschen auf die Wange drückte. »Es ist besser, wenn es das bleibt, was es war. Eine außergewöhnliche Nacht, mit wahnsinnig gutem Sex. Lass uns das nicht entzaubern.«

Die Süße schien durch die Worte getröstet zu sein, denn ihre Augen leuchteten bei der Schmeichelei.

Weggelobt.

»Mach's gut«, verabschiedete er sich freundlich.

»Mmmm, deine Lederjacke riecht so gut. Sie passt zu einem Bad Boy. Bitte, nur noch einen Kuss«, bettelte sie.

Seufzend setzte sich Ciro noch einmal aufs Bett und ließ sich zu einem flüchtigen Kuss heranziehen.

»Ich muss jetzt aber«, sagte er, als er sich wieder löste.

Vor gar nicht allzu langer Zeit war er auf ähnliche Weise in eine Maschinerie hineingeraten, aus der er sich nur schwer wieder befreien konnte. Frauen wehtun, war einfach nicht sein Ding. Komplikationen waren nur zu verhindern, wenn man zu große Nähe am Anfang vermied. Sollte es mehr sein, konnte man ja immer noch nachlegen.

»Na gut, wenn es sein muss«, maulte sie. »Nimmst du mich dafür wenigstens mal auf deinem Motorrad mit?«

Fuck, sie war also ein Klammertyp. Hätte er nicht so viel Alkohol getrunken, hätte er es sicher besser eingeschätzt.

»Eher nicht. Ich will uns nicht in Versuchung führen.«

»Soll ich dir meine Nummer geben, falls du noch mal Lust auf grandiosen Sex hast?«, bettelte sie.

»Ach, besser nicht. Du könntest mir wirklich gefährlich werden.« Hoffentlich kam das überzeugend genug rüber.

Kam es. Die Süße strahlte.

Er erwiderte ihr triumphierendes Lächeln mit einem schiefen Grinsen und zuckte mit den Schultern, bevor er sich umdrehte. Als er das Zimmer verließ, gab er sich große Mühe, dass es nicht zu sehr nach Flucht aussah.

Draußen atmete er einmal tief durch, bevor er sein Handy wieder anschaltete, denn das hatte er vorsichtshalber bei Dates immer aus.

Die Sonne stand schon hoch am Himmel und blendete seine alkoholgeschwächten Augen. So nahm er die Sonnenbrille aus der Tasche der Jacke und setzte sie auf. Prüfend warf er einen Blick in das spiegelnde Schaufenster und glättete sein Haar, bis er halbwegs zufrieden war.

Jetzt musste er sich beeilen, um den Bus nach Hause zu erwischen. Der Bus war ziemlich leer, ein paar Leute saßen hinter dem Busfahrer. Sofort, nachdem er zugestiegen war, setzte sich das

Fahrzeug wieder in Bewegung. Ciro ging bis hinten durch und wählte einen Platz auf der Rückbank.

Wie immer bei solchen Gelegenheiten holte er sein Handy hervor. Er seufzte leise, als er eine Nachricht von Kira entdeckte. Bei ihr hatte er den fatalen Fehler gemacht und sich zu schnell überreden lassen. Kira war aber auch eine Süße ... So etwas mied er jetzt wie der Teufel das Weihwasser.

Leider hatte er kurz darauf festgestellt, dass sie nicht nur klammerte, sondern auch noch einiges mehr von ihm verlangte. So sollte er keine Motorradfahrten mehr machen, weil sie sonst Angst um ihn hatte. Die Haare waren zu lang, der Bart zu kurz – oder war es umgekehrt? Auf jeden Fall bereute er es schnell. So leicht würde er sich nie wieder einwickeln lassen.

Kira war ja eigentlich ein liebes Mädchen, aber als sie dann auch noch verlangte, keine Testvideos für Motorräder zu drehen, war es eindeutig zu viel.

Um das Geschäft im Motorradladen anzukurbeln, hatte er schon vor längerer Zeit damit angefangen, auf YouTube Testvideos hochzuladen. Kurze Zeit später meldeten sich Motorradhersteller bei ihm, weil ihnen die Präsentationen gefielen. Aber nicht nur die Hersteller sprach es an, es interessierten sich plötzlich auch auffallend viele Frauen für den Laden, den er mit seinem Bruder zusammen aufgebaut hatte. Wahrscheinlich hatte Kira nur Angst, dass andere Frauen ihn in den Filmchen zu sexy fanden.

Da sein Bruder Luca eher eine Spaßbremse war, wurde er zum alleinigen Nutznießer des weiblichen Interesses. Zunächst hatte er es sogar genossen, doch mittlerweile überforderte es ihn – und das sollte was heißen.

Luca war seit kurzem unter der Haube und Ciro spürte so etwas wie Neid. Auch er wollte sich so richtig verlieben und endlich die von den Eltern schon lange geforderte Familie gründen. Leider war das schwieriger als gedacht und verleitete ihn in letzter Zeit zu unüberlegten Handlungen.

Wenn er mit Kira wenigstens gute Gespräche geführt hätte, aber ihre Interessen überschnitten sich kaum, deshalb waren die Unterhaltungen oft verkrampft. Diese Art der Beziehung war auf Dauer nicht befriedigend, da konnte der Sex noch so gut sein.

Ciro schob seine Brille hoch und sah nachdenklich aus dem Fenster. Bei fast allen Frauen, die er ernster ins Auge gefasst hatte, lief es so oder ähnlich ab. Erst die ganz großen Gefühle, dann die große Langeweile. Da war es besser, wenn sie keine Telefonnummern hatten.

Jetzt forderte Kira ständig ›letzte Gespräche‹ ein, bei denen er nie wusste, was er sagen sollte. Und um sie ›wegzuloben‹, war die Beziehung leider zu weit fortgeschritten. Die Situation war verfahren.

Der Bus stoppte, Ciro musste aussteigen.

Von der Haltestelle bis zu dem Motorradladen waren es nur ein paar Schritte. In der Werkstatt stand sein Motorrad, mit dem er heute noch eine Tour machen wollte. Er fuhr nie damit, wenn er etwas trinken wollte. Es war herrliches Wetter, die Mittagssonne brannte vom Himmel. Dadurch wurde ihm in der Lederjacke schon nach ein paar Schritten heiß. Der Fahrtwind würde ihn gleich wieder kühlen.

Voller Vorfreude schwang er sich auf die Sitzbank und startete das Motorrad. Die Vibrationen ließen ihn entspannen. Er atmete tief durch und genoss die vertraute Geruchsmischung aus Leder, Helm und einer Prise Abgase.

Ein paar Mal ließ er den Motor aufheulen, bevor er die Füße auf die Pedale schwang und losfuhr. Der Weg auf der Landstraße war länger, aber spannender. Ciro genoss Licht und Schatten der vorbeiziehenden Landschaft. Ein großartiges Gefühl von Glück und Freiheit überkam ihn. Auf dem Motorrad war er ein anderer Mensch.

Leider war der Weg nach Hause viel zu kurz, deshalb überlegte er, ob er nicht gleich die Tour dranhängen sollte. Sein Magen knurrte. So entschied er sich, dass er vorher besser frühstückte, und schlug den Weg nach Hause ein.

Kapitel 3 Der Vorschlag

Um dem ständigen Genörgel seiner Eltern zu entgehen, war er mit seinem Bruder in ein kleines Vororthäuschen gezogen. Ciro war ihm sehr dankbar für die Wahl ihres gemeinsamen Hauses. Es hatte eine günstige Lage mit der guten Verkehrsanbindung in die Altstadt. Dort war er fast jedes Wochenende, um zu feiern.

Meist fuhr er mit dem Bus, doch bei schönem Wetter mit dem Motorrad. Dann trank er natürlich nichts, sondern traf nur ein paar Kumpels. Oft übernachtete er auch bei ihnen, so konnte er am Sonntag mit ihnen gleich eine Tour starten. Doch auch seine Freunde kamen nach und nach im Ehehafen an und begannen sich fortzupflanzen, darum blieb immer weniger Zeit für das gemeinsame Hobby.

Wer hätte gedacht, dass ausgerechnet er sich einmal übriggeblieben fühlen würde? Ciro war immer öfter gezwungen, allein zu fahren. Motorradfahren war für ihn das Größte – je schneller, desto besser. Er hatte sein Hobby zum Beruf gemacht.

Eine Zeitlang waren sogar Motorradrennen seine Leidenschaft, die er aber seiner Mutter zuliebe aufgegeben hatte. Irgendwann war es dadurch auch mit den Testfahrten für einen Reifenhersteller vorbei, deshalb hatte er jetzt am Wochenende meistens frei und konnte – oder musste - sich auf andere Weise die Zeit vertreiben.

Was konnte man nach einer arbeitsreichen Woche Besseres tun, als in der Altstadt einen drauf zu machen? Mit seinen Kumpels in der Stammkneipe abhängen und quatschen, bevor man sich etwas zur weiteren Entspannung suchte ... Das hatte auch etwas und war in seinem bisherigen Leben definitiv zu kurz gekommen, denn für die Motorradrennen musste man brennen und viel Zeit opfern, da stand alles andere zurück.

In der Woche genoss er die ruhige Lage des neuen Hauses und spielte oft mit Lina, der Tochter von Lucas Freundin Ela. Dabei wurde ihm jedes Mal bewusst, wie sehr er sich nach eigenen Kindern sehnte. Doch Ela, die Nachbarin, war ja leider mit seinem Bruder zusammen.

Leider? Nein, bei genauer Betrachtung würde sie wohl auch nicht zu ihm passen. Er brauchte eine Herausforderung. Eine Frau auf Augenhöhe, an der man sich reiben konnte – geistig wie körperlich. Dafür wäre Ela nicht taff genug, denn die war eine Frau, die sich gerne an einer starken Brust anlehnte.

Auf dem Weg zu seinem Haus überlegte er mal wieder, wie seine zukünftige Traumfrau aussehen sollte. Blonde Mädels waren ja hübsch, aber oft eingebildet und wenn sie das nicht waren, dann fehlte ihnen meistens irgendetwas anderes. Andererseits konnte die Haarfarbe kein Hindernis sein, also war auch eine Blonde okay, wenn es passte. Leider war das die Krux. Irgendetwas vermisste er immer, auch ohne die Äußerlichkeiten zu bewerten.

Waren seine Ansprüche wirklich zu hoch?

Möglich, aber wenn es so war, dann war das eben so. Er konnte sich doch nicht für eine Frau verbiegen. Damit wären beide nicht glücklich und die Katastrophe absehbar.

Ciro seufzte. Seine Mutter fragte ständig nach seinem Liebesleben und ermahnte ihn, dass sie Enkelkinder von ihm erwartete. Manchmal hasste er seine italienischen Vorfahren, die ihm diesen ausgeprägten Familiensinn von Anfang an beigebracht hatten und ihm jetzt damit das Leben schwer machten.

Friedlich leuchtete das Weiß des kleinen Siedlungshäuschens in der Sonne, als er durch den Vorgarten darauf zuging. Es war hier so ruhig und idyllisch. Auch wenn die Gründe für den damaligen Einzug mit seinem Bruder alles andere als beschaulich gewesen waren. Die Dinge hatten sich geklärt und die Lage in der Familie hatte sich beruhigt.

Eigentlich war hier ein perfekter Ort, um Kinder großzuziehen. Leider war das Haus zu klein für zwei Familien und sein Bruder würde sicher über kurz oder lang eigene Kinder haben wollen. Er wäre also bald auch hier das fünfte Rad am Wagen. Noch ein Argument für eine feste Beziehung.

Mit einem »Hallo, ich bin's«, warf er die Schlüssel auf die Kommode im Flur und ging in die große Küche. Er liebte diese Wohnküche und war froh, dass er nicht allein war.

»Hallo, Brüderchen«, empfing ihn sein Bruder, der Ela auf seinem Schoß innig umarmte.

»Hi, Ciro«, begrüßte sie ihn. Die Arme um den Hals seines Bruders geschlungen, schenkte sie ihm ein warmes Lächeln, bevor sie sich wieder Luca zuwandte.

Die beiden Turteltäubchen schnäbelten weiter und Ciro schaute kurz neidvoll zu, bevor er sich mit einem Kaffee ablenkte.

»Na? Arbeitet ihr fleißig an meinem Neffen?«, fragte er spöttisch, während er sich an den Tisch setzte.

»Nur kein Neid«, antwortete Luca. »Im Moment noch nicht, da sind wir uns einig.«

»Nein, es ist besser, wenn ich erst mal die Ausbildung zu Ende mache«, erklärte Ela.

»Also kann ich bei unseren Eltern von euch auch keine Entlastung erwarten. Alles liegt mal wieder auf meinen Schultern«, scherzte Ciro augenzwinkernd.

»Sorry«, lachte Luca. »Aber wie sieht's mit deiner Nicole aus? Die hat hier gestern Abend angerufen und nach dir gefragt.«

»Arrrg«, entfuhr es Ciro, er verzog das Gesicht. »Diese Frau hat wirklich Stalkerqualitäten.«

»Tse tse tse«, schüttelte Luca den Kopf. »Wolltest du nicht solide werden?«

»Das bin ich doch. Ich lebe hier mit dir.«

»Du weißt, was ich meine. Das hattest du kürzlich großartig verkündet.«

Ciro seufzte. »Das Projekt gestaltet sich schwieriger als gedacht.«

»Hmmm, ab einem gewissen Alter ist es echt nicht so einfach. Alle guten Partner sind weg und übrig bleiben meist nur die, die eine Macke haben«, meinte Ela grinsend.

»Ist dir eigentlich klar, dass du dich um Kopf und Kragen redest?«, drohte ihr Luca scherzhaft. »Immerhin war ich auch lange Single.«

»Das muss ich wohl nicht kommentieren«, gab Ela feixend zurück.

»Warte, du Frechdachs!«, warnte Luca und gab ihr mit einem strafenden Blick einen Klaps auf den

Hintern. Ela schnappte nach Luft, sofort war die erotische Spannung im Raum spürbar.

Ciro verdrehte die Augen. Dieses Getue war absolut nicht sein Ding. »Könnt ihr euch nicht zusammenreißen, solange noch anständige Bürger im Raum sind?«

Luca sah überrascht auf. »Anständige Bürger? Wo haben die sich denn versteckt?«, scherzte er. »Also für mich ist jemand, der seine Frauen häufiger wechselt als seine Unterhosen, nicht unbedingt anständig.«

»Hast du deinen Humor verlegt? Außerdem bin ich doch die ganze Zeit auf der Suche nach der Richtigen«, knurrte Ciro.

»Ich bezweifle nur, dass du die auf Tinder findest ... oder in der Kneipe«, gab Luca zurück.

»Die anderen Portale sind auch nicht besser«, mäkelte Ciro.

»Wer ernsthaft an einer Beziehung interessiert ist, gibt Geld aus, um sich an einem seriösen Portal anzumelden.«

Ciro stöhnte. »So nötig hab ich's auch wieder nicht.«

»Ela, kennst du vielleicht ein Wunderweib für Ciro?«, fragte Luca.

»Hmmm, schwierig, schwierig. Ich kenne eigentlich nur eine Singlefrau. Anne. Willst du sie kennenlernen? Aber ich glaube, die will von Männern absolut nichts mehr wissen.«

»Oh, ich liebe Herausforderungen«, freute sich Ciro und verwarf die Skepsis, dass das Gespräch choreographiert wirkte.

»Nein. Sie bräuchte nur einen Gesellschafter für die Geburtstagsfeier von Lea.« Ela schüttelte den Kopf.

Ciro wurde hellhörig. »Gesellschafter? So eine Art Escort?«

»Ja, aber ohne ... Extras. Sie hat zu schwere Zeiten durchgemacht. Wenn du ihr das Herz brichst, bekommt sie womöglich wieder Depressionen.«

»Mamma Mia, das hört sich anstrengend an! Nein, dann ist sie vermutlich wirklich nichts für mich.«

Sein Bruder zog die Augenbrauen hoch. »Du bist mir noch was schuldig. Außerdem ... hast du mir eigentlich nicht noch vor Kurzem Vorträge gehalten, dass ich zu wählerisch bin?«

Aha, das war anscheinend doch ein abgekartetes Spiel.

»Das ist ja wohl ein Witz. Ich soll den Clown für ein frustriertes Mauerblümchen machen? Was ist, wenn die übergriffig wird?«, beschwerte er sich.

»Frustrierte Mauerblümchen werden nicht übergriffig. Und außerdem ist sie gar keins«, versicherte Ela. »Im Gegenteil, ich soll dir ausrichten, dass sie sich nicht anbaggern lässt.«

»Kommt auch nicht in Frage. Es gibt immer einen Grund, warum eine Frau übrigbleibt. Wir sind hier doch nicht auf dem Viehmarkt«, antwortete er deshalb.

»Soweit ich weiß, bist du Stier und kein Ochse«, mischte sich Luca ein.

»Es gibt auch einen Grund, warum sie Single ist. Anne hat eine Scheidung hinter sich«, warf Ela empört zurück.

»Was denn, Scheidungstrauma? Ich denke, ihr kennt die gar nicht richtig«, erwiderte Ciro skeptisch.

»Das musst du sie schon selber fragen, ich weiß es auch nicht so genau. Lea hat nicht viel verraten«, antwortete Ela bedeutungsschwanger.

»Ja, genau. Finde es heraus, dann habt ihr doch schon mal ein Thema«, ergänzte Luca.

»Jupp, hört sich nach tiefschürfenden Gesprächen über die Härte des Lebens an. Hey, du, was hast du denn für Probleme? Jammer mir mal was vor. Wird ganz bestimmt ein toller Abend«, spottete Ciro bissig.

»Ich will dir keine Vorurteile in den Kopf pflanzen, deshalb spekuliere ich nicht. Aber ich kann mir schon denken, warum sie Probleme hatte«, verteidigte sich Ela.

»Klasse! Damit hast du mir gerade Klischees in den Kopf gesetzt«, schnaubte er.

Diese Anne war sicher nur so ein labiles Etwas, das allein nicht überlebensfähig war. Von dieser anstrengenden Sorte Frauen gab ziemlich viele. Da fiel ihm ein, dass Ela kürzlich schon einmal über eine solche Frau geredet hatte, bei der auch von Depressionen die Rede gewesen war.

»Ach, das ist die Psycho-Tussi, die du mir letztens schon angepriesen hattest wie Sauerbier.«

»Psycho-Tussi. Du solltest dich mal reden hören. Wie ein arrogantes Arschloch«, entrüstete sich Ela.

Aha, er lag richtig. Er war ja auf der Suche nach einer ernsthaften Beziehung – aber etwas Unkompliziertes, nichts Anstrengendes. Sicher war seine Anwesenheit dort reine Zeitverschwendung.

»Also doch der Psycho. Ich lass mich doch nicht als Therapeut missbrauchen!«

»Wer redet denn davon? Du sollst dich mit ihr unterhalten und einen netten Abend verbringen«, beschwichtigte Ela.

»Genau meine Kragenweite, langweiligen Mauerblümchen die Zeit zu vertreiben«, brummte Ciro.

»Aber du kennst sie doch gar nicht. Lass deinen Charme spielen. Und wer weiß ...«, ergänzte Luca.

Ciro hob abwehrend die Hände. »Bestimmt. Nicht!«

»Ist sie hübsch?«, fragte Luca.

Gute Taktik. Ciro horchte auf.

»Ja, sehr«, schwärmte Ela.

Ah, eine hübsche Psycho-Tussi. Vielleicht sollte er sie sich doch einmal ansehen? So ganz unverbindlich ... Ciro kam ins Wanken.

»Blond?«

»Nein.«

»Hm. Blond wäre ein Pluspunkt gewesen«, murmelte Ciro nachdenklich.

»Ich wusste gar nicht, wie oberflächlich du bist«, empörte sich Ela.

»Wisst ihr was? Diese Aktion hört sich nach Arbeit an«, verkündete er dramatisch.

»Dann genießt du eben das gute Essen und Trinken. Ich will, dass du uns diesen Gefallen tust«, gab Luca ungerührt zurück.

»Elias wird ein kleines Konzert geben. Den magst du doch«, versuchte Ela, ihm die Sache doch noch schmackhaft zu machen.

Ciro entfuhr ein Knurren. »Ich wusste, dass ich gar keine Chance habe, Nein zu sagen.«

»Das wolltest du doch nie, weil du ein netter Kerl bist«, schmeichelte Ela.

»Auf den man sich verlassen kann«, ergänzte sein Bruder.

»Okay, okay. Aber erwartet bitte nur das Minimalprogramm. Nach zwölf bin ich verschwunden«, brummte er.

Eins wusste er jetzt schon, für diese Veranstaltung würde er sich nicht verbiegen.

Eine große Müdigkeit machte sich in Ciros Gliedern breit.

»Ich denke, ich brauche noch eine Mütze voll Schlaf«, japste er und rieb sich die Augen.

»Willst du gar nichts frühstücken?«, fragte sein Bruder.

»Nein, später, mir ist der Appetit vergangen.«

Kapitel 4 Abgecheckt

Linus hob die Hand und verabschiedete sich von der Gruppe Kinder, die vor der Schule standen. Betont lässig steuerte ihr Sohn auf Annes Auto zu, die ihn zur Begrüßung anlächelte. Während die anderen Kinder auch in Autos stiegen, blieb ein Mädchen allein zurück.

»Hallo, Mama«, murmelte Linus beiläufig in die von ihm geöffnete Beifahrertür, als ob er eine Taxifahrerin begrüßte.

»Hallo, mein Schatz. Steigst du bitte hinten ein und setzt dich auf den Kindersitz?«

»Ich bin doch kein Baby mehr«, grummelte ihr Sohn.

»Aber auch noch nicht alt genug für den Vordersitz«, erwiderte Anne ungerührt.

»Du bist blöd«, schimpfte er, befolgte aber die Aufforderung.

»Schätzchen, so redet man nicht mit seiner Mama. Entschuldige dich.«

»Jaaa, sorry. Aber Lina darf das auch.«

»Lina? Wer ist das?«

»Die da vorne steht.«

»Die noch nicht abgeholt ist? Ist das nicht die Tochter von Ela, Leas Freundin?«

»Genau.«

Ein großer dunkelhaariger Mann – Typ Unterhosenmodel – mit Lederjacke und Sonnenbrille ging auf das Mädchen zu.

»Ist das ihr Vater?«, fragte Anne Linus.

»Nein, das ist Ciro, der Nachbar.«

DER Ciro?! Ihr Escort-Ciro? Wahrscheinlich, denn so viele Ciros würde es hier nicht geben. Anne schluckte.

»Wenn Ciro sie abholt, darf sie immer auf dem Beifahrersitz sitzen. Sie will ihn heiraten. Der ist tootaal cool«, schwärmte Linus.

»Ja, das seh' ich«, stotterte Anne.

Sie hatte ja schon mit einem Playboy gerechnet, aber der Vogel übertraf alle Erwartungen. Aus dem Augenwinkel beobachtete Anne, wie Ciro seinen Arm um das Mädchen legte, Lina sah begeistert aus und tat es ihm gleich.

»Er wollte Lina filmen und auf YouTube hochladen, aber Ela hat das verboten. Lina ist ganz schön sauer«, bemerkte Linus.

Ach du meine Güte! Der Typ war ja gemeingefährlich. Und mit dem sollte sie jetzt vorurteilsfrei einen Abend verbringen?

»Das hätte ich an Elas Stelle aber auch getan. Warum wollte er sie denn filmen?«

»Lina wollte Influencer werden wie Ciro, und Kindermotorräder testen.«

»Oh Gott!«

»Wieso oh Gott? Das ist doch krass. Kann ich auch ein Kindermotorrad haben? So'n Ding sieht tootaal fett aus. Fast wie deine Yamaha.«

Mit einem glückseligen Lächeln legte Linus sein kleines Kinn auf die Lehne des Vordersitzes.

»Das ist doch noch nichts für dich. Du bist doch erst sieben«, antwortete Anne und hätte sich am liebsten sofort auf die Zunge gebissen. Natürlich waren solche Äußerungen in Linus´ Ohren die reine Provokation.

»Die sind ab sechs!«, blieb seine Entrüstung nicht aus.

»Aber wo willst du denn damit fahren? Auf unserer Straße ist doch viel zu viel los«, versuchte sie es abzuwiegeln.

»Irgendwohin. Wir beide. Du mit der KT«, schwärmte Linus begeistert.

»Das Motorrad ist doch gar nicht angemeldet. Das geht nicht.«

»Dann melde es doch an.«

»So einfach ist das nicht. Es muss erst wieder fertiggemacht werden und zum TÜV.«

Dafür hatte sie weder Zeit noch Geld und alleine fahren wollte sie auch nicht. Außerdem war Linus ihr noch viel zu jung zum Mitnehmen. Wie kam sie jetzt bloß aus dieser Nummer heraus?

»Wollten wir nicht erst mal das Baumhaus instand setzen?«, schlug sie vor, um ihn vom Thema abzulenken.

»Du mähst da ja nicht mal«, schmollte Linus.

Er hatte recht, sie sollte sich wirklich die Zeit nehmen, den Mähtraktor endlich wieder funktionstüchtig zu machen. Aber manchmal wuchs ihr die Arbeit einfach über den Kopf.

»Ich bin noch nicht dazu gekommen, den Traktor zu reparieren. Aber dann ...«, tröstete sie und strich ihm über das Köpfchen.

»Das sagst du immer und dann hast du doch keine Zeit«, schmollte Linus.

»Doch, jetzt bald. Hilfst du mir?«

»Siehst du! Siehst du! Lina steigt auf den Beifahrersitz«, rief Linus aufgeregt und zeigte auf den Wagen.

»Wenn Ela das erlaubt. Lina ist ja auch älter und größer als du. Du bist weder groß, noch alt genug für den Beifahrersitz«, belehrte sie ihren Sohn.

»Und du bist langweilig. Helikoptermama.«

»Wo hast du das wieder her? Linus, jetzt reicht's!«, schimpfte sie und startete den Wagen.

»Kann ich wenigstens zu Lea?«, ließ ihr Sohn nicht locker.

Anne seufzte. Manchmal versetzte es ihr einen Stich, wenn Linus so oft zu Lea wollte. Dann musste sie sich jedes Mal vor Augen führen, welche Bedeutung Lea immer noch für Linus hatte. Nein, sie wollte nicht eifersüchtig sein. Sie wollte, dass es ihrem Sohn gut ging – so gut wie irgend möglich.

»Warte, ich rufe Lea an und wenn sie Zeit hat, bringe ich dich zu ihr. Ich muss ohnehin ein paar Besorgungen machen.«

Lea hatte Zeit und freute sich sehr über Linus′ spontanen Besuch.

»Willst du noch auf einen Kaffee reinkommen?«, bot Lea an.

»Nein, ich will die Zeit nutzen und etwas einkaufen. Da kommt Linus sowieso nicht gerne mit«, erwiderte Anne.

»Na dann, viel Erfolg.«

Anne lächelte dankbar. »Bis nachher.«

Neben einem kleinen Geburtstagsgeschenk für Lea, das Linus überreichen sollte, wollte sie versuchen, noch spontan einen Friseurtermin zu ergattern. Der war schon überfällig.

»Linus?!«, rief Anne. »Hast du noch Hunger?!«

»Nein, bei Lea gab es Spaghetti!«, drang es aus dem Wohnzimmer.

Anne linste um die Ecke. Linus hatte die Kiste mit Technik-Bausteinen umgekippt und baute eifrig an seinem Motorrad weiter. Anne lächelte nachsichtig. Ihr Sohn mochte alles, was mit Technik zu tun hatte. Er hatte es mit der Muttermilch aufgenommen oder es lag in den Genen, denn beide Elternteile stammten aus Ingenieursfamilien.

»Das kannst du heute nicht mehr fertig machen«, erklärte sie ihrem Sohn. »Es ist spät. Du musst ins Bett.«

»Die anderen müssen auch nicht so früh ins Bett«, murrte Linus und baute unbeirrt weiter.

»Wer sind denn die anderen?«

»Alle.«

»Na klar. Du hältst deine alte Mama wohl für dumm.«

»Das stimmt!«, versicherte Linus, ohne aufzuschauen. Er fummelte weiter und versuchte, einen Baustein richtig einzufügen. Für sein Alter war er dabei erstaunlich geschickt.

»Was? Dass du mich für dumm hältst? Da bin ich aber traurig.«

Linus sah erschrocken hoch. »Es stimmt, dass die anderen alle länger aufbleiben dürfen, als wie ich.«

»Das erzählen die doch nur, um sich wichtig zu machen.«

»Nein«, beharrte er trotzig.

»Na, da ist es ja gut, dass wir nicht alle sind.«

»Du bist doof!«

»Vorsicht! Junger Freund, so redet man nicht mit seiner Mama. Komm endlich her.«

Widerwillig trottete Linus zu ihr. »Das sagt Justin auch immer zu seiner Mama.«

»Linus aber nicht, denn der ist gut erzogen. Und jetzt geht der artige Linus ins Bett. Komm!«

»Ich will aber nicht!« Ihr Sohn ging auf die Knie und legte seine Ärmchen auf Annes Beine und hob den Kopf. Anne schmolz das Herz, als er sie mit großen Kinderaugen ansah.

»Ich will aber«, verlangte sie unter großer Kraftanstrengung.

»Och, Mensch!«, maulte Linus und legte den Kopf schief.

Er sah so niedlich aus, so als ob sich der kleine Kerl seiner Wirkung bewusst war.

»Bitte!«, forderte sie nachdrücklich.

»Darf ich in dein Bett?«, fragte er und sah sie noch herzerweichender an.

»Och, Linus«, antwortete Anne im enttäuschten Ton.

Dabei war sie insgeheim erfreut, wenn ihr Sohn kuscheln kam. Aber sie war sich unsicher, ob es für seine Entwicklung gut war, wenn sie mit dem Jungen in einem Bett schlief. Deshalb tröstete sie sich damit, dass er die intensive Nähe zu brauchen schien. Vielleicht wollte er sich so ihrer Anwesenheit sicherer sein, immerhin hatte er eine Zeitlang auf seine leibliche Mutter verzichten müssen.

Anne genoss die Kuschelei, seine Körperwärme und lauschte gerne den regelmäßigen Atemzügen, die sie beruhigten. Dass irgendwann ein Mann wieder diesen Platz einnehmen würde, konnte sie sich absolut nicht vorstellen. Ihr Vertrauen in das sogenannte ›starke Geschlecht‹ hatte durch die Scheidung sehr gelitten.

»Morgen ist doch Sonntag, da darf ich doch ...«, bettelte Linus.

»Na schön«, seufzte Anne. »Ich komme gleich und kontrolliere, ob du die Zähne geputzt hast. Wenn nicht, lese ich dir auch nichts vor. Und nicht nur die Bürste nassmachen«, warf Anne ihm schnell hinterher.

»Ja, ja.« Linus erhob sich widerwillig, stampfte zur Tür und hörbar die Treppe hoch.

Anne setzte sich nachdenklich auf das Sofa. Heute hätte sie ihren Sohn am liebsten so lange werkeln lassen, wie er wollte. Wie liebte sie es doch, ihm dabei zuzuschauen oder sogar mitzumachen. Es war schwer, ein Kind alleine zu erziehen. Sie musste zumindest halbwegs konsequent bleiben. Ihr Sohn brauchte eine Regelmäßigkeit, sonst wurde es noch schwieriger, als es ohnehin schon war. Diese Aufgabe verlangte ihr einiges ab. Schließlich musste sie die vielen Unregelmäßigkeiten, die es bisher im Leben ihres Sohnes gegeben hatte, irgendwie wieder ausgleichen.

Erschöpft rieb sie sich über die Augen. Wenn heute doch nur nicht dieses dumme Gefühl der Einsamkeit dazu käme, das die Begegnung mit Leas Freundinnen hatte hochkochen lassen. Seit dem Treffen musste sie immer wieder darüber nachdenken, ob sie nicht vielleicht doch einen Partner vermisste.

Anne entfuhr ein verächtliches Geräusch, denn ein zuverlässiger Partner war so selten wie Gold. Ach nein, wie Platin. Selbst wenn sie viel Zeit investieren würde, die sie sowieso nicht hatte, wäre die Wahrscheinlichkeit, den Richtigen zu finden, gleich Null. Und noch unvorstellbarer war es, dass sie einem geeigneten Exemplar rein zufällig begegnete.

Falls sie aber doch noch Mr. Right begegnen würde, wäre die Wahrscheinlichkeit, dass es gut laufen würde, mehr als gering. Die Wunden, die das Leben in ihr Herz geschlagen hatte, waren tief. Sie fühlte sich leer, taub, innerlich tot. Gefühle konnte sie nur noch für ihren Sohn aufbringen.

Für einen Moment sah Anne mal wieder alles schwarz in schwarz. Gott sei Dank hielten die trüben Gedanken nicht mehr lange an. Sie hatte in ihrer Reha gelernt, die Dinge positiv zu sehen und aktiv dagegen anzugehen. Nein, sie brauchte keinen Mann. Das Gefühl der Einsamkeit verflog so schnell, wie es gekommen war.

Plötzlich schoss ihr dieser Ciro durch den Kopf. Ein Youtuber? Dann würde er ja im Netz zu finden sein. Wie war bloß der Nachname? Anne nahm sich das Tablet und gab einfach Ciro und Motorrad ein. Es würden sicherlich nicht so viele Ciros Motorräder testen.

Da erschien er auch schon. Ja, das war er!

Ciro hatte sogar einen eigenen Wikipedia Eintrag. Anne biss sich auf die Lippe. Er fuhr bis vor einigen Jahren Rennen und war mehrfach mit Lorbeerkränzen, Schampusflaschen und diversen Blondinen in Beiträgen zu finden.

Er sah verdammt gut aus - leider. Anne seufzte. Bei aller Liebe, der war sicher nichts für sie ... Mal ganz davon abgesehen, dass er ziemlich eingebildet rüberkam. Worüber sollte sie sich mit so einem unterhalten? Motorräder, das wäre möglich, aber das war auch alles. Nein, dazu hatte sie keine Lust. Von dieser Art selbstverliebtem Egomanen hatte sie die Nase gestrichen voll! Wie hatte sie sich nur auf ihn als Gesellschafter einlassen können? Wenn sie das vorher gewusst hätte ...

Ihr graute vor der Geburtstagsfeier.

Trotzdem konnte sie der Versuchung nicht widerstehen und klickte ein Video mit ihm an. Teufel auch, der fuhr wirklich gut. Danach erklärte er die Vorzüge und Nachteile der Maschine sachlich und fundiert. Sie konnte sich gut vorstellen, dass sein Motorradladen brummte.

»Mama, wann kommst du endlich?«, tönte es von oben.

»Jetzt!«, rief Anne zurück und legte das Tablet zur Seite.

Kapitel 5 Der Geburtstag

Die schlechte Laune grummelte in seinem Bauch, als Ciro zu Luca, Ela und Lina ins Auto stieg, um zur Party zu fahren.

»Nun hör schon auf, solch ein Gesicht zu ziehen. Du verdirbst uns die Stimmung«, beklagte sich sein Bruder.

»Ihr macht's euch leicht und geht freiwillig. Eure Freiheit wird ja nicht beschnitten«, grollte er.

»Mach aber mal einen Punkt«, schnaubte Ela. »Sooo viel verlangen wir nun auch wieder nicht.«

»Und wenn ich mich zu Tode langweile? Was dann?«

»Dann bist du tot. Das ist dann eben so«, erklärte sein Bruder ungerührt.

»Du kannst ja mit uns Fußball spielen«, schlug die fußballverrückte Lina vor und legte ihre zarte Kinderhand auf seinen Schenkel.

Ciro lächelte sie an. Er war verrückt nach Kindern. Wahrscheinlich, weil er selbst das Kind in sich immer gut bewahrte.

»Klingt super«, antwortete Ciro verschwörerisch und tätschelte Linas Hand.

»Kommt nicht in Frage! Ciro hat eine andere Aufgabe. Und ihr Kinder sollt euch auch nicht sofort schmutzig machen«, tadelte Ela. »Ich glaube, nachher kommt ein Zauberer.«

»Och, menno«, maulte Lina. »Dann ist das ja gar keine richtige Feier, wenn man da nicht mal spielen darf.«

»Es ist kein Kindergeburtstag, sondern der von Lea. Karina hat sich für euch etwas überlegt. Aber erst mal sitzt ihr brav mit am Tisch, bis das Essen vorbei ist.«

Lina zog eine Schnute, sagte aber nichts mehr.

»Das ist das Haus von Anne?«, staunte Ciro, als sie durch eine kleine Allee auf die Gründerzeitvilla zufuhren.

»Ja, cool, nicht?«, antwortete Ela.

Das außergewöhnliche Gebäude mit Fachwerk, Schieferdach und Türmchen strahlte ihnen im hellen Gelb entgegen. Durch die Stuckelemente um die Fenster und einem Erker, der den Boden für einen schmiedeeisern umrahmten Balkon bildete, wirkte es fast wie ein Märchenschloss.

Die Fassade könnte einen neuen Anstrich gebrauchen, fiel Ciro gleich auf. »Der Unterhalt von diesem Haus kostet sicher eine Menge Geld«, überlegte er laut.

»Darauf kannst du wetten. So schön solche Häuser auch sind, da muss ständig etwas gemacht werden«, stimmte Luca zu.

»Wow, was für ein toller Garten«, sprach Ciro seinen zweiten Gedanken aus, als sie auf den Hof einbogen.

»Bisschen verwildert, aber schön«, bestätigte Luca.

»Anne sagt, er ist verwunschen. Das hat Linus mir erzählt«, verkündete Lina.

»Na, dann bin ich mal auf das Dornröschen gespannt«, murmelte Ciro.

Es war zwar ein schöner, aber auch etwas kühler Juniabend. Überall im Garten hingen bunte Luftballons. Im Hof, der von großen Nutzgebäuden gebildet wurde, standen Pavillons, an denen viele kleine Lichterketten befestigt waren. Die leuchteten mit den Heizstrahlern um die Wette und brachten die metallisch reflektierenden Luftschlangen und Girlanden zum Blinken.

Die ersten Biere wurden bereits gezapft. Ciro griff dankbar zu und trank in einem tiefen Zug das erste Glas aus. So konnte er sich den Abend - und sein Dornröschen - schon mal prophylaktisch schön trinken.

Interessiert sah er sich um, die Organisation wirkte professionell. Am besten gefiel ihm die Bestuhlung, denn es standen keine der üblichen Bierzeltgarnituren, sondern gepolsterte Stühle mit Hussen an großzügigen Tischen. Es war an alles gedacht, damit sich die Gäste wohlfühlten, dennoch schüchterte ihn dieser eher elegant wirkende Rahmen ein wenig ein. Schnell holte er sich ein neues Bier.

»Sei vorsichtig, du hast noch nichts gegessen«, ermahnte ihn sein Bruder.

Ciro warf einen strengen Blick zurück und Luca wandte sich wortlos wieder ab. Er konnte nicht nachvollziehen, wieso Luca sich neuerdings wie ein Moralapostel aufführte. Schließlich war es noch gar nicht so lange her, dass er seinem Bruder die guten Ratschläge gegeben hatte.

»Anne, hierher«, rief Ela.

Ciro stürzte den Rest seines Bieres hinunter. Er wagte es kaum, in die Richtung zu sehen, in die Ela aufgeregt Handzeichen gab. Doch er staunte, als er die Frau ausmachte, die auf ihre Zeichen reagierte.

Sie war atemberaubend schön!

Ela fasste ihn am Arm und zog ihn ein Stückchen vor.

Luca nahm ihm das leere Glas aus der Hand.

Ciro stockte der Atem, als die Frau auf ihn zusteuerte. Es war Schneewittchen persönlich, nicht Dornröschen. Eine Frau wie aus einem Märchen entsprungen. Sie lächelte ebenso steif, wie er sich fühlte. Ach ja, sie war ja angeblich auch nicht begeistert von der Idee.

Wieso hatte er sich so unvorbereitet auf diese Kuppelei eingelassen?

Wenn er gewusst hätte, was für eine Frau auf ihn wartete, wäre er anders an die Sache gegangen. Warum hatte er nur auf die geliebte zerlumpte Jeans bestanden? Was sollte sie nur von ihm denken? Hätte er sich nicht wenigstens rasieren können?

Anne trug ein elegantes schwarzes Cocktailkleid, das ihre Wespentaille betonte. Dazu hätte ein Anzug oder wenigstens ein weißes Hemd gepasst. Mit seinem weißen T-Shirt unter der abgewetzten Lederjacke war er definitiv underdressed. Ciro schluckte. So würde er auf diese Frau bestimmt keinen Eindruck machen. Sein sonst so üppiges Selbstbewusstsein floss dahin wie Butter in der Sonne.

Das konnte ja heiter werden!

High Heels ließen Annes schlanke Beine endlos lang wirken. Als sie ihn erreicht hatte, streckte sie ihm ihre schlanke Hand entgegen. Zu seinem Leidwesen war ihr Lächeln perfekt und die vollen roten Lippen hätte er am liebsten sofort geküsst. Die Traumfrau warf ihr langes Haar nach hinten und wehte ihm eine zarte Wolke märchenhaft blumiges Parfüm herüber.

Ciro schwanden die Sinne. Er war wie gelähmt, unfähig, die ausgestreckte Hand zu schütteln. Sein Herz klopfte bis in die Schläfen und pumpte das Blut derart in den Kopf, dass dieser sich regelrecht heiß anfühlte.

Verdammt! Er würde doch nicht sichtbar erröten wie ein pickeliger Teenager?

Wie hypnotisiert starrte er in ihre faszinierenden Augen ... tiefblau wie der Himmel am heutigen Tag. Das Atmen fiel ihm merkwürdig schwer. Was war das denn?

Die Schönheit hielt seinem Blick stand, während ihre Augen lebhaft funkelten. Sie war fast ungeschminkt, aber das hatte sie auch nicht nötig. Wieso dachten die Frauen nur immer, dass eine dicke Schicht Schminke sie schöner machte?

»Ciro, das ist Anne, Anne, Ciro«, hörte er mit einem Ohr Ela herunterleiern.

»Hallo, Anne«, konnte er nur krächzen, denn seine Kehle war staubtrocken.

»Hallo, Ciro«, erwiderte sie leise, während er nicht aufhörte, die endlich ergriffene Hand zu schütteln.

Annes Hand war kühl und etwas feucht. Ob sie auch aufgeregt war?

Er zuckte zurück wie beim Erwachen aus einer Trance, als Luca sich räusperte. »Hallo, Anne, tolle Party.«

»Oh ja, nicht? Das meiste hat Karina organisiert«, antwortete Anne, die blitzschnell ihre Fassung wiederhatte.

»Wann kommt denn das Geburtstagskind?«, erkundigte sich Ela.

»Es ist unterwegs und müsste jeden Moment eintreffen, wenn der Verkehr uns keinen Strich durch die Rechnung macht«, erklärte Anne.

Da fuhr auch schon ein Wagen die Auffahrt herauf und kam dicht vor der Gesellschaft zum Stehen.

Der Fahrer stieg aus und öffnete die Beifahrertür. Auf dem Sitz saß eine junge Frau, die die Augen verbunden hatte.

»Wir sind da, Lea«, sagte er zur Beifahrerin.

»Das habe ich mir gedacht«, antwortete die, während der Fahrer ihr aus dem Auto half.

»Weißt du schon, wo?«, fragte der Fahrer.

Die Gästeschar war mucksmäuschenstill und beobachtete gebannt die Szene.

»Hm, ich rieche Rosen ... das Knirschen unter den Reifen ... bei Anne?«

»Lea!« Ein kleiner Junge stürmte auf Lea zu.

Anne war mit wenigen Schritten bei ihm und fing ihn ab. Der Dötz wand sich mit einem »Lass mich« und versuchte Anne wegzudrücken, während die ihm etwas ins Ohr flüsterte.

»Linus?« Lea schmunzelte. »Linus, komm her.«

Linus sprang sofort auf sie zu und schlang die kleinen Ärmchen um ihre Hüften.

Auf das Zeichen einer ihm unbekannten Frau riefen die Gäste: »Herzlichen Glückwunsch!«

Gleichzeitig hatte der Fahrer die Binde von ihren Augen genommen. Lea war sichtlich überrascht und lächelte breit.

»Ihr seid verrückt«, rief sie kopfschüttelnd und schlug die Hände vor den Mund.

»Hochzeit hin oder her, deswegen kann man doch den Geburtstag feiern, oder?«, erklärte der Fahrer.

»Tim?! Ist das auf deinem Mist gewachsen?«, fragte Lea.

»Nein, nein!« Tim hob entrüstet die Hände. »Ich bin unschuldig. Das haben deine Freundinnen organisiert.«

»Hochzeit hin oder her, das lassen wir uns doch nicht nehmen«, sagte die Zeichengeberin.

»Das ist ja auch noch sooo lange hin«, bemerkte Ela.

»Ihr seid verrückt«, antwortete Lea lachend.

»Wissen wir.«

»Warum auch nicht«, prasselten die Antworten zurück, von Personen, die Ciro nicht kannte. Bis auf Elias, den er schon einmal im Fernsehen gesehen hatte. Er kannte niemanden hier, während Anne wohl mehr oder weniger alle kannte. Er würde sich ins Zeug legen müssen, um ihre Aufmerksamkeit zu bekommen.

Die Glückwunschorgie begann und auch die Freundinnen von Lea lieferten brav ihr Geschenk ab.

Jetzt konnte er zumindest Frauke identifizieren, die Freundin von Elias, denn sie ging mit ihm händchenhaltend auf Lea zu.

Ciro kannte die Namen der Mädels aus Elas Erzählungen. Diese Frauke war eine ausgesprochene Schönheit. Na ja, wer sich einen Promi angelte. Obwohl, eigentlich sollte es umgekehrt gewesen sein und Elias war noch nicht berühmt. Na klar, wie auch sonst.

Ela und Luca reihten sich in die Schlange der Gratulanten ein und schoben Ciro energisch vor sich her. Als sie an der Reihe waren, schüttelte er Lea höflich die Hand. Sie lächelte ihn warm an und sein Unbehagen löste sich in Luft auf.

Hinter ihm war die etwas kräftigere Blonde dran. Das musste Karina sein, die das meiste organisiert hatte. Ciros Vermutungen bestätigten sich, als die Clique anschließend auf Ela und Luca zugingen und er vorgestellt wurde.

Ciro fühlte sich wie bei einer einschlägigen Fernsehshow. Alle Zuschauer waren informiert und gespannt, wie die Bachelorette auf den Kandidaten reagierte.

Die Bachelorette interessierte es offensichtlich wenig, denn sie war schon bei Tim, der in der Zwischenzeit das Baby aus dem Auto geholt und in einem Buggy angeschnallt hatte. Anne und Linus beschäftigten sich jetzt begeistert mit dem Baby.

In kürzester Zeit hatte sich eine »Duziduzi« säuselnde Traube um den kleinen Scheißer gebildet.

Ciro mochte zwar Kinder, aber dieses übertriebene Gehabe musste so ein Baby doch nerven, anders konnte er es sich nicht vorstellen. Deshalb fühlte er sich wie ein Autist im Swingerclub und war erleichtert, als Ela und Luca sich aus der Traube lösten, um mit ihm ein paar Worte zu wechseln.

Gott sei Dank wurden erneut Getränke angeboten und schnell schnappte er sich ein Bier. Tröstlich erfrischend lenkte ihn das Prickeln in der Kehle von seinen schalen Gefühlen ab.

Ela schien zu spüren, dass ihm unbehaglich war. »Du sitzt ja gleich neben ihr«, sagte sie.

»Na, wenn das kein Trost ist«, antwortete er spöttisch, bevor sie durch den allgemeinen Glückwunschtoast wieder abgelenkt wurden.

Karina hielt einen Vortrag, den mehr oder weniger nur Eingeweihte verstanden. Gott sei Dank war der nur kurz.

Nach einer gefühlten Ewigkeit wurden sie aufgefordert, die Plätze einzunehmen. Stumm saß er neben Anne, die ihn stur ignorierte. Es war ja nicht so, dass er zu arrogant war, um ein Gespräch anzufangen, aber er wusste ums Verrecken nicht, worüber er sich mit dem unterkühlten Schneewittchen unterhalten sollte. Diese ganze Situation hatte ihn schwer verunsichert. Außerdem hatte er das Gefühl, dass sie von ihren Freundinnen beobachtet wurden. Wie sollte man da locker bleiben? Unbehaglich rutschte er auf seinem Platz herum.

»Was ist? Hast du Hämorrhoiden?«, frotzelte Anne. »Mach dir keinen Kopf. Du musst dich nicht mit mir unterhalten. Offensichtlich bist du, genauso wie ich, zu dieser Posse genötigt worden.«

»Es ist nicht so, dass ich mich nicht mit dir unterhalten will«, antwortete Ciro nervös.

»Du willst mir doch wohl nicht erzählen, dass ich dich sprachlos mache.«

»Und wenn's so wäre?«

»Dann wüsste ich, dass du weißt, dass du bei mir mit den üblichen Aufreißersprüchen nicht weiterkommst.«

Ciro wurde schwindlig. »Aufreißersprüche? Ich habe doch noch gar nichts gesagt. Wir könnten uns unterhalten.«

Anne grinste. »Okay. Womit willst du anfangen? Lieblingsfarben, Lieblingsfilme, Lieblingsstars, Urlaubsziele, das Wetter, den Sternenhimmel ... oder was schlägst du vor?«

Auf Ciros Gesicht erschien ein gefälliges Grinsen. So viel offensive Frechheit hatte er nicht erwartet.

»Vielleicht über Gemeinsamkeiten? Offensichtlich hasst du Smalltalk, genauso wie ich. Wie wäre es mit Lieblingsessen?«

Zu seiner Überraschung brach sie in Lachen aus und er konnte nicht anders, als mit einzustimmen. Humorlos war sie schon mal nicht. Vielleicht etwas spröder und burschikoser, als ihr Aussehen es vermuten ließ.

Anne hob die Hände. »Gut gekontert. Okay, Neuanfang. Ciro heißt du? Was für ein ungewöhnlicher Name«, lenkte sie ein.

»Nicht in Süditalien. Wir sind sehr familienverbunden und geben über die Generationen die Vornamen der Vorfahren weiter.«

Anne musterte ihn interessiert. »Aha, dann scheinst du mir ja ein ziemlich typischer ... Italiener zu sein, lässig und ...«

»Ich seh' schon, du hast keinerlei Vorurteile. Schließlich bist du die typische deutsche Karrierefrau, immer perfekt und korrekt«, erwiderte er.

Das saß. Anne zuckte zusammen, als wären seine Worte eine Waffe. Angestrengt versuchte sich Ciro, an Elas Worte vom letzten Sonntag zu erinnern. Zerbrechlich. Sie hat eine depressive Phase hinter sich, klang es in seinem Kopf. Er sollte behutsamer sein.

Seine Menschenkenntnis sagte ihm, dass die schroffe Hülle nur ein Schutzmantel war. Und das mit dem Perfektionismus ein Stachel in ihrem Fleisch. Das klang verdächtig nach Burnout und könnte zu der makellosen Erscheinung passen.

Karriereweiber fand er unsexy – auch wenn sie Humor hatten. (Was natürlich selten der Fall war.)

»Entschuldigung, ich wollte dir nicht zu nahetreten«, murmelte er.

»Ich muss mich auch entschuldigen. Ich weiß nicht, warum ich dich provoziert habe«, antwortete Anne und lächelte schulterzuckend.

»Ist schon okay. Ich denke, es ist eine ganz normale Reaktion, weil man uns unfreiwillig zusammengesetzt hat. Dabei bist du völlig anders, als ich es erwartet habe«, sagte er und hätte sich hinterher am liebsten auf die Zunge gebissen. Bei Anne funktionierten weder seine Standardstrategien noch sein Gehirn. Eine fatale Kombi.

»So? Und was hast du erwartet? Ein Mauerblümchen? Oder jemand mit Stock im Hintern?«, fragte Anne provokativ.

Ertappt. »Nein. Ähm ... Vor allem bist du ... atemberaubend schön«, antwortete Ciro und war froh, dass er sich aus dem Fettnäpfchen davongestohlen hatte.

»Du hattest also ein Mauerblümchen erwartet?«, bohrte sie hartnäckig nach.

»Warum willst du das unbedingt wissen?«

»Warum nicht? Ich musste schon vielen Männern beim geistigen Durchfall zuhören. Es ist immer wieder interessant.«

»Vielleicht, weil du eine frustrierte Zicke bist.«

»Die passt natürlich nicht zum italienischen Hengst.«

Ciro fing schallend an zu lachen. »Das erinnert mich an Rocky. Siehst du mich schon Schweinehälften boxen?«

»Vielleicht. Ist bestimmt ein Bild für die Götter«, erklärte Anne grinsend.

»Na, ihr beiden, amüsiert ihr euch?«, fragte Karina und legte die Hände auf die Schultern der Kampfhähne.

»Köstlich«, erklang es sarkastisch im Chor.

»Super. Dann schnappt euch doch auch gleich noch was vom köstlichen Buffet«, schlug Karina gut gelaunt vor.

Ciro lächelte sie dankbar an und erhob sich. Anne tat seufzend dasselbe.

»Ich hole mir noch ein Bier. Soll ich dir was zu trinken mitbringen? Vielleicht einen Rotwein?«, fragte er versöhnlich, in der Hoffnung, dass Anne durch den Alkohol etwas entspannter wurde.

»Ja klar, irgendwie habe ich das erwartet. Ich soll Alkohol trinken, damit die frustrierte Zicke entspannt. Ich will aber zickig bleiben und trinke keinen Alkohol – NIE!«

»Entschuldige, das kann ich nicht ahnen. Ich wollte nur höflich sein, aber darauf legst du anscheinend keinen großen Wert«, schnaubte er verärgert.

»Soll ich dir ein paar Spaghetti mitbringen? Die helfen gut gegen Unterzuckerung, das hebt die Laune«, provozierte ihn Anne weiter.

»Bist du jetzt fertig? Unterzuckerung scheint mir eher dein Problem zu sein«, stöhnte er. »Jetzt hör mir mal zu. Ich mache dieses Ding hier, weil ich meinem Bruder noch was schulde. Ich will ganz bestimmt nichts von dir. Aber ich habe hier zugesagt und wir sollten die Sache einigermaßen würdig über die Bühne bringen. Also, warum bist du so aggressiv?«

Anne sackte in sich zusammen. »Sorry. Vielleicht liegt es daran, dass ich bei Männern wie dir immer Rot sehe.«

Ciro zeigte Anne einen Vogel. »Männer wie ich? Wie bin ich denn? Du kennst mich doch gar nicht. Und bilde dir bloß nicht ein, dass ich dich jetzt frage, warum du so zickig bist. Es interessiert mich nicht die Bohne«, fauchte er.

Anne wich zurück. »Bist *du* jetzt fertig?«

»Alles klar bei euch?«, fragte Lea und legte ihrer Freundin die Hand auf die Schulter.

»Alles super!«, fauchte Anne.

»Was ist?«, hakte Lea nach.

»Nichts. Ich bin wohl nur ein bisschen unterzuckert«, grummelte Anne und stiefelte davon.

Lea sah mit gekrauster Stirn zu Ciro. »Was hat sie? So kenne ich sie gar nicht.«

»Keine Ahnung. Du hast doch mit ihr zusammengewohnt. Neigt sie zur Unterzuckerung?«

»Blödsinn, sie ist ein sehr souveräner Mensch. Ich glaube, du hast irgendetwas Falsches gesagt.«

»Natürlich, was auch sonst? Männer sagen ja immer das Falsche.«

»Jaaa, genau so etwas in der Art. Auf Machosprüche reagiert sie extrem allergisch.«

»Dann wird der Macho mal was gegen die Unterzuckerung tun und danach verschwinden«, grollte er und drehte sich weg.

Lea packte ihn am Arm. »Es tut mir leid, okay? Das war nicht in Ordnung von mir. Ich hab nur gesehen, dass es hier nicht rund lief. Und wenn es um Anne geht, sehe ich bei so was immer Rot. Sie ist meine beste Freundin und hat mir in einer schweren Zeit sehr geholfen.«

Ciro nickte. »Mag sein, aber das entschuldigt nicht alles.«

»Vielleicht liegt es auch daran, dass wir beide schlechte Erfahrungen mit demselben Macho gemacht haben. Lass dir davon nicht den Abend verderben. Pack deinen italienischen Charme wieder aus und gib ihr noch eine Chance«, ergänzte Lea.

»Italienischer Charme, pfft«, entfuhr es Ciro verächtlich.

»Bitte«, antwortete Lea und sah ihn so warmherzig an, dass seine Mauern bröckelten.

Diese Frau hatte etwas Entwaffnendes, dessen man sich nur schwer entziehen konnte.

»Mal sehen. Ich kann es aber nicht versprechen, denn auch Charmebolzen haben keinen Gute-Laune-Schalter«, sagte er und machte sich auf zum Buffet.

Es gab Grillwürstchen und Kartoffelsalat. Das war ganz seine Kragenweite und hob die Laune etwas. Bevor er ging, wollte er noch seinem Bruder und Ela von dem Desaster erzählen. Er entdeckte sie an einem Stehtisch.

Ela sah auf, als er seinen Teller etwas unsanft auf den Tisch stellte. »Hallo, Ciro. Wo ist Anne?«, begrüßte sie ihn.

»Keine Ahnung, interessiert mich auch nicht wirklich«, brummte er zurück.

»Was ist passiert? Ist sie gegen deinen unwiderstehlichen Charme resistent?«, spottete sein Bruder.

»Wenn's nur das wäre«, antwortete er, bevor er sich ein Stück Würstchen in den Mund schob.

»Nun rück schon raus damit«, forderte Ela ihn auf.

Ciro verschluckte sich fast. »Ihr habt mir nicht gesagt, dass sie eine verspannte Zicke ist, die ihren Burnout noch nicht überwunden hat.«

»Also doch resistent gegen deine Annäherungsversuche.« Luca grinste.

»Quatsch, Annäherungsversuche. Selbst wenn ich es darauf angelegt hätte, so weit wäre ich gar nicht gekommen.« Die Zornesfalte auf Ciros Stirn verschwand nicht einmal, während er kaute.

»Also, ich kenne sie ja noch nicht so lange, bisher schien sie ganz nett. Aber bei der Planung für diesen Geburtstag hat sie sich erst ganz schön gegen einen Sitzpartner gewehrt. Sie braucht keinen Unterhalter, hat sie gesagt. War wohl keine gute Idee, das zu ignorieren«, überlegte Ela.

Ciro schluckte. »Aber so was von ...«, schnaubte er. »Es war völlig unnötig, mich zu überreden.«

»Aber warum ist sie so?«, fragte Luca.

»Warum bist du so, wie du bist? Weil dich das Leben dazu gemacht hat«, antwortete Ela augenzwinkernd. »Du warst auch nicht immer die Lieblichkeit in Person.«

»Weißt du mehr über Anne?«, fragte Luca.

Ela schüttelte den Kopf. »Nicht wirklich. Vielleicht hat es mit ihrem Exmann zu tun. Lea hat mal so was angedeutet.«

»Ja, das hat sie auch gerade zu mir gesagt. Aber das ist noch lange kein Grund, so um sich zu beißen«, grummelte Ciro.

Ela sah Ciro nachdenklich an. »Hm, vielleicht triggerst du etwas in ihr?«

»Ich will doch gar nichts von ihr.«

»Sicher? Dann zeig es ihr. Findet ihr denn gar kein gutes Haar aneinander? Das wäre doch die erste Frau, die das schafft«, fragte Ela. »Versuchs doch nochmal.«

»Das wird sie gar nicht erst zulassen, wetten?«, brummte Ciro und schob seinen halbvollen Teller weg. »Ich betrachte die Mission als gescheitert und hab absolut keine Lust, da noch mehr Energie reinzustecken. Ich hau jetzt ab.«

Ela seufzte. »Schade, aber das hat wohl tatsächlich keinen Sinn mehr. Verabschieden wirst du dich aber noch. Oder?«

»Jaaa, bei dieser Lea und natürlich auch bei dem lieblichen Schneewittchen.«

Luca wurde hellhörig. »Schneewittchen? Also gefällt sie dir doch«, stellte er fest.

»Keine Ahnung. Die Aggressivität übertönt irgendwie alles. Wenn ich eins nicht leiden kann, dann sind es anstrengende Frauen ... Ich geb dann mal Fersengeld«, sagte Ciro und klopfte auf den Tisch.

Kapitel 6 Geht doch!

Anne saß mit angezogenen Beinen auf dem alten Sofa der Schrauberwerkstatt und starrte in die Luft. Ihr Herzschlag hatte sich beruhigt, aber sie konnte sich immer noch nicht überwinden, zurück zum Fest zu gehen. Das sollte sie aber bald tun, denn sicher würde Lea sonst nach ihr sehen. Die konnte sich sicher denken, wo sie war.

Sie hätte das randvolle Glas Wein nicht auf Ex kippen sollen. Was für eine Schwachsinnsaktion! Der Alkohol vernebelte ihr Gehirn, weil sie zu wenig gegessen hatte. Warum hatte sie nur so überreagiert?

Was war es bloß, das sie so aufgebracht hatte? Anne überlegte, fand aber eigentlich nichts Verwerfliches an Ciros Benehmen. Sie war es, die sich daneben benommen hatte. Anne schämte sich.

Da öffnete sich schon die Tür. Anne sah auf. »Hallo, Casanova. Immer noch hier?«, spottete sie matt.

»Hallo, Dornröschen. Immer noch unterzuckert?«, antwortete Ciro.

»Dornröschen?«

»Jepp, Dornröschen, das auf einem verwunschenen Schloss lebte, aber leider von der giftigen Spindel gestochen wurde. Eigentlich ist sie ganz hübsch, aber sie hat eine Paranoia entwickelt und nicht kapiert, dass ich sie gar nicht wachküssen will. Ich wollte mich nur verabschieden.«

»Doch, hab ich schon kapiert. Ich weiß auch nicht. Ich habe da wohl ein paar Sachen noch nicht so richtig überwunden.«

Ciro machte eine beschwichtigende Handbewegung. »Schwamm drüber. Aber ich denke, ich frage jetzt besser nicht, ob du drüber reden willst.«

»Ich denke, da frage ich besser meinen Therapeuten«, antwortete Anne und warf sich das Haar zurück.

Sie würde sich eher die Zunge abbeißen, als Casanova etwas von ihrem Seelenleben zu offenbaren. Er wirkte vertrauenswürdig, aber seine Andeutung war bestimmt nur eine hohle Phrase. Welcher Mann hörte sich schon gerne Gejammer einer fremden Frau an. Sicher gehörte er zu den Typen, die man damit nur quälte.

Ciro riss die Augen auf. »Du bist noch in Therapie?«

»Nicht mehr, aber offensichtlich ist noch nicht alles aufgearbeitet. Woher weißt du, wo du mich finden kannst?«

»Ein Tipp von deiner Freundin Lea.«

»Ach ja, klar, okay. Na dann, mach's gut.«

»Du auch.« Ciro wirkte enttäuscht.

Anne hatte ein schlechtes Gewissen. »Ich hoffe, ich habe dir nicht den ganzen Abend verdorben.«

»Sagen wir mal so, ich hatte ohnehin keine großen Erwartungen«, antwortete er mit einem schiefen Grinsen.

Anne lachte kurz auf. »Und ich habe mich überfahren gefühlt. Keine guten Voraussetzungen.«

»Hatten wir ja schon festgestellt«, murmelte Ciro. »Ist jetzt aber auch egal.«

Anne nickte. »Ich bin aus dieser Schleife nicht rausgekommen.«

»Das war offensichtlich«, antwortete Ciro zögernd und machte noch einmal Anstalten zu verschwinden.

Plötzlich bekam Anne doch Lust auf seine Gesellschaft. »Willst du dich setzen? Ich habe mich beruhigt, versprochen.«

»Okay«, antwortete er zu Annes Überraschung. Ciro setzte sich mit skeptischem Blick so weit wie möglich von ihr weg. Ganz ans andere Ende des Sofas und sah sich um.

Warum störte sie das nur? Anne räusperte sich.

»Eine tolle Werkstatt hast du hier. Aber es sieht so aus, als ob schon lange keiner mehr hier gearbeitet hat«, bemerkte er anerkennend.

»Richtig. Sie wird schon lange nicht mehr benutzt. Ich komme hier nur noch her, um runterzukommen.«

»Das hört sich jetzt so an, als ob du öfters auf der Palme bist.«

»Nein, eigentlich nicht. Seit Lea hier gewohnt hat, praktisch gar nicht mehr. Ab da habe ich alles mit ihr besprochen.«

»Sie fehlt dir? Sie wird heiraten, oder? Bist du deswegen sauer?«

»Ich weiß nicht ... nein ... vielleicht doch ... ach. Frag mich was Leichteres. Irgendwie bin ich aus der Spur, weiß auch nicht, warum.«

Anne holte tief Luft. Vielleicht war es ja wirklich so, dass sie das Gefühl hatte, dass die Hochzeit von Lea etwas zwischen ihnen änderte und sie stand deswegen unter Strom. Auf jeden Fall fühlte sie in der letzten Zeit ein stärkeres Gefühlschaos.

»Welcher Mensch mag schon gern allein sein?«, antwortete Ciro nachdenklich.

»Es hat mir nichts ausgemacht, wirklich«, beteuerte Anne.

»Kann ich mir gut vorstellen. Aber als sie dann da war, hast du dich irgendwie an sie gewöhnt, richtig?«

Das war eine überraschend einfühlsame Antwort, die sie nicht erwartet hätte. Vor allem zeigte er tatsächlich ein gewisses Interesse an ihr. Anne lächelte Ciro an.

»Vielleicht, aber es ist gut so, wie es jetzt ist. Ich habe Linus, das ist das Wichtigste. Lea hat ja nun ihr eigenes Baby.«

»Linus? Ist das der Kleine, der so auf Lea zugestürmt ist?«

»Genau.«

»Ein toller Junge, kann gut Fußball spielen.«

»Du hast ihn beobachtet?«

»Am liebsten hätte ich mitgespielt, aber dann hätte ich Ärger mit Ela bekommen. Sie meinte, die Kinder sollten wenigstens bis zum Essen brav sein.«

»Ach, so ein Blödsinn. Lass die Kinder doch Kinder sein. Linus hatte es schon schwer genug.«

Ciro sah sie an, als überlegte er, ob er weiterfragen sollte.

»Ja, finde ich auch. Lass sie glücklich sein, solange es noch so einfach ist, sie glücklich zu machen«, bestätigte er.

Die Unterhaltung stockte und Ciro sah sich interessiert um.

»Sind das Motorräder unter den Laken?«, nahm er das Gespräch wieder auf.

»Jupp. Was sollte es sonst sein?«

»Keine Ahnung. Du weißt, dass Luca und ich zusammen einen Motorradladen haben?«

»Ja, Ela hat mal so was erzählt.« Sie würde einen Teufel tun und ihm verraten, dass sie ihn gegoogelt hatte.

»Fährst du manchmal? Zum Runterkommen?«

»Nicht mehr. Linus wäre dann ja allein.«

»Wo ist sein Vater?«, fragte Ciro nach einer Pause.

»Nicht da. Thorsten ist ein Totalausfall.«

»Lass mich raten. Er ist ein Frauenschwarm. Er hat dich geschwängert und dann betrogen.«

Anne krauste die Stirn und verkniff sich eine Bemerkung über die platte Spekulation. »Du meinst, der Klassiker? Nicht ganz.«

»Nicht ganz? Aber er hat etwas mit deiner Stimmung zu tun und an deinem ...« Ciro schluckte. »Ähm, Ärger auf ... Playboys.«

»Können wir das Thema lassen? Sonst bin ich gleich wieder auf der Palme.«

»Verstehe. Und ich erinnere dich an ihn? Hört sich nicht gerade schmeichelhaft an.«

»Nicht ganz. Es war auch dieser Zwang, mich mit dir unterhalten zu müssen.« Anne hatte auf einmal keine Hemmungen mehr, offen mit ihm zu reden.

»Obwohl du mit Männern nichts mehr zu tun haben willst?«

»Ach Quatsch. Ich arbeite täglich mit Männern«, erklärte Anne mit einer abwertenden Handbewegung. »Männer sind schließlich auch nur Menschen.«

»Okay, aber er ist der Grund, dass dir kein Mann mehr zu nah kommen darf?«, bohrte Ciro weiter.

Unmut regte sich in Anne. »Was bist du? Hobbytherapeut?«

Er hob die Hände. »Ich gehe sofort, wenn du willst.«

»Okay, Waffenstillstand.« Anne hob die Hand und schwenkte eine imaginäre Fahne.

»Frieden, ich will Frieden. Wenn du willst, baggere ich dich aber auch an, Dornröschen.«

»Das klingt jetzt aber nicht so, als ob du es ernst meinst mit dem Frieden.« Die Situation hatte etwas Leichtes, das Eis schien gebrochen und Anne fühlte sich gut. Scherzhaft boxte sie ihm auf den Arm.

Ciro fing einen weiteren Angriff ab. Er hielt ihren Arm, ihre Blicke trafen sich und für einen Moment versanken sie ineinander.

Anne schüttelte sich und Ciro ließ überrascht los.

»Ähm, was sind das eigentlich für Motorräder unter den Laken? Fahren sie noch?«, fragte er verlegen.

»Wohl nicht. Sie stehen schon seit Jahren da.«

»Wer hat sie gefahren?«

»Mein Vater und ich.«

»Echt?« Ciro pfiff zwischen den Zähnen. »Du bist also eine Motorradbraut? Respekt! Darf ich sie mir mal ansehen?«

Anne nickte. »Warum nicht?«, antwortete sie schulterzuckend.

Zusammen standen sie vom Sofa auf. Ciro steuerte zielstrebig auf die Harley zu. Anne zog das Laken ab und eine kleine Staubwolke wirbelte auf.

»Wow! Das habe ich mir doch gedacht«, staunte er und sah zu Anne. »Aber die alte Lady hast du nicht gefahren, oder?«

»Nein, mein Vater. Die ist mir viel zu schwer. Aber ich bin öfter auf dem Sozius mitgefahren.«

Ciro nickte und streichelte ehrfürchtig über das Fahrzeug.

Anne wurde bei dem Anblick warm ums Herz, doch gleichzeitig fühlte sie die Wehmut, die mit den Bikes verbunden war. Es war ein seltsames Gefühl der Zerrissenheit.

»Was hast du für eins gefahren?«

»Die MT-03, sie steht da hinten.«

»Oh. Naked, ein typisches Frauenbike.«

Ciro sah sie an. Er hatte so warme, dunkelbraune Augen ... Wie geschaffen, um darin zu versinken. Sein Blick ging Anne durch und durch. Er offenbarte eine Art Feuer, das sie früher auch gefühlt, aber schon lange verdrängt hatte.

»Warum fährst du nicht mehr? Deinen Sohn kannst du doch sicher irgendwo unterbringen«, fragte Ciro.

In Anne regte sich Unmut. »Alleine? Nein, dazu habe ich keine Lust. Außerdem habe ich mir geschworen, Linus niemals wieder irgendwo abzugeben. Wenn er woanders ist, dann nur, weil er es will.«

»Aber ...«

»Nichts aber. Ich ... ich konnte mich nach seiner Geburt nicht richtig um ihn kümmern.«

»Weil du einen Burnout hattest?«

»Wie kommst du darauf?«

»Weiß ich nicht, kam eben so rüber«, murmelte Ciro verlegen. »Tschuldigung, ich wollte nicht neugierig sein.«

»Es kam damals so vieles zusammen.«

Anne schluckte aufkommende Tränen herunter.

Ciro nickte und sah sie einfühlsam an. »Du musst nicht ...«

Ciro tippte mit dem Zeigefinger an ihr Kinn und drehte das Gesicht, sodass Anne ihn ansehen musste.

Nein, die Berührung war zu leicht. Sie wollte ihn wieder ansehen, weil ihm ihre Schwäche nichts auszumachen schien.

»Fuck! Tut mir leid. Ich dachte, ich hätte es überwunden«, krächzte sie.

»Du brauchst dich nicht zu schämen. Du hast eine schwere Zeit hinter dir. Ich kann dich besser verstehen, als du denkst«, versicherte er leise.

Ciro zog sie an sich, umarmte sie fest und drückte ihren Kopf gegen seine Brust. »Es ist alles gut. Es ist vorbei. Du hast es überwunden. Es braucht noch etwas Zeit, bis du wieder die Alte bist«, sagte er immer wieder, während er über ihren Kopf streichelte.

Es tat so gut. Anne ließ sich einen Moment fallen. Ciro roch so gut. Nach Mann, nach Trost, nach Leder und nach Sicherheit ... ein bisschen wie ihr Vater, in ihrer Kindheit. Eine trügerische Sicherheit. Anne rückte ab, aber er zog sie wieder an sich. Sie leistete keinen großen Widerstand, sondern lauschte seinem beruhigenden Herzschlag. Warum sich nicht trösten lassen? Nur einen ganz kurzen Moment fallen lassen ...

Kapitel 7 Wer hätte das gedacht?

Einen Moment hatte Ciro sich mit Anne so verbunden gefühlt. Ihr Schmerz, ihre Wut, ihre Trauer waren seine. Es war noch gar nicht so lange her, da hatte auch er so empfunden. Er konnte sich noch genau an seine Einsamkeit erinnern, weil er dachte, dass niemand ihn verstand.

Es hatte einige Zeit gedauert, bis er begriff, dass jeder auf seine Art trauerte und die Kraft für sich selber brauchte. Trotzdem litt er lange Zeit unter dem Alleinsein – genau genommen immer noch, aber er konnte besser damit umgehen.

Oder vielleicht doch nicht?

Auf einmal kamen ihm Zweifel, denn auch in ihm kochte die Dramatik des Schicksalsschlags in der Familie wieder hoch. Ihm war schon länger klar, dass es ihn in die Altstadt zog, damit er die trüben Gedanken vertreiben konnte. Die Eskapaden waren seine Art, mit den Dingen umzugehen.

Ewig konnte es so nicht weitergehen, das hatte er schon längst begriffen. Doch die Erkenntnis allein war noch lange kein Ausweg. Sie machte das Gefühl des Verloren seins eher schlimmer. Wahrscheinlich ging es Anne genauso, sie gestand sich die Einsamkeit nur noch nicht ein.

Inzwischen hatte Anne sich gefangen und sah ihn an. Ihr Blick ging ihm durch und durch. Die blauen Augen hatten eine überwältigende Tiefe. Er meinte, bis auf ihren Grund sehen zu können. Es war, als hätte er eine Seele gefunden, die er schon eine Ewigkeit kannte. Kribbelnde Wärme machte sich in seinem Bauch breit.

Liebevoll strich er eine Strähne ihres Haares hinters Ohr und lächelte sie an. Anne lächelte entspannt zurück. Diese rätselhafte Verbindung schien sie beide in eine goldene Aura zu hüllen.

Es war überhaupt keine Frage, dass sich ihre Gesichter näherten und sich in einem Kuss fanden. Er nahm etwas von ihrem köstlichen Duft auf, bevor sich ihre Lippen berührten.

Vom ersten Augenblick an hatte er sich gewünscht, Anne zu küssen. Jetzt war es wie eine Offenbarung. Seine Erwartungen wurden übertroffen. So hatte noch nie eine Frau geschmeckt, so köstlich, so süß, so einzigartig.

Wenn er eine Frau küsste, tat er es normalerweise, um die Frau zu verführen und sie ins Bett zu bekommen. Dann wühlte sich seine Zunge wie ein Eroberer durch den Mund der Auserwählten. Die meisten Frauen mochten es, wenn jemand wusste, was er wollte.

Doch dieser Kuss war so tröstend, so zärtlich, so vielsagend und verbindlich. Ein Glücksgefühl flutete die letzte Zelle und löste jegliche Verhärtung, seelisch wie körperlich, die schon so lange bestanden. Er hatte sie gar nicht mehr wahrgenommen. Doch jetzt, wo sie sich lösten, fühlte er sich wieder so leicht und unbeschwert wie damals, als die Familie noch intakt war.

Er verschwendete keinen Gedanken an Sex, streichelte sie zärtlich und wollte einfach nur ihre Nähe spüren. Annes Zuwendung machte ihn einfach nur glücklich, er könnte endlos so weitermachen. Doch das würde nicht spurlos an ihm vorübergehen, denn ihre Hände gingen auf Wanderschaft. Als die seinen Hintern erreicht hatten und zupackten, wurde seine Hose unangenehm eng.

Automatisch wurden auch seine Hände mutiger. Als Annes leises Stöhnen in seinem Mund vibrierte, zupften sie am Rock und schlüpften darunter. Ciro keuchte leise, als er über ihre Kurven streichelte. Begierig strebten die Leiber aufeinander zu. Anne spürte seine Härte, unterbrach den Kuss und sah ihn mit lustverhangenem Blick an.

Ciro wurde unsicher. Wollte sie wirklich mehr?

Als er etwas zurückwich, fing sie an, an seinem Gürtel zu nesteln.

Das war Signal genug. Seine Hände schlüpften wieder unter den Rock und in die Unterhose hinein. Mutig schob er sie ein Stück hinunter, damit er freie Bahn hatte.

Anne schob sich an ihn und öffnete den Kopf seiner Jeans. Ihre schlanken Hände wagten sich auch in seine Unterhose. Sie atmete schwer, als sie seinen knallharten Schwanz spürte.

Ciro schloss die Augen. Die Begierde überrollte ihn und er schob Annes Slip noch ein Stück weiter hinunter, bis der zu Boden fiel. Anne stieg hinaus und zog Ciro zum Sofa. Routiniert beugte er sie über die Lehne.

Er wagte kaum zu atmen, als sie ihren Rock hochschob und das göttliche Hinterteil freilegte. Gierig spreizte sie die Beine und legte ein Stück ihres Eingangs frei.

Ciro war wie hypnotisiert. Er fragte nicht, warum sie das tat und wieso sie die Leidenschaft derart überfiel. All sein Blut war aus dem Kopf gewichen und sammelte sich im Unterleib. Er schluckte, als er zum Reißverschluss griff.

Plötzlich klapperte es an der Tür.

Geistesgegenwärtig kickte Ciro Annes Slip unter das Sofa und zog den Zipper wieder hoch.

Anne zuckte zusammen und richtete sich sofort auf. Sie starrte ihn mit großen Augen an, als wäre sie gerade vom Leibhaftigen persönlich verführt worden. Verschämt legte sie die Hand auf den Mund.

Ciro fühlte sich sehr seltsam. Das Blut rauschte in seinen Ohren, als Anne noch ein Stückchen weiter von ihm wegrückte. Offensichtlich waren sie doch nicht so vertraut, wie es sich eben noch angefühlt hatte.

»Ach, hier bist ... seid ihr«, erklang die Stimme von Lea. Überlaut waren ihre Schritte auf dem Betonboden zu hören, bis sie stutzte. »Ich hab mir schon ernsthaft Sorgen gemacht«, erklärte sie mit sinkender Stimme. »Störe ich?«

»Quatsch«, erwiderte Anne mit entrüstetem Unterton und zupfte an ihrem Rock. Dass sie mit ihm erwischt worden war, war ihr sichtlich unangenehm.

Ciros Herz setzte einen Schlag aus. Er stellte sich hinter Anne, damit Lea nicht die Beule in der Hose sah und versuchte unauffällig, den Gürtel wieder zu schließen. Gott sei Dank war Lea nicht noch später gekommen, sonst hätte er jetzt ein Problem.

»Wir haben gerade zusammen die Friedenspfeife geraucht«, versuchte er, die unangenehme Situation zu entschärfen.

»Na, dann ist ja alles in Ordnung. Ich wollte nur Bescheid geben, dass Elias gleich spielt. Wenn ihr das sehen wollt ... ich geh dann mal wieder«, stotterte Lea und fuhr sich verlegen durch die Haare. Fast fluchtartig verließ sie die Garage.

»Warte, ich komme mit«, antwortete Anne eilig und folgte Lea hastig.

Was war das? Sie konnte doch nicht einfach so verschwinden!

Am liebsten hätte Ciro sie am Arm festgehalten. Aber so blieb ihm nichts anders übrig, als ihr zu folgen. Aber was machte er da? War es wirklich sinnvoll, jetzt wie ein verliebter Gockel hinter ihr her zu stolzieren? Nein!

Auch wenn er es heute nicht mehr zu Ende bringen würde, so wollte er doch noch ein wenig Annes Nähe genießen und sich entspannt mit ihr unterhalten. Sie noch einmal küssen ... nein, noch oft so küssen ... nein, noch mehr, wenn sie es zuließ.

Es war ihm bewusst, er lief Gefahr, sich zum Idioten zu machen. Und das Schlimmste war, dass es ihm egal war. Sein Magen krampfte, fast schmerzte es, dass sie ging.

»Warte, Anne. Lass uns doch noch etwas zusammen trinken«, sagte er und hielt sie am Arm fest, als Lea schon außer Sichtweite war.

»Etwas trinken? Ich dachte, du wolltest gehen?«

»Bitte, ich habe den Moment eben sehr genossen«, erwiderte er unsicher.

Anne blieb stehen und musterte ihn. »Das kann ich mir denken. Und jetzt willst du Brüderschaft trinken?«

Ciro schluckte. »Aber...«

»Eben war ich einen Moment schwach. Ich weiß auch nicht, was in mich gefahren ist, es kommt aber nicht wieder vor. Es tut mir leid«, flüsterte sie.

»Das verstehe ich jetzt nicht. Ich möchte nur noch etwas mehr Zeit mit dir verbringen.«

Anne schüttelte den Kopf. »Ich weiß nicht, wozu das gut sein soll.«

»Muss immer alles für irgendetwas gut sein?«, fragte Ciro schulterzuckend. »Hast du nie einfach nur Spaß?«

»Spaß?« Anne blieb stehen und sah ihn skeptisch an.

»Du weißt gar nicht, was das ist, oder?«, fragte er und verkniff sich jegliche Gesichtsregung.

Er wusste zwar nicht, ob das die richtige Strategie war, aber etwas Besseres fiel ihm gerade nicht ein. Ciro war ratlos. Nicht, dass er noch nie eine Abfuhr bekommen hatte, aber normalerweise verschwendete er dann keine Zeit mehr damit, schließlich gab es genug willige Weiber.

Anne war die erste Frau, der er unbedingt näherkommen wollte und die nicht darauf aus war, ihn zu erobern. Schon allein das machte sie zu etwas Besonderem. Sie war seine Seelenverwandte, das spürte er ganz deutlich. Bei ihr würde es sich lohnen, die Mauern um ihr Herz einzureißen, da war er sich sicher. Er hatte sie endlich gefunden, die Frau, die er heiraten würde.

»Spaß ... als wenn das so einfach wäre«, antwortete Anne nach einigem Zögern.

»Bitte. Es ist so einfach, man muss es nur geschehen lassen. Was spricht denn dagegen, dass wir uns noch ein bisschen näher kennenlernen?«

»Was dagegen spricht? Ich kann keinen Mann in meinem Leben gebrauchen. Nein, ich will keinen. Das spricht dagegen. Es ist also sinnlos«, und drehte sich wieder weg.

Ciro stolperte hinter ihr her. »Wieso komme ich mir jetzt vor, als hätte ich dir einen Heiratsantrag gemacht? Übertreibst du da nicht?«, versuchte er zu beschwichtigen.

In seinem Hirn raste es. Musste die Begegnung wieder unverfänglicher werden, damit er weiterkam?

Da fiel ihm plötzlich ein, dass sie ja gar keine Unterhose mehr trug. Ob sie vor Schreck selbst nicht mehr daran dachte?

»Sollen wir nicht dein Höschen holen?«, raunte er in ihr Ohr. »Ich hab's unter das Sofa gekickt, damit Lea es nicht sieht.«

Anne schluckte. »Das wäre zu auffällig. Es geht ja gleich los. Da hinten kommt Elias, da kann ich schlecht wieder weglaufen«, erwiderte sie leise.

Es war, als würde ihr jetzt erst bewusst, dass die Tatsache auch etwas Anrüchiges an sich hatte, denn sie biss sich auf die Unterlippe.

Gefiel ihr der Gedanke? Das war irgendwie sexy!

Ciro stockte der Atem. Die Beule in seiner Hose wurde wieder dicker.

Gerade in diesem Moment kam Elias für sein Ständchen auf die kleine Bühne und er bat Anne nach vorne. Sie folgte seiner Aufforderung, blieb aber etwas an der Seite stehen.

Elias stimmte Happy Birthday an und forderte die Gäste zum Mitsingen auf. Währenddessen rückte Ciro näher zu Anne und positionierte sich so, dass niemand sehen konnte, wie offensichtlich sie ihn erregte. Er achtete darauf, dass sie seinen Atem im Nacken spüren konnte.

Anne lächelte, als sie ihn bemerkte. Zufrieden stellte er fest, dass sie eine Gänsehaut bekam. Es knisterte gewaltig zwischen ihnen. Er rückte noch ein Stück näher, das heizte die erotische Spannung weiter an. Bis auf gefühlte zehntausend Volt.

Am liebsten hätte er ihre Hand ergriffen, aber die Gefahr, dass es wieder ihre Abwehr verstärkte, schien ihm letztendlich doch zu groß.

Einträchtig standen sie zusammen und lauschten den Balladen von Elias, die er aus dem Radio kannte. Obwohl Ciro angestrengt versuchte, sich zu konzentrieren, wollte Annes nackter Po nicht aus seinen Gedanken verschwinden.

Elias war ein ganz schöner Schwerenöter, das heizte Ciro zusätzlich an. Doch er lockerte mit seinen Anekdoten die Stimmung zwischen seinen Liedern auch wieder auf. Er war auch ein guter Entertainer, das musste man ihm neidlos anerkennen.

Ciro ließ Anne nicht aus den Augen, die dem Vortrag fasziniert folgte. Im Inneren ihres Herzens war diese Frau mit Sicherheit eine Romantikerin – so wie er selbst.

Als hätte sie seine Blicke gespürt, sah Anne ihn an und lächelte. Die Szene hatte etwas Vertrautes. Für einen kleinen Moment ließ sie ihn bis in ihre Seele schauen und er sah das Glück darin.

Dieses Gefühl drang bis in sein Herz und ließ es aufblühen wie eine Blume. Sofort hatte er das Bedürfnis, Anne so oft wie möglich glücklich zu machen. Und er wollte sie noch besser kennenlernen. Jede einzelne ihrer zahlreichen Facetten.

Kapitel 8 Zweiter Versuch

Elias' Vortrag war zu Ende und die Menge strömte auseinander. Die meisten gingen zur kleinen Bar und holten sich neue Getränke, bevor sie sich wieder setzten.

»Wollen wir auch noch was trinken?«, fragte er spontan.

»Ich hätte gerne meinen Slip wieder.«

»Ach ja. Dann komm.«

Verstohlen schlichen sie zurück zum Schuppen. Ciro ging auf die Knie und zog die Unterhose hervor. Ein solides, knapp geschnittenes, schwarzes Spitzenteil. Mit einem verlegenen Lächeln reichte er es Anne und verdrängte den Gedanken, dass er ihn gerne behalten hätte.

Annes Mundwinkel zuckten nervös. Sie nahm ihn an und wich etwas zurück, als ob sie Angst vor Ciro hätte.

»Ich ... Es tut mir leid, wenn ich dich ... überfordert habe«, murmelte er.

»Ja, okay ... Ich war wohl ein bisschen ... durcheinander.«

»Du wühlst mich auch irgendwie auf«, gestand er, nahm allen Mut zusammen und ging auf sie zu.

Anne hatte die Sofalehne nach einem Schritt erreicht und schluckte, als sie gestoppt wurde. Wie ein Schaf auf der Schlachtbank sah sie ihn an. Ihr Brustkorb hob und senkte sich schnell.

Ciro wusste, wenn er jetzt fragen würde, ob sie es zu Ende bringen wollten, würde sie Nein sagen. Deshalb glitten seine Finger durch ihr langes dunkelbraunes Haar, das selbst bei dem dämmrigen Licht noch glänzte, und zog sie zum Kuss heran.

Anne seufzte leise, als sie seiner Zunge Einlass gewährte. Trotzdem erwiderte sie den Kuss mit Hingabe. Er spürte, dass er ihr jetzt zeigen konnte, wie sehr er sie immer noch begehrte. Mit dem Slip in der Hand stützte sie sich auf die Sofalehne, als Ciro ihren Po knetete und sie dabei seine Härte spüren ließ.

Diesmal war er innerlich besser vorbereitet, es sollte nicht noch einmal so ein animalischer Überfall werden. Er wollte ein wenig mehr von dieser wunderbar duftenden Frau genießen.

Geschickt öffnete er den Reißverschluss des Etuikleides, streifte den breiten Träger von den Schultern und befreite ihre Brüste aus dem BH. Seine Lippen knabberten an ihren Schlüsselbeinen, während er sie knetete. Sie waren perfekt, rund und fest. So, als hätte sie noch nie ein Kind genährt. Doch eigentlich war es ihm egal, wie sie aussah, er würde alles an ihr perfekt finden.

Annes Augen waren geschlossen, sie genoss seine Zärtlichkeiten sichtlich. Deshalb wagt er sich einen Schritt weiter und schob den Rock hoch. Seine Hand glitt über die perfekte glatte Rundung ihres Hinterns. Doch plötzlich fuhr der Schreck ihnen durch die Glieder. Ciro zuckte zurück, als hätte er sich verbrannt.

Linus´ Stimme war zu vernehmen.

»Jetzt kannst du sehen, dass ich nicht gelogen habe. Ich krieg die Harley, wenn ich groß bin und dann werde ich Rocker. Die fahren alle Harleys.«

»Bei den Hell's Angels?«, erkannte Ciro Linas Stimme.

»Klar, wo sonst?«, prahlte Linus. »Die sind so stark.«

»Die meisten sind nicht stark, sondern fett und haben auch noch Glatze. Willst du später fett werden?«

Der Riegel an der Tür klapperte.

Blitzschnell hatte Ciro Anne den Slip abgenommen und in seine Tasche gesteckt. Ebenso eilig hatte Anne die Träger ihrer Kleidung wieder oben. Ciro zog den Reißverschluss im letzten Moment hoch, da blendete ihn das Licht.

»Was macht ihr hier?«, fragte Linus überrascht.

»Was machst du hier?«, erkundigte sich seine Mutter.

»Ich wollte Lina die Motorräder zeigen. Und ihr?«

»Wir sehen uns auch die Motorräder an.«

Lina zog die Stirn kraus. »Im Dunkeln?«

»Äh, ja. Wir wollten gerade gehen, da dachte ich, ich hätte mein Handy vergessen«, flunkerte Ciro und lächelte verlegen.

»Wie findest du die Bikes?«, wollte Linus wissen.

»Cool, echt cool.«

»Dann kannst du Mama ja helfen, ihrs wieder fertigzumachen.«

»Linus, sei still. Du weißt, ich will das gar nicht.«

Ciro zuckte mit den Schultern. »Du hast es gehört.«

»Und außerdem sollst du hier nicht mit deinen Freunden rein. Das weißt du auch!«, setzte Anne nach.

»Mama, ich bin doch kein Baby mehr!«, verteidigte sich Linus entrüstet.

»Komm, wir gehen jetzt alle hier raus!«, verlangte sie streng.

»Genau«, bestätigte Ciro. »Ich glaube, das Fußballspiel geht gleich los.«

Das war das richtige Stichwort, die Kinder stürmten davon.

»Was machen wir?«, fragte Ciro unschlüssig.

»Ich werde mich nicht noch mal erwischen lassen. Auf den Schreck kann ich jetzt doch ein Glas Wein vertragen. Aber nicht mehr«, erwiderte Anne.

»Ich denke, du trinkst nichts?«, konnte Ciro sich nicht verkneifen.

»Ich lass mich nicht abfüllen, damit man mich anbaggern kann. Das ist ein Unterschied.«

Ciro schoss das Blut in den Kopf. Er war ein bisschen beleidigt. So primitiv wollte er von Anne nicht gesehen werden. »Also, entweder bist du ganz schön eingebildet, oder du hältst mich für einen Wüstling.«

Anne grinste. »Bist du das nicht?«

Inzwischen setzte die Dämmerung ein, bald würde es dunkel sein. Eine kühle Böe empfing die beiden. Ciro bekam eine Gänsehaut und auch Anne rieb sich die Arme. Sie fanden ein Plätzchen, etwas abseits, unter einem Heizpilz.

»Setz dich«, forderte er Anne auf. »Ich hole uns Wein.«

Schnell schnappte sich Ciro im Vorbeigehen seine Jacke, um sie, nachdem sich Anne gesetzt hatte, über ihre Schultern zu hängen. So wollte er verhindern, dass sie verschwand, um sich selbst etwas zum Überziehen zu holen. Ihm reichte die Wärme vom Strahler.

Ciro stellte zwei Gläser mit einer Flasche Weißwein vor Anne auf den Tisch und nahm neben ihr Platz.

»Erzähl mir von dir. Wie lange bist du Motorrad gefahren?«, leitete er ein Gespräch ein, doch Annes Antworten waren einsilbig. Also fing er an, von sich und seinen Motorrädern zu erzählen, vielleicht würde er so mehr von ihr erfahren. Er gab ihr unterschiedliche Vorlagen und sie stieg darauf ein.

Eine Frau, mit der man richtige Gespräche führen konnte, jenseits vom Smalltalk. Ciro konnte sein Glück kaum fassen. Doch obwohl das Gespräch interessant war, und die Zeit wie im Flug verging, gelang es ihm nicht, viel Persönliches aus Anne zu locken. Warum war sie so, wie sie war? Darüber verriet sie nichts. Ausgerechnet das, was ihn sonst nur wenig an einer Frau interessierte, machte ihn bei ihr noch neugieriger. Na ja, er würde noch genug Zeit haben, sie kennenzulernen. Ein ganzes Leben lang.

Der Wein schmeckte gut und je mehr sie davon tranken, desto mehr knisterte es wieder zwischen ihnen. Anne wurde gelöster, lachte mehr. Das gefiel ihm. Er würde sie jeden Tag dazu bringen, wenn sie erst einmal seine Frau war.

Obwohl er sie zu gerne noch einmal geküsst hätte, hielt er sich zurück. Das ging ihr sicher zu weit. Er genoss die Wärme und den Duft, der von ihrem Körper ausging, wenn sie ihm beim Gespräch näherkam. Das genügte – vorerst.

»Woran denkst du?«, fragte er, als sie versonnen mit ihren Haaren spielte.

»Dass du immer noch meinen Slip hast«, raunte Anne grinsend.

»Soll ich ihn dir jetzt geben?«

»Spinnst du? Wenn die anderen das mitbekommen«, flüsterte sie.

»Das habe ich mir gedacht. Aber dir gefällt der Gedanke, gib's zu«, provozierte Ciro sie. »Nach unserem holprigen Start hätte ich nicht gedacht, dass es so kommt.«

»Bild dir bloß nicht zu viel ein. Es ist nur so weit gekommen, weil ich schon Ewigkeiten nicht ... mehr hatte.«

»Das kann man sofort ändern. Lass uns reingehen.«

»Das ist auch nicht viel anders, als wenn du mir hier die Unterhose wiedergibst und alle dabei zusehen können.«

»Wieso? Du musst doch sicher mal aufs Klo und ich folge dir dann mit ein bisschen Abstand.«

»Kommt nicht infrage. Ich würde im Erdboden versinken, wenn das jemand mitbekommt.«

»Bin ich so peinlich? Meinst du, deine Freundin Lea hat nicht kapiert, was da gelaufen ist?«

»Ja.«

»Was, ja?«

»Ja, du bist peinlich.«

Ciro schnappte nach Luft. »Wieso das?«

»Weil du eine männliche Hure bist. Lea hat mir erzählt, dass du blöde Sprüche ablässt, um dir die Frauen vom Leib zu halten, wenn du bekommen hast, was du willst.«

Diese Klatschweiber!

»Ach ja? Und die weiß das, weil sie auch schon eins meiner ›Opfer‹ war, oder was?«, ereiferte er sich und machte bei Opfer Gänsefüßchen in der Luft.

»Also ist da was dran?«

»Wo dran? Huren verkaufen sich für Geld. Ich nicht. Wenn schon, dann bin ich eine männliche Schlampe.«

Anne lachte auf.

»Ich lebe meine Sexualität eben aus. Daran ist doch nichts Verwerfliches«, verteidigte er sich.

»Ach ja? Dann läuft das so. Du bist immer noch auf der Suche nach der Richtigen, der Frau fürs Leben ... und willst nicht die Katze im Sack, nicht wahr?«

»Blödsinn.«

»Was, Blödsinn? Du gibst es zu, dass du nur auf die schnelle Nummer aus bist?«

»Du drehst mir ja das Wort im Mund rum!«

»Wie kann man Blödsinn im Mund rumdrehen? Nnisdölb?«, lachte sie.

»Boah, was machst du beruflich? Verkaufst du Sand in der Wüste?«

»Weißt du das nicht? Kundenbetreuerin Maschinenbau«, klärte sie ihn süffisant auf. »Da hab ich öfter mit so Vögeln wie dir zu tun.«

»Ach ja? Was bin ich denn für ein Vogel?«

»Ein Pfau. Schöne Federn, kann nicht fliegen.«

»Danke.«

»Wofür?«

»Für die schönen Federn. Aber woher weißt du, dass ich nicht fliegen kann? Du kennst mich doch gar nicht.«

»Oh, doch. Ich kenne deine Sorte, das reicht. Du bist einer, der mit seinem Charme die Frauen einwickelt. Der den Smalltalk draufhat und damit die Frauen schwindlig labert, obwohl es ihn überhaupt nicht interessiert.«

Oh Mann, das klang ziemlich frustriert! Ciro stützte seinen Kopf und musterte Anne. Wen hatte er da ins Visier genommen?

»Wie kommst du darauf, dass ich mich nicht für meine Gesprächspartner interessiere? Haben wir heute etwa Smalltalk gemacht?«

»Nein, zufällig nicht. Aber das war nur zufällig.«

»Oh, du kannst Gedanken lesen? Ich sag dir was. Wir haben keinen Smalltalk gemacht, weil wir ein besseres Thema hatten«, stellte er fest.

»Ja, weil ich eine ganz besondere Frau bin«, spottete Anne pathetisch.

»Genau, das bist du. Eine ganz besondere Kratzbürste, die ich zu gerne noch einmal küssen würde«, hauchte er lasziv.

»Vergiss es! Früher war ich beruflich viel unterwegs. Weißt du, was ich gemacht habe, wenn ich auf Dienstreise angegraben wurde?«

»Nein, aber ich brenne darauf, es zu erfahren.«

»Da half ein herber Trinkspruch.« Anne hob ihr Glas, prostete ihm zu. »Zur Mitte, zur Titte, zum Sack, zack, zack.«

Ciro konnte sich ein Grinsen nicht verkneifen. »Tatsächlich? Damit wäre ich vorsichtig. Frauen, die trinken, gelten als leicht zu haben.«

»Wirklich? Er gefällt dir? Dann vielleicht der: Auf die Männer, die wir lieben, und die Penner, die wir kriegen«, foppte sie und kippte den Rest aus ihrem Glas.

»Oh, cool … aber klingt ein bisschen bedürftig. Wie findest du den? Das Wasser ist des Ochsen Kraft, der Mensch trinkt Wein und Gerstensaft. Drum stoß ich an mit Bier und Wein, wer möchte schon ein Ochse sein?«, prostete er und leerte auch sein Glas. »Stand auf einem Schild im Partykeller eines Freundes.«

Anne lachte laut auf, ihre wunderschönen Augen funkelten amüsiert. Eins wusste er schon mal über sie, sie war ein Pfundskerl mit Humor. Eine, mit der man Pferde stehlen konnte. Ciro war sich immer sicherer, dass sie die Frau seines Lebens war. Und der Alkohol half ihm, die Blume zum Blühen zu bringen.

Wie beiläufig schenkte er ihr nach. Leider war die Flasche leer und er wollte nicht weggehen, um eine neue zu holen. Wer wusste schon, ob sie dann noch da war? Also nahm er eine benachbarte Flasche, die stehen geblieben und leider schon warm war, um sein Glas zu füllen.

»Ist der Ruf erst ruiniert, säuft's sich völlig ungeniert«, murmelte er grinsend dabei.

»Das Leben ist an manchen Tagen, halt nur im Vollrausch zu ertragen«, antwortete Anne.

Ciro sah sie an, als er sein Glas hob. »Du bist toll. Weißt du das?«

»Nüchtern bin ich schüchtern, aber voll bin ich toll«, kicherte Anne übermütig und stupste ihr Glas gegen seins.

»Nein, das ist mein Ernst«, versicherte er.

»Du meinst etwas ernst? Das nehme ich dir nicht ab.«

Ciro seufzte. Diese Nuss zu knacken und ihr Vertrauen zu gewinnen, würde noch ein hartes Stück Arbeit werden.

Kapitel 9 Der Draht

»Mama, dürfen wir im hinteren Garten Verstecken spielen?« Mit erhitztem Kopf stürmte Linus auf seine Mutter zu. Er war sichtlich aufgewühlt, denn er hatte mit Lina und den anderen Kindern die ganze Zeit Fußball gespielt.

»Nein, es ist dort zu dunkel«, antwortete Anne und strich ihrem Sohn zärtlich übers Haar. »Du bist ja ganz verschwitzt. Spielt doch noch etwas Ruhigeres, gleich geht's ins Bett.«

Ein schlechtes Gewissen machte sich in ihr breit, dass sie über die Plauderei mit Ciro ihre mütterlichen Pflichten vergessen hatte. Sie durfte auf keinen Fall noch mehr Alkohol trinken.

»Ich will aber nicht ins Bett. Die anderen dürfen auch dableiben, bis Lea keinen Geburtstag mehr hat«, maulte Linus.

Er war so süß, wenn er diese Schnute zog.

»Verstecken ist doch nicht so anstrengend«, bettelte er.

»Aber ihr könnt doch gar nicht mehr richtig sehen und das Gras im hinteren Garten ist zu lang. Nachher bekommt noch einer von euch eine Zecke. Oder ihr fallt, oder verfangt euch im Gestrüpp und zerreißt die schönen Kleider. Das gibt nur Ärger. Ich glaube nicht, dass die anderen Eltern ihre Kinder heute Abend noch auf Zecken absuchen wollen, die müssen nach Mitternacht auch dringend ins Bett«, bot Anne alles an Argumenten auf, die ihr einfielen.

»Warum mähen wir auch nicht dahinten?«, schmollte Linus.

»Das Thema hatten wir doch schon. Weil ich immer noch nicht dazu gekommen bin, den Mäher zu reparieren.«

»Der kleine Traktor in der Garage? Ich hätte Zeit und könnte ihn am Wochenende reparieren«, bot Ciro sich an.

»Au ja! Darf ich helfen?«, jubelte Linus.

»Klar, wenn deine Mama es erlaubt«, antwortete der dem Jungen und sah fragend zu Anne hinüber.

Anne war geladen. Wie kam dieser wildfremde italienische Macho dazu, sich zwischen sie und ihren Jungen zu drängen?

»Ich glaube, das wird nicht klappen«, murrte sie.

»Aber warum nicht? Du bist blöd«, grummelte Linus.

Ciro legte Linus beschwichtigend die Hand auf den Arm. Er tat ihm sichtlich leid, was Anne wiederum einen Stich versetzte. Sie wollte in diesem Spiel nicht der Buhmann sein, aber Ciro hätte sie vor seinem Angebot wenigstens fragen können.

»Ich bin nicht fies«, verteidigte sich Anne. »Ich kenne Ciro doch noch gar nicht. Das können wir nicht annehmen.«

Der kleine Mann sah von einem zum anderen, wobei sein Blick bei Ciro flehend wurde. Ganz klar, Linus und Ciro mochten sich. Irgendwie schien er einen Draht zu Kindern zu haben. Unter diesen Umständen war es natürlich schwer, den Spielverderber zu geben. Anne fühlte sich genötigt.

»Selbst wenn der Traktor wieder funktioniert, das Gras muss erstmal mit einer Sense vorgemäht werden. Dafür habe ich erst recht keine Zeit.«

»Aber ich will auch mal wieder ins Baumhaus. Da war ich schon so lange nicht mehr.« Linus stampfte ungeduldig mit den Füßen.

Ciro öffnete den Mund, so, als wolle er etwas sagen, schloss ihn dann aber wieder.

Gut so, dachte Anne.

»Komm, Linus, geh schaukeln, oder so. Ich muss etwas mit Ciro besprechen«, forderte sie ihren Sohn auf.

Der kleine Mann zog die Stirn kraus. Aber Ciro nickte ihm zu und er trollte sich.

»Was soll das hier werden?«, giftete Anne, als Linus außer Hörweite war.

»Nichts!«, beteuerte Ciro mit erhobenen Händen. »Ich wollte bloß Dornröschen befreien. Ich liebe es, zu schrauben.«

»Dornröschen befreien?« Anne zog die Stirn kraus.

»Na ja, war mein erster Gedanke, als ich hier auf den Hof kam.«

»Aha, und da zückt der Edelmann gleich sein Schwert.«

»Warum redest du so zweideutig? Habe ich etwa das Schwert gezückt? Pass lieber auf, was du sagst, es könnten Kinder mithören«, warnte Ciro augenzwinkernd.

Anne mahlte mit den Zähnen.

»Das machst du doch nicht ohne Hintergedanken?«, argwöhnte Anne.

»Was sollen die denn bitte sein?«, fragte Ciro entrüstet. »Das jemand nur helfen will, scheint in deiner Welt gar nicht vorzukommen. Übrigens kenne ich zufällig auch einen motorradverrückten Gärtner, der mir noch einen Gefallen schuldet. Der könnte das Gras vorab kürzen.«

»Ja, und danach reparierst du mit Linus zusammen das Baumhaus«, stöhnte Anne.

»Das würde mir in der Tat Spaß machen. Wäre das so schlimm?«, fragte Ciro und zuckte mit den Schultern.

»Ist das deine Strategie? Mich über das Kind einzuwickeln?«

Ciro stöhnte und rieb sich angestrengt über die Augen. »Ich schwöre, ich habe dabei keine Hintergedanken. Ich liebe einfach nur Kinder und mag es, wenn die ihren Spaß haben.«

»Aber du kannst dich doch bei uns nicht einfach so reindrängen.«

»Wenn du das so empfunden hast, dann tut es mir leid. Das wollte ich nicht. Dann lassen wir es. Wie gesagt, ich wollte nur helfen«, seufzte Ciro. »Soll ich uns noch einen Wein holen?«

Anne schüttelte den Kopf. »Lieber ein Wasser.«

Sie fragte sich, ob sie nicht schon wieder überzogen reagiert hatte. Sie konnte nichts dagegen tun. Ihre Alarmglocken sprangen automatisch an, wenn jemand nett zu ihr war. Sie seufzte. Sie hatte das Vertrauen in das männliche Geschlecht verloren. Womöglich würde sie es nie wiederfinden.

»Hier, dein Wasser«, sagte Ciro kurze Zeit später und setzte sich wieder. »Ich will ja nicht weiter nachbohren, aber wenn ich das richtig verstehe, willst du nicht, dass ich Kontakt zu deinem Sohn habe?«, fragte er.

»Das siehst du absolut richtig«, antwortete Anne.

»Aber warum? Ich versteh das nicht.«

»Weil ich das prinzipiell nicht will.«

»Das verstehe ich erst recht nicht.«

»Wirklich nicht? Ich möchte nicht zu den Frauen gehören, die ihrem Kind ständig einen neuen Partner zumuten.«

Ciros Augenbrauen hoben sich. »Jetzt bin ich auf einmal ein neuer Partner?«

Anne redete sich um Kopf und Kragen. Sie schluckte. »Blödsinn, aber Linus könnte das vielleicht erwarten.«

»So hätte ich dich gar nicht eingeschätzt, dass du ständig neue Partner hast«, versicherte Ciro augenzwinkernd.

»Sehr witzig.«

»Ach so, du möchtest als Heilige dastehen.« Ciro fuhr sich pathetisch durchs dichte Haar. »So kamst du mir eben allerdings auch nicht vor, was mir durchaus gefallen hat.«

»Du wirst bestimmt nicht bei mir landen«, zischte sie.

»Wer sagt denn, dass ich das will?«

»Willst du das nicht immer?«

Ciro schnaubte verächtlich. »Oh, ich vergaß. Wenn ich die Kerbe in meinem Bettpfosten erst einmal habe, bin ich ratzfatz wieder verschwunden und der Junge wird sich die Augen aus dem Kopf weinen«, verkündete er pathetisch.

»Ja, so ungefähr würde es wahrscheinlich laufen.«

»Und wenn es nicht so laufen würde? Ich meine, nur mal so theoretisch.«

»Das werden wir nie erfahren«, beharrte Anne und nahm einen großen Schluck Wasser.

Wieso war dieser Kerl so hartnäckig?

Wieso fühlte sie sich von ihm so angezogen und abgestoßen zugleich?

Das war verwirrend. Und anstrengend!

»Weißt du was? Am liebsten würde ich den Mann verprügeln, der dir so das Vertrauen geraubt hat«, erklärte Ciro.

»Das kann ich mir vorstellen«, erwiderte Anne mit einer wegwerfenden Handbewegung. »Du gehörst bestimmt zu der Sorte, die sich gerne mal prügelt.«

»Jetzt reicht es aber! Vorurteile über Vorurteile. Du kennst mich nicht, weißt aber schon alles. Nein, ich befürworte keine Gewalt! Das mit dem Verprügeln war eher so etwas wie eine Metapher.« In seiner Stimme schwang eine gehörige Portion Wut mit.

»Na prima. Wortgewandt bist du also auch«, gab Anne trotzig zurück.

»Es war sicher dein Mann. Der Totalausfall, der dir das angetan hat, oder?« Ciro trank den Rest aus seinem Glas.

Natürlich war es für Ciro offensichtlich. Sollte sie jetzt über ihren Exmann herziehen? Guttun würde es vielleicht, aber Anne hatte keine Lust, weiter in der düsteren Vergangenheit zu wühlen.

»Jep. Genau ins Schwarze. Der war auch immer so wahnsinnig nett. Aber nur, solange es nach seiner Nase ging. Ich habe mir geschworen, solchen Typen nie wieder auf den Leim zu gehen.«

Ciro nickte und drehte nachdenklich das leere Glas in seiner Hand. Anne wunderte sich, dass er sich nicht gegen die Anspielung wehrte, dass sie ihn mit Thorsten über einen Kamm scherte.

»Wo hast du ihn eigentlich kennengelernt?«, fragte Ciro stattdessen.

»Thorsten? Während des Studiums. Er war so charmant, wirkte so seriös und ehrgeizig – meine Eltern waren begeistert.«

»Hast du ihn deswegen geheiratet? Weil deine Eltern von ihm begeistert waren?«

»Nein, natürlich nicht. Er war eben waaaahnsinnig nett, charmant, seriös, verbindlich und zuvorkommend.«

Wieso erzählte sie das jetzt doch?

Wieso ging es ihr so leicht über die Lippen?

Wieso war es so erleichternd, darüber zu reden?

Fuck!

»Also doch.«

»Was doch?«, fragte Anne und legte die Stirn in Falten.

»Du wolltest es deinen Eltern recht machen. Ich kenne mich da aus. Italienische Eltern haben genaue Vorstellungen davon, wie eine Familie zu funktionieren hat.«

Da war es wieder, das Gefühl, einen Draht zueinander zu haben. Es gab wohl gewisse Parallelen in ihrem Leben. Genauso hatte sie es auch schon vorhin in der Werkstatt empfunden. Unbekannte Gefühle kochten in Anne hoch, die von ihrer aufkeimenden Angst nur mühsam niedergekämpft wurden.

»Keine Ahnung. Möglich«, murmelte Anne und suchte krampfhaft nach einem unverfänglicheren Thema. Ciro hatte ins Schwarze getroffen. Auch in der Therapie war schon herausgekommen, dass sie sich oft zu sehr anpasste. Aber gerade jetzt bemühte sie sich doch, nicht das ewig nette Mädchen zu sein. Warum war sie nur so unzufrieden mit sich?

»Hast du ihn überhaupt geliebt?«, holte Ciro sie aus den Gedanken.

»Was geht dich das eigentlich an? Aber ja, natürlich«, antwortete sie und fragte sich, ob sie die Wahrheit sagte. »Liebe, was ist das schon? Bauchkribbeln und ein paar Hormone bringen den Verstand durcheinander.«

»Manchmal ist im Bauch aber auch so was wie Instinkt zu finden«, wandte Ciro ein.

»Können wir jetzt das Thema wechseln?«, fragte Anne genervt.

»Entschuldigung. Genug gefragt. Hast du Lust, zu tanzen?«

Fast die ganze Gesellschaft war bereits auf der Tanzfläche. Karina hatte alle aufgefordert, mitzumachen. Anne und Ciro waren diskret ignoriert worden. Das roch alles so nach Verkuppelung. Aber wenn sie sich die ausgelassene Menge ansah, hatte sie große Lust, sich die aufgestauten Emotionen wieder aus dem Körper zu arbeiten.

Ciro nahm ihr die Jacke von den Schultern und zog sie mit sich. Die wild vergnügte Menge riss sie nicht nur mit, sondern die Bewegung – und auch der Alkohol – hoben ihre Stimmung. Natürlich war Ciro ein Discofox-Meister. Er wirbelte sie herum, sodass Anne Zeit und Raum vergaß. Sie ließ sich führen und von der Musik treiben. Sie lachte und hatte einfach nur Spaß.

Als sie irgendwann auseinander tanzten, waren sie so eins mit der Musik, dass sie alles um sich herum vergaß. Ciro hatte so einiges an Schritten drauf. Zwischenzeitlich bildete sich sogar ein klatschender Menschenring um die beiden.

Bestimmt konnte er es so gut, weil man als guter Tänzer besser Frauen anbaggern konnte, blitzte es ganz kurz durch die Gedanken. Aber sie wollte sich nicht mehr die Stimmung verderben lassen. Sie genoss einfach nur den Moment. Früher hatte sie auch so gerne getanzt. Leider hatte sie es damals für Thorsten aufgegeben, denn der hasste es.

Natürlich war es unvermeidlich, dass die Musik irgendwann langsamer wurde, denn einige der Gäste waren schon ganz schön aus der Puste. Ciro lächelte sie unschuldig an und zog dabei die Schultern hoch. Aber wenn Anne ehrlich zu sich war, freute sie sich, dass sie sich an den athletischen Männerkörper kuscheln konnte. Sie legte den Kopf auf seine Schulter. Sein leicht verschwitztes T-Shirt roch himmlisch. So etwas hatte sie schon die letzten Jahre vermisst.

Zärtlich zog Ciro ihren Körper an seinen. Nicht zu sanft, aber auch nicht zu fest. Es war ein himmlisches Gefühl der Geborgenheit. Irgendwo, ganz hinten in ihrer Seele, läuteten wieder einmal die Alarmglocken, aber Anne wollte sie jetzt nicht hören. Sie sah zu ihm auf, er zu ihr herunter. Er hatte ein ganz spezielles Lächeln, ein wenig verschmitzt, aber irgendwie machte ihn das nur sympathischer.

Ziemlich unwiderstehlich. Das war fatal!

Doch auf einmal hatte sie ganz und gar nichts mehr dagegen, dass er sich herunterbeugte und seine Lippen auf ihre presste. Es war die perfekte Berührung. Einfühlsam, nicht zu lang und nicht zu kurz. Verbundenheit. Seine Zunge forderte auch keinen Einlass. Es war nur eine zärtliche Sympathiebekundung.

Ein warmes Gefühl des Vertrauens breitete sich in ihr aus, aber gleichzeitig erhörte sie endlich die Warnungen ihres Verstandes. Verwirrt rückte sie vom unendlich enttäuschten Ciro ab.

»Ich glaube, ich muss Linus jetzt ins Bett bringen«, murmelte sie mit gesenktem Kopf. »Die anderen machen sich auch zum Aufbruch auf.«

Ciro sah sich um. »Ja, die Party scheint vorbei zu sein. Schade. Ich hätte noch ewig so mit dir weitertanzen können.«

Anne deutete ein Nicken an. Innerlich stimmte sie ihm zwar zu, aber diese Sache wurde ihr eindeutig zu brenzlig.

»Gehst du mal mit mir aus?«, fragte Ciro und biss sich verlegen auf die Unterlippe.

»Ich denke, du kennst die Antwort«, schnaubte Anne.

»Anne, warte«, sagte er und hielt sie am Arm, als sie sich auf den Weg machen wollte, um Linus einzufangen.

»Was?!«, zischte sie.

»Ich habe mir überlegt, dass ich dir ja helfen kann, den Traktor zu reparieren, wenn dein Sohn mal nicht da ist. Bekomme ich deine Handynummer?«

»Plumper Versuch.«

»Bitte! Ich möchte wirklich nur helfen.«

Ciro wirkte aufrichtig. Auf Annes Herz bildeten sich erste Tautropfen.

»Ich brauche deine Hilfe aber nicht«, beharrte sie dennoch. Sie hatte das Gefühl, dass er ihr schon viel zu nahe gekommen war.

»Bist du dir da sicher?«

»Ganz sicher!«

»Soll ich noch mit Aufräumen helfen?«

»Nein, das macht morgen die Cateringfirma.«

»Okay, dann kann man nichts machen.« Ciro seufzte herzzerreißend. »Dann sag ich mal Tschüss, denn ich sehe, dass Luca und Ela auch im Begriff sind, zu gehen.«

Annes Herz zog sich im Brustkorb zusammen und machte das Atmen schwer.

Was war das denn?

»Warte, Ciro«, kam ihr es spontan aus dem Mund.

Ciro drehte sich um. Hoffnung blitzte in seinen warm funkelnden Augen.

»Es war ein schöner Abend. Danke«, bekam Anne nur noch stotternd heraus.

Ciro nickte und rang sich ein Lächeln ab. »Ja, das fand ich auch.«

Anne sah ihm hinterher. »Ach, Ciro!«, rief sie und war mit ein paar Schritten wieder bei ihm. »Du hast immer noch den Slip.«

Ciro grinste. »Den könnte ich dir zurückgeben, wenn die anderen weg sind.«

»Heute nicht, morgen früh.« Anne konnte gar nicht glauben, was da aus ihrem Mund kam. Sie hatte ihn praktisch eingeladen. War sie jetzt von allen guten Geistern verlassen?

Ciro sah sie überglücklich an.

Anne schluckte. Was hatte sie da gerade getan?

Sie musste verrückt geworden sein - oder es lag am Alkohol? Es kribbelte so wunderbar in seiner Nähe, sie hatte sich so lebendig gefühlt. Sicher lag das nur am Alkohol. Doch sie schaffte es nicht, ihre Worte zurückzunehmen.

Und noch bevor Anne etwas erwidern konnte, eilte er davon.

Kapitel 10 Der Versuch

Ciro sah sich noch einmal um, bevor er ins Auto stieg. Aber Anne war mit ihrem Sohn beschäftigt, Lea stand daneben. Es störte ihn zwar, dass sie ihm nicht nachschaute, aber es gefiel ihm auch, dass sie sich so aufopferungsvoll um ihren Sohn kümmerte.

»Na, deine Prinzessin scheint dir ja doch gefallen zu haben«, stichelte Luca grinsend, als sie wieder auf dem Heimweg waren. »Ihr wart ein schönes Paar.«

»Oh ja, das waren wir«, schwärmte Ciro. »Aber sie ist schon eine harte Nuss.«

»Aber eine, die du nicht knacken wirst, sonst bekomme ich Ärger mit Lea«, gab Ela zurück.

»Wieso? Ich habe ernsthafte Absichten!«, verteidigte sich Ciro.

»Weißt du eigentlich, wie oft ich das in letzter Zeit schon gehört habe?«, fragte Luca. »Lass es, wenn du dir nicht ganz sicher bist.«

»Schon klar. Aber die früheren Fehlschläge liegen auch daran, dass unsere Eltern mich immer nerven, ich soll sesshaft werden. Es ist ja nicht einmal so, dass ich das nicht auch wollte, aber das kann man nun mal nicht künstlich beschleunigen. Am Anfang denke ich oft, das ist die Mutter meiner Kinder, aber dann reicht es doch wieder nicht.«

»Vielleicht, weil die Frauen denken, dass du nicht der richtige Vater für ihre Kinder bist«, mutmaßte Ela augenzwinkernd.

»Ich finde, Ciro wäre ein toller Papa. Er kann so schön Fußball spielen und Motorradfahren will er mir auch beibringen«, warf Lina plötzlich ein.

»Ciro?!«, kam die Antwort von Ela und Luca im Chor.

»Bist du jetzt völlig verrückt geworden?«, ergänzte Ela und drehte sich zu ihm um.

»Lass sie doch ein wenig mit der kleinen Dax üben, bei uns auf dem Hof. Das kann sie doch schon«, rechtfertigte sich Ciro schulterzuckend.

»Aber solche Vorschläge macht man doch nicht, ohne vorher mit den Eltern gesprochen zu haben«, warf Luca ein. »Das ist wie mit den Videos.«

»Moment mal, das mit den Videos war nicht meine Idee. Und Lina ist doch praktisch meine Nichte«, erwiderte Ciro und tauschte verschwörerische Blicke mit Lina.

»Du spinnst komplett!«, schimpfte Ela. »Kein Wunder, dass die Frauen dann irgendwann abwinken. Es kommt auch nicht infrage, dass du Lina schon das Motorradfahren beibringst.«

»Och Mensch! Du bist echt eine Spaßbremse, Mama«, maulte Lina.

Ciro nahm beschwichtigend ihre Hand. »Vielleicht hat deine Mama recht, wir warten noch ein bisschen. Bald darfst du auch offiziell fahren.«

»Das dauert doch noch ewig«, brummte Lina und warf genervt ihren Kopf in den Nacken.

»Weißt du was? Wir fahren stattdessen ein bisschen Mountainbike«, schlug Ciro vor.

»Au ja«, jubelte Lina und klatschte in die Hände.

»Siehst du? Jetzt hast du's schon wieder getan«, beschwerte sich Ela genervt.

»Darf man jetzt gar nichts mehr, ohne jeden Fitzel mit der Mutter abzusprechen?«, antwortete Ciro, ebenso genervt. »Keine Angst, ich werde auch ganz vorsichtig sein.«

»Du kapierst es immer noch nicht richtig, oder?«, meinte Luca.

»Ja, doch. Entschuldigt«, sagte Ciro kleinlaut. »Aber ich meine es doch nur gut.«

Ciro seufzte. Er musste sich wirklich angewöhnen, sich nicht mehr so spontan zu äußern.

»Komm, Lina, wir spielen Schere-Stein-Papier. Dagegen kann keiner was haben.«

»Au ja«, antwortete Lina fröhlich.

Ciro spielte nur scheinbar gut gelaunt mit Lina, denn innerlich kämpfte er gegen das Gefühl, ewig falsch verstanden zu werden.

»Sag mal, Ela, hast du eigentlich die Handynummer von Anne?«, fragte Ciro, als sie zu Hause ankamen.

»Wie? Die Mutter deiner zukünftigen Kinder hat dir nicht ihre Handynummer gegeben? Tut mir leid, dann kann ich das auch nicht«, antwortete Ela spöttisch, während sie ausstiegen.

»Aber wie soll ich mich dann mit ihr verabreden? Sie hätte mir die Nummer sicher gegeben, wenn sie wüsste, dass sie mir vertrauen kann«, klagte Ciro dramatisch.

»Weißt du, damals mit Ela, da hattest du so viele tolle Ratschläge für mich. Jetzt bekommst du zur Abwechslung mal einen von mir. Wenn man das Vertrauen einer Frau nicht hat, es aber haben möchte, dann muss man dafür kämpfen. Wenn du nicht dafür kämpfen willst, dann hast du ihr Vertrauen auch nicht verdient. Also, lass dir was einfallen«, sagte Luca, während er seinem Bruder kumpelhaft auf die Schulter klopfte.

Bevor Ciro in sein Bett schlüpfte, betrachtete er nachdenklich das Bild seines verstorbenen

Bruders, das mit vielen anderen Familienfotos an der Wand über dem Bett hing.

»Ach, Valentino, ich kann dir ja nicht die Schuld geben, aber vieles wäre einfacher, wenn du noch leben würdest.«

Er legte sich hin, zog sich die Decke über die Beine und löschte das Licht. Der Mond schickte ein schummriges Licht durch die Vorhänge. Er dachte an Anne und ihren Slip in seiner Jeans. Es kostete ihn Disziplin, ihn nicht hervorzuziehen. Doch wenn er das machte, würde die Sehnsucht nach ihr nur größer.

Es war sowieso die Frage, wie sehr der Alkohol aus Anne gesprochen hatte, als sie ihn verabschiedet hatte. Es war ziemlich wahrscheinlich, dass sie den Slip einfach nur entgegennahm. Anne hatte kein Vertrauen. Das wiederzugewinnen, war seine größte Herausforderung. Und dafür brauchte er unbedingt ihre Handynummer.

Ciro faltete die Hände unter seinem Kopf und überlegte, mit welcher Ausrede er an die Nummer kommen könnte. Er könnte es ja so drehen, dass er tatsächlich sein Smartphone irgendwo ›verlor‹. Dann würde sie es finden und müsste bei ihm zu Hause oder im Laden anrufen, damit hatte er ihre Nummer.

Ja, das war ein guter Plan. Gleich morgen könnte er einen Versuch starten. Zufrieden drehte er sich auf die Seite und war sofort eingeschlafen.

Als er am Sonntag zur Mittagszeit mit seinem Motorrad zu Anne fuhr, schien die Sonne von einem strahlend blauen Himmel. Die Temperatur war ideal für eine Spritztour, nicht zu kalt und nicht zu heiß. Wie gerne hätte er seine Auserwählte jetzt auf dem Sozius. Irgendwohin fahren, ganz weit weg vom Alltag und den Sorgen. Schnurstracks auf Wolke sieben – nein, neun.

Leider würde das ein Traum bleiben, befürchtete er. So schnell würde sich Anne sicherlich nicht auf ihn einlassen.

Dann bog er auf den Hof der Villa und stellte fest, dass die Cateringfirma gerade am Abbauen war. Anne war dabei und half. Sein Plan, das Handy zu verstecken, war dahin. Zu leicht konnte er dabei beobachtet werden und auffliegen. Vielleicht würde es doch etwas mit der Spritztour werden, wenn er nur hartnäckig genug blieb. Sie musste das Motorradfahren doch vermissen, wenn sie so lange nicht gefahren war.

Er seufzte, Träumen war schließlich noch nicht verboten. Na ja, er würde trotzdem behaupten, dass er das Telefon verloren hätte. Vielleicht ergab sich ja doch noch die Möglichkeit, es zu verstecken.

Er fuhr an die Seite und stieg schnell ab, bevor Anne das verhindern konnte.

»Hi, Dornröschen«, begrüßte er Anne lässig, als sie zielstrebig auf ihn zusteuerte. »Hast du gut geschlafen? Geht's dir gut?«

»Hi. Danke der Nachfrage«, kam es trocken zurück.

»Danke, mir geht es auch gut«, antwortete Ciro trotzig. »Ich habe wie ein Stein geschlafen.«

»Hast du den Slip dabei?«, fragte Anne ohne Umschweife.

»Natürlich«, antwortete er und griff in seine Hosentasche.

»Spinnst du? Das können die Arbeiter doch sehen«, fauchte sie nervös.

»Bist du jetzt nicht ein bisschen neurotisch? Ich glaube nicht, dass sie das erkennen.«

»Mag sein, aber ich will kein Risiko eingehen.«

»Na schön. Hast du eigentlich mein Handy gefunden, das ich gestern hier irgendwo verloren haben muss? Vielleicht kann ich beim Abbauen helfen und es dabei suchen?«

»Handy? Hab ich keins gesehen. Und ich habe dir schon gestern gesagt, dass ich keine Hilfe brauche.«

»Aber du willst mir das Suchen doch nicht verbieten, oder?«

Ihr skeptischer Gesichtsausdruck ließ ihn den Atem anhalten, doch dann schüttelte sie zögernd den Kopf.

Ciro atmete durch.

»Wo ist dein süßer Sohn?«, fragte er, als sie zusammen zur Terrasse gingen.

»Der wollte unbedingt bei Lea übernachten.«

»Ist diese Lea eigentlich seine Patentante oder so was?«

»Nein, sie ist seine zweite Mama.«

Ciro stutzte. »Wie das?«

»Es geht dich zwar nichts an, aber sie hat sich rührend um ihn gekümmert, als ich im Krankenhaus war.«

»Warum?«

»Weil Thorsten Lea dafür benutzt hat, damit er sich nicht selbst um Linus kümmern musste.«

»War denn der Mann, mit dem diese Lea gestern da war, dein Totalausfall?«

»Nein, natürlich nicht. Das war ein anderer. Aber warum interessiert dich das so?«, fragte Anne genervt.

Ciro zuckte mit den Schultern. »Weil ich mich für dich interessiere. Ist das verboten?«

»Verboten nicht, aber sinnlos.«

»Nun sei doch nicht so abweisend. Ich will doch gar nichts von dir«, gab er vor.

Anne zog die Stirn kraus. »Glaubst du das etwa selber? An mir wirst du dir die Zähne ausbeißen.«

»Nein!«, antwortete Ciro so entschieden, dass Anne etwas zurückzuckte. »Um mir die Zähne auszubeißen, müsste ich dich vernaschen wollen. Und das will ich nicht mehr – definitiv.«

Ciro hob die Schwurhand, um seine Worte zu unterstreichen. »Das schwöre ich beim Leben meiner Mutter. Glaube mir, bei meinen italienischen Wurzeln hat so ein Schwur was zu bedeuten.«

»Wenn du meinst, dann such dein Handy und verschwinde wieder«, murrte Anne.

»Bist du eigentlich so mürrisch, weil dein Sohn dich allein gelassen hat, oder bist du ein bisschen eifersüchtig auf Lea?«, mutmaßte Ciro laut, als es ihm durch den Kopf ging. Das wäre zwar nicht so schön für Anne, aber vorteilhaft für ihn, denn so wäre sie sicher für seine Gesellschaft aufgeschlossener.

»Sag mal, wieso bist du so plump vertraulich? Hältst du das für eine gute Strategie?«

Ciro hob abwehrend die Hände. »Ich habe mich nur gefragt, warum du so schlechte Laune hast.«

»Ich hab keine schlechte Laune!«

»Wenn du meinst, dann ist ja alles gut.«

»Lea ist ein wunderbarer Mensch. Sie hat hier auch schon einige Zeit mit mir gewohnt. Linus liebt sie abgöttisch und wenn er dort übernachten will, dann würde ich es ihm nie verbieten. Nie! Verstehst du? Egal ob er mir fehlt oder nicht.«

Ciro nickte. »Ja, ist ja schon gut. Ich habe es kapiert. Du fühlst dich allein. Ich könnte dir Gesellschaft leisten.«

»Du gibst wohl nie auf, oder? Jetzt such schon dein Handy«, forderte sie ihn genervt auf.

Fuck! Das lief gar nicht gut. Diese Frau hatte einen beispiellosen Dickschädel. Gott sei Dank baute die Cateringfirma gerade einen Pavillon ab, da würde sie gleich fertig sein.

Als die Männer der Firma alles verstaut hatten, sah er ratlos zu Anne, die ihn auffordernd ansah. »Wolltest du nicht dein Handy suchen?«

»Ja, sofort. Hast du was zu Trinken da? Ich hab Durst, Nachdurst.«

»Ja, klar. Was möchtest du?«

»Cola wäre toll. Hast du so was da?«

»Nein, leider nicht.«

»Warum habe ich das geahnt? Aber Apfelschorle, oder?«

Anne nickte. »Ich hol dir etwas. Du kannst ja schon mal mit dem Suchen anfangen.«

»Du kannst mich gar nicht schnell genug wieder loswerden, oder?«

»Was dagegen?«

Langsam konnte Ciro seine Enttäuschung nicht mehr verbergen. »Was habe ich dir getan? Gestern waren wir so vertraut«, fragte er leise.

Annes harter Gesichtsausdruck wurde etwas weicher. »Such endlich. Ich komm gleich wieder.«

Ciro nickte und tat so, als ob er suchte.

Kurze Zeit später war Anne mit einem Tablett und zwei Gläsern Schorle wieder da.

Viel zu schnell, denn ein geeignetes Versteck war nicht leicht zu finden. Er sollte sich gestern zumindest in der Nähe der Fundstelle aufgehalten haben. Und er musste aufpassen, dass Anne nicht durchs Fenster sah, wenn er es verschwinden ließ.

Anne sah ihm interessiert zu. »Hast du es gefunden?«, fragte sie.

Rasch bückte er sich wieder und suchte demonstrativ im Blumenbeet weiter, während sie die Getränke auf den Holztisch stellte und die Gartenmöbel davor wegzog. Sehr gut, sie würden im Sitzen trinken und könnten ein bisschen plaudern. Vielleicht heiterte sie das ja etwas auf.

»Nein, leider nicht«, antwortete er und richtete sich wieder auf.

»Dann komm erst mal und trink. Ich helfe gleich mit.«

Zufrieden nahm Ciro die Einladung an. Eine Weile saßen sie da und tranken schweigend, während sie in den großen Garten hinausblickten. Vorne war der Rasen kurz. Es befanden sich einige Spielgeräte darauf. Nach hinten lockte eine abenteuerliche Wildnis. So eine, wie Ciro sie selbst gern als Kind gehabt hätte. Aber seine Familie hatte nur eine Wohnung mit Balkon, was allerdings auch der Grund war, dass sie als Kinder immer sehr aktiv gewesen waren.

»Wie hast du den Rasen hier vorne gemäht?«, fragte Ciro.

»Ich habe noch einen alten elektrischen Mäher, damit habe ich gemäht, so weit das Kabel reichte.«

»Wir wollten doch den Mähtraktor reparieren, wenn dein Sohn nicht da ist.« Ciro war froh über seinen Geistesblitz.

»Ich weiß nicht«, antwortete Anne zögernd.

»Warum willst du dir partout nicht helfen lassen?«, fragte er und verbarg nur mühsam seine Ungeduld.

»Ich will niemandem etwas schuldig sein.«

»Du bist mir nichts schuldig. Schrauben macht mir Spaß. Dabei helfe ich immer gern – nicht nur dir.«

»Aber was ist zum Beispiel, wenn Linus zurückkommt?«

»Ruft Lea nicht vorher an?«

»Und wenn nicht?«

»Dann suche ich gerade mein Handy.«

»Glaubst du, das kauft er dir mit ölverschmierten Händen ab?«

»Du suchst immer das Haar in der Suppe, oder? Dann lenkst du ihn eben so lange ab, bis ich die Hände wieder sauber habe.«

Kapitel 11 Küss mich

Anne fing an zu zweifeln. Es tat ihr seltsamerweise im Herzen weh, wenn sie Ciro abwies. Es verlangte Kraft, die sie eigentlich gar nicht hatte. Außerdem schien er ihr wirklich gerne helfen zu wollen und sie konnte Hilfe weiß Gott gebrauchen.

»Ich weiß nicht«, wiegelte sie ab, um sich ganz sicher zu sein.

»Ich aber. Ich helfe gern, ohne Hintergedanken. Ich schwöre.« Mit ernsthaftem Blick hielt Ciro die Schwurfinger hoch.

Ciro redete weiter auf sie ein. Einige Zeit später trug die Hartnäckigkeit Früchte.

»Na schön«, brummte sie. »Aber überleg dir, wie ich mich revanchieren kann.«

»Oh, da brauch ich nicht lange überlegen. Wie wär's mit deiner Handynummer?«

»Träum weiter. Komm, lass uns gehen.«

Sie gingen zusammen in die Garage, wo ganz hinten der kleine Traktor stand.

»Du wirst dich schmutzig machen«, sagte Anne.

»Das macht nichts«, antwortete Ciro.

»Ich glaube, da hinten in der Ecke hängt noch ein alter Blaumann von meinem Vater. Den kannst du ja überziehen.«

»Das wäre toll, wenn es dir nichts ausmacht ...«

»Dann hätte ich es nicht vorgeschlagen.«

»Okay. Was ist, wenn dein Sohn kommt?«

»Dann lenke ich ihn ab, bis du glaubwürdig das Handy suchen kannst.«

»Sehr gut. Du hast es kapiert«, antwortete er und zwinkerte verschwörerisch.

Ciro tat, was Anne vorgeschlagen hatte und auch sie zog sich Arbeitskleidung über. Er pfiff anerkennend, als Anne zum Traktor kam.

»Du siehst hinreißend aus«, bemerkte er bewundernd. »Es gibt viel zu wenige Frauen, die gerne schrauben. Wie bist du dazu gekommen?«

Das war ein ehrliches Kompliment und Anne fühlte sich geschmeichelt. Fast bemerkte sie nicht, dass ihre mühsam aufgerichteten Mauern anfingen zu bröckeln.

»Das lag an meinem Vater. Der hatte sich immer einen Sohn gewünscht, der später die Maschinenbau-Firma übernimmt und mit dem er seine Hobbys teilen kann. Leider haben meine Eltern nach zwei Fehlgeburten nur eine Tochter zustande bekommen. Danach wollte meine Mutter keine Kinder mehr, also musste ich den bestmöglichen Sohn abgeben. Aber es hat mir immer viel Spaß gemacht.«

Ciros tiefbraune Augen hatten fast mädchenhaft lange Wimpern. Während sie erzählte, funkelten sie gefühlvoll. Sein warmes Lächeln ging ihr durch Mark und Bein. Anne musste schlucken. Sie fühlte sich irgendwie nackt, trotzdem machte es ihr keine Angst - eine gefährliche Kombination. Verlegenheit lag in der Luft.

»Dann wollen wir mal sehen, was denn das Schätzchen hat«, löste Ciro die Situation.

»Also, als ich ihn starten wollte, sprang er einfach nicht mehr an«, antwortete Anne, während sie die Werkzeugkiste holte.

»Batterie?«

»Ist natürlich geladen.«

»Hast du sie zum Laden ausgebaut?«

»Was denkst du von mir? Dass ich keine Batterie laden kann?«, fragte Anne und stellte die Werkzeugkiste etwas unsanft auf den Boden.

»Gott bewahre«, antwortete Ciro mit erhobenen Händen. »Aber manchmal geht einem etwas durch und da ist es gut, die Sache nochmal zu checken.«

»Ja, schon klar. Habe ich aber schon getan.«

»Dann liegt es wahrscheinlich am Anlasser«, sagte Ciro, während er die Haube öffnete.

»Das vermute ich auch«, antwortete Anne und beugte sich mit ihm über den freigelegten Motor.

Die Luft zwischen ihnen war spannungsgeladen, das war nicht zu leugnen. Ciro blickte hoch, ihre Blicke verfingen sich. Anne musste an den gestrigen Abend denken und hätte ihn am liebsten noch einmal geküsst. Unweigerlich näherten sich ihre Gesichter ...

»Versuch mal, zu starten«, forderte Ciro sie auf und Anne entließ erleichtert die Luft. Es war nett von ihm, sie aus diesem Konflikt zu holen. Anscheinend lag ihm wirklich etwas an ihr.

Während sie auf den Traktor stieg, klingelte Ciros Handy.

»Fuck«, entfuhr es ihm. Er sah auf das Display und drückte das Gespräch weg.

Anne musste laut lachen. Hatte sie doch gleich vermutet, dass die Sache mit dem Handy nur vorgegeben war.

»Mich wundert echt, dass du als Frauenheld solche Erfolgsquoten hast. Das ist stümperhaft«, prustete sie.

»Hey! Woher kennst du meine Erfolgsquoten? Daran siehst du eher, dass ich gar nicht so routiniert bin«, antwortete Ciro amüsiert.

Obwohl das klingelnde Handy Ciros Absichten entlarvt hatte, konnte Anne ihm nicht böse sein. Wahrscheinlich konnte ihm kein Mensch richtig böse sein.

In guter Stimmung reparierten sie weiter den Mäher. Es machte Anne großen Spaß, mal wieder zu schrauben, denn es erinnerte sie an glücklichere Zeiten. Es war wie in einer anderen, heileren Welt abzutauchen. Und Ciro war der perfekte Partner dafür.

»Jetzt starte noch mal«, sagte er gerade, da klingelte Annes Handy.

»Linus«, erklärte sie Ciro und ging dran. »Hallo, mein Schatz. Wann kommst du?«

»Hallo, Mama. Brauchst du mich heute noch?«, fragte er.

Anne schluckte, denn sie ahnte, was da kommen würde. »Nicht wirklich. Warum?«, antwortete sie dennoch wahrheitsgemäß. Sie wollte ihren Sohn nicht aus egoistischen Gründen manipulieren.

»Lea und Tim wollen mit Tessa in den Aquazoo. Darf ich mit?«

»Aber morgen ist doch wieder Schule.«

»Ich hab meine Hausarbeiten doch schon fertig.«

»Wird das nicht alles zu spät?«

»Ich kann hier auch zu Mittag schlafen, mit Tessa zusammen.«

»Und deine Schultasche?«

»Och Mensch! Ich darf aber auch gar nichts«, maulte Linus enttäuscht.

Annes Herz zog sich zusammen. »Das stimmt nicht. Das weißt du. Gib mir mal Lea.«

»Hallo, Anne«, klang es kurz darauf aus dem Telefon.

»Hallo, Lea. Wie geht es dir? Hast du deinen Geburtstag gut überstanden?«

»Super, bei dem Wetter. Und danke nochmal an dich für den schönen Abend.«

»Da musst du dich vor allem bei Karina bedanken, sie hatte die meiste Arbeit damit.«

»Hab ich doch schon. Was sagst du denn, kann Linus mit uns kommen, oder hast du schon etwas anderes mit ihm vor?«

»Nein, nicht direkt. Eigentlich habe ich mir noch keine Gedanken gemacht, was ich mit ihm heute noch anstelle. Ich wusste ja auch nicht, wann er zurück ist.«

»Dann lass ihn doch mit uns kommen. Das heißt, wenn du ihn nicht allzu sehr vermisst. Oder, noch besser, komm auch mit«, schlug Lea vor.

»Nein, das geht nicht. Ich bin gerade dabei, den Traktor zu reparieren. Da kann ich jetzt ganz schlecht weg. Also ja, es passt, wenn er noch ein paar Stunden weg ist. Dann kann ich ihn bald mit einem begehbaren hinteren Garten überraschen.«

»Ah okay, dann viel Erfolg. Wir bringen ihn auch direkt danach wieder zu dir. Genieß die Zeit.«

»Ja ... ja, danke. Werde ich«, antwortete Anne.

Sie fühlte sich sehr gespalten. Einerseits vermisste sie Linus, andererseits fühlte sich die Nähe von Ciro gerade ziemlich gut an. Fast hatte sie ein schlechtes Gewissen deswegen.

»Oder ... wenn du es erlaubst, kann er auch hier übernachten. Du solltest ihn mal mit seiner gefühlten Schwester sehen, richtig rührend. Ich könnte ihn dann morgen zur Schule bringen und auf dem Weg die Tasche bei dir abholen. Wäre das okay?«, setzte Lea nach.

Anne zögerte. Hatte Lea es womöglich heraus-gehört, dass ihr ein bisschen Freizeit gerade nicht unangenehm war?

»Du musst natürlich nicht, aber das ist für uns auch praktischer. Tessa wird nach dem Zoobesuch müde sein und Tim muss noch mal ins Studio«, schob Lea nach, als ob sie ihre Gedanken lesen konnte.

»Na gut. Meinetwegen«, antwortete sie schließlich.

Lea musste auf Mithören geschaltet haben, denn sie konnte im Hintergrund das Jubeln von Linus hören. Das Herz ging ihr auf. Sie vermisste ihren Sohn gleich ein bisschen weniger, wenn sie wusste, dass er glücklich war. Mit einem zaghaften Lächeln legte sie auf.

»War das Linus? Wann kommt er?«, fragte Ciro.

»Heute nicht mehr«, antwortete Anne und ärgerte sich gleich darauf, dass sie es so spontan verraten hatte. Das musste doch wie eine Auf-forderung für ihn klingen.

»Oh, was hältst du dann von einer Spritztour, wenn das alte Schätzchen wieder läuft?«

»Auf dem Rasenmäher?«

Ciro lachte auf. »Nein, natürlich auf meiner BMW. Irgendwohin, wo man noch das schöne Wetter genießen kann. Außerdem habe ich Hunger.«

Das Angebot war verlockend. Anne hatte eine Ewigkeit nicht mehr auf einem Motorrad gesessen und spürte einen immer stärker werdenden Drang danach. Seit sie zusammen in der Werkstatt waren, und ihr der typische Werkstattgeruch in die Nase stieg, beflügelte die Erinnerung an glücklichere Zeiten ihre Stimmung. Doch auf dem Sozius zu sitzen, erforderte Vertrauen zum Fahrer.

»Ich fahre immer besonders vorsichtig, wenn jemand mitfährt«, ergänzte Ciro, weil er sicher ihre Bedenken kannte. »Komm schon, gib dir einen Ruck.«

Anne erinnerte sich an die Videos, die sie gesehen hatte. Fahren konnte Ciro, da brauchte sie keine Angst zu haben.

»Mein Helm ist zu alt«, fiel ihr noch ein. »Der Kunststoff ist sicher zu spröde.«

»Kein Problem, ich hab immer einen dabei«, erwiderte Ciro.

Anne grinste. »Na, so ein Zufall.«

Ciro hob die Hände. »Nicht, was du wieder denkst. Ich habe immer einen dabei, falls ich jemanden mitnehme.«

»Der passt doch sicher gar nicht vernünftig«, murmelte Anne skeptisch.

»Woher willst du das wissen? Du hast ihn doch noch gar nicht aufprobiert. Aber klar, bei deinem Dickschädel ...«

»Blödmann!«, empörte sie sich und boxte ihm kumpelhaft an den Arm. »Na gib schon her. Anprobieren kann ich ihn ja mal.«

Ciro holte den Helm aus den Packtaschen seines Motorrads. Anne setzte ihn auf. Tatsächlich, er passte – und er roch neu. Viele Leute hatten den jedenfalls noch nicht auf dem Kopf gehabt.

»Siehst du, ich bin gar nicht so ein Dickschädel!«, sagte Anne und streckte ihm die Zunge heraus. Jetzt, wo sie sich zu der Spritztour durchgerungen hatte, freute sie sich ungeheuer, mal wieder das lang vermisste Vibrieren einer Maschine zu fühlen.

Ciro freute sich sichtlich, was ihr einen warmen Bauch bescherte. Als sie ihm den Helm zurückgab, berührten sich ihre Hände. Sie hatte das Gefühl,

Strom fließe durch sie beide hindurch. Einen Moment wünschte sie sich sogar, dass er sie heranziehen würde, um sie zu küssen. Aber Ciro blieb standhaft – was im Prinzip auch gut war, aber Anne zum Seufzen brachte.

»Warum seufzt du?«, fragte er.

»Ach, nichts. Komm, lass uns erst mal mit dem Traktor weitermachen. Ich hoffe, er läuft jetzt.« Anne sprang darauf und startete ihn.

Er lief.

Ciro hielt den Daumen hoch, beide strahlten um die Wette.

»Soll ich jetzt Erwin, meinem befreundeten Gärtner, Bescheid geben, damit er das lange Gras vorher etwas kürzt?«, fragte er, während er die Motorhaube zuklappte. »Dann kann man es besser mähen.«

»Ja, das wäre toll. Danke, für die Hilfe.«

Anne war wirklich erleichtert, dass ein kleines bisschen von dem Berg an liegengebliebener Arbeit abgetragen war. Am liebsten wäre sie vom Traktor gesprungen, hätte ihre Arme um seinen Hals geschlungen und ihm tausende Dankesküsse gegeben.

»Gern geschehen. Aber die Rechnung vom Gärtner musst du selber bezahlen«, antwortete Ciro augenzwinkernd.

Gott sei Dank konnte er ihre Gedanken nicht lesen.

Als sie sich die Hände am kleinen Waschbecken reinigten, berührten sich ihre Arme. Anne hatte den Eindruck, dass Ciro bei der Berührung möglichst lange den Hautkontakt hielt. Und sie musste sich eingestehen, dass sie es auch genoss.

Er sah sie ernst an, als sie sich gemeinsam die Hände mit demselben Handtuch trockneten. Sein Blick ging ihr durch und durch, die Knie wurden weich. Was er wohl dachte? Erneut wünschte sie sich, dass er sie küssen würde.

Es sah sogar zwischenzeitlich so aus, als ob er ansetzen würde, doch dann zog er sich wieder zurück. So viel Disziplin hätte sie Ciro gar nicht zugetraut.

Ob sie die Initiative ergreifen sollte?

Aber nein.

Was waren denn das für Gedanken? Die Sache hatte ja doch keine Zukunft.

Nur Spaß haben, war doch noch nie ihr Ding gewesen. Da war so etwas wie eine Freundschaft entschieden besser und sie beschloss, sämtliche Impulse zu unterdrücken.

»Was ist jetzt? Machen wir eine kleine Tour?«, fragte Ciro.

»Ich hole schnell meine Motorradsachen«, erklärte sie und drehte sich um. »Bin gleich wieder da.«

Als sie ihren Schrank in der letzten Ecke durchwühlte, fiel ihr die Jeansweste mit den Stars and Stripes in die Hände, die ihr Vater von einer USA-Tour mitgebracht hatte. Jetzt, am Spätnachmittag, war sie vielleicht ganz praktisch, wenn es kühler wurde. Es war seltsam, die Weste nach all den Jahren wieder überzuziehen. Prüfend sah Anne in den Spiegel. Sie passte noch immer perfekt. Seufzend streichelte sie über den Stoff und hatte dabei das Gefühl, ihrem Vater nahe zu sein. Auch die Ledersachen passten, als hätte sie sie gestern noch angehabt. Anne drehte sich vor dem großen

Spiegel. Es hatte eben auch sein Gutes, wenn man ständig auf Trab gehalten wurde.

»Du siehst wahnsinnig sexy aus«, entfuhr es Ciro bewundernd, als sie in voller Montur auf ihn zu stiefelte.

Anne lächelte. Solche Komplimente hatte sie schon lange nicht mehr gehört, aber sie taten gut. Es war selten, dass einem Mann die Augen herausfielen, wenn sie diese wuchtige Kleidung trug. Sie beschloss, das Gefühl einfach zu genießen.

Ihre Blicke verfingen sich.

Jetzt küss mich schon endlich, dachte Anne.

Ciro steckte den Arm aus, so, als ob er sie zu einem Kuss heranziehen wollte, zog ihn aber wieder zurück.

Es knisterte mal wieder gewaltig zwischen ihnen.

Anne musste sich eingestehen, dass sie über seinen Rückzug enttäuscht war, und schimpfte sich umgehend eine Idiotin. Sie wusste doch, was sie wollte, oder nicht? Sie biss sich auf die Lippen, als sie den Helm entgegennahm und aufsetzte.

»Wo fahren wir hin?«, fragte sie.

»Lass dich überraschen«, antwortete er lächelnd.

Ciro setzte sich auf seine Maschine und startete den Motor. Ein tiefes, sattes Geräusch erklang. Spätestens jetzt wurde Anne bewusst, wie sehr sie es liebte und wie sehr sie die Vibrationen vermisst hatte.

Anne schwang sich auf den Sozius, umfasste Ciro und schmiegte sich genüsslich an ihn. So, wie sie es bei ihrem Vater immer gemacht hatte. Anne schloss die Augen, als ein Hauch seines Ledergeruchs durch ihren Helm drang. Leder war so verdammt

sexy, viel besser als die moderne Funktions-
kleidung.

Ciro fuhr los und Anne war in einer anderen
Welt. Die Sonne schien und der Fahrtwind sorgte
für eine angenehme Temperatur. Er hatte nicht zu
viel versprochen, fuhr sicher und rücksichtsvoll.
Anne konnte entspannen und die Fahrt genießen.

Kapitel 12 Ein Malheur

Ciro fand wunderbar, dass Anne sich so vertrauensvoll an ihn schmiegte. Es fühlte sich so an, als wären sie eins, wenn sie sich in die Kurven legten. Dass sie sich so anpasste, war nicht selbstverständlich für jemanden, der selber fuhr. Anne vertraute ihm, als ob sie denselben Fahrstil hätte. Es würde sicher auch Spaß machen, mit jeweils eigenen Maschinen zusammen zu fahren.

Sie war definitiv seine Traumfrau, es gab nur noch sie. Er würde sie erobern, egal wie lange es dauerte und wie viel Mühe er hineinstecken musste. Sie war es wert. Im Grunde wäre es heute schon ideal, ihr näher zu kommen und vielleicht die Nacht dort zu verbringen. Linus war nicht da. Aber er wollte nichts überstürzen und erst einen zweiten Anlauf wagen, wenn er sicher war, dass er Erfolg haben würde.

Dass er sie irgendwann weichkochen würde, dessen war er sich sicher. Schließlich verstand er genug von Frauen, um zu beurteilen, dass Anne auf ihn reagierte. Eines Tages würde er ihren Schutzpanzer knacken. Spätestens dann, wenn sie keine Angst mehr hatte und wusste, dass sie ihm vertrauen konnte, weil er es so ernst meinte, wie ein Mann es nur konnte.

Schon bald waren sie am Düsseldorfer Rheinufer angekommen. Vom Parkhaus waren es nur wenige Gehminuten. Das war auch gut so, weil die Motorradkleidung bei der Wärme schnell lästig wurde. Sie zogen sie aus und warfen sie über die

Schulter. Gut, dass sie zumindest die Helme im abschließbaren Topcase lassen konnten.

Sie schlenderten ein Stück die Promenade entlang. Eine Gastronomiemeile, mit Kübelpalmen, Musik und anderer südländischer Deko, ließ sie sich fast wie im Urlaub fühlen. Hier saß man unter Schirmen, oder in der Sonne. Es war sehr gemütlich auf den bequemen Sesseln, oder rustikal auf Holzbänken – je nach Geschmack. Aber immer gab es den Blick auf das glitzernde Wasser des Rheins und der wunderschönen Skyline dahinter.

»Worauf hast du Lust?« Ciro sah Anne fragend an.

Die zuckte ratlos mit den Schultern. »Keine Ahnung, mir egal. Ich war ewig nicht hier.«

»Magst du Fisch? Oder lieber Brauhausküche?«

»Egal. Da, der Flammkuchen sieht gut aus«, sagte sie und zeigte darauf.

Ciro nickte. »Einverstanden.«

Sie setzten sich und genossen zunächst den Blick auf den Fluss, wo sich gerade ein Lastschiff langsam gegen die Strömung vorarbeitete.

»Du gehst nicht viel zum Essen aus, oder?«, erkundigte sich Ciro, nachdem sie bestellt hatten.

»Na ja, meistens nur mit Linus«, antwortete Anne lächelnd. »Und für den ist auch die Pizzeria an der Ecke ein Highlight.«

»Verstehe. Dann siehst du im Kino auch nur das Kinderprogramm.«

»Erraten«, lachte sie.

»Aber früher hast du Touren gemacht?«

»Klar. Auf dem Motorrad mit meinem Vater und später mit dem Auto, zusammen mit Thorsten. Aber als Linus dann da war ...« Anne seufzte.

Ciro spürte immer mehr, dass Anne etwas belastete. Wahrscheinlich war das der Grund, warum sie sich so schwer öffnete. Zu gerne würde er danach fragen, doch jetzt war nicht der richtige Zeitpunkt dafür. Er wollte ihr die Unbeschwertheit nicht nehmen, war sie doch schwer genug zu entlocken.

»Sorry, ich wollte dich nicht runterziehen«, entschuldigte er sich.

»Hast du nicht. Was passiert ist, ist passiert. Heute bin ich froh, hier zu sein, das tolle Wetter und die schöne Aussicht genießen zu können.«

Ciro war erleichtert. Er musste stärker aufpassen, nicht in ein Fettnäpfchen zu treten. Noch hatte er das Spiel nicht gewonnen.

»Was für Touren hast du denn mit deinem Vater so gemacht?«, erkundigte er sich.

»Hierher, bisschen in der Altstadt bummeln, Eis essen und so. Oder in die Eifel, ins Bergische, manchmal auch ins Sauerland.«

»Ja, da gibt es super Touren«, schwärmte Ciro. »Was hältst du davon, wenn wir zusammen deine MT-03 zusammen wieder fertig machen? Dann könnten wir mal eine richtige Tour machen. Ich glaube, das Fahren mit dir würde mir Spaß machen.«

»Ich weiß nicht. Was ist, wenn dabei etwas passiert? Nein, ich glaube, das ist keine gute Idee.«

»Aber es kann einem doch immer was passieren. Man muss verantwortungsvoll fahren. Mir hat das Schrauben mit dir heute viel Spaß gemacht.«

»Ja, mir auch. Aber ...«

»Ich will dich nicht bedrängen. Ich helfe dir gerne, überleg's dir.«

Anne nickte nachdenklich.

Jetzt konnte Ciro sich nicht zurückhalten und ergriff ihre Hand. »Anne, ich bin unheimlich gerne mit dir zusammen. Einfach nur so – ohne Bedingungen. Was nicht heißt, dass ich nicht mehr möchte ...«

»Ah! Wen haben wir denn da! Mister Bad Boy persönlich!«, erklang plötzlich eine piepsige Stimme von hinten.

Obwohl sie ziemlich leise war, verursachte der zickige Unterton bei Ciro eine Gänsehaut. Einen enttäuschten One-Night-Stand konnte er gerade gar nicht gebrauchen.

»Na, baggerst du schon wieder fleißig?«, spottete die Blondine und schlug ihm kumpelhaft auf die Schulter.

Ciro sackte mehr als nötig zusammen, so, als könnte er sich wegducken. Er sah schräg zu der Frau hoch, die zu der Stimme gehörte.

»Hi«, erwiderte er und überlegte fieberhaft, wer das Mäuschen sein könnte. Blond, zu tiefer Ausschnitt, viel Holz vor der Hütte – sein bevorzugtes Beuteschema. Mit dieser Sorte Frau hatte er unzählige Affären. Wer sollte sich die alle merken können?

»Du erinnerst dich gar nicht an mich, oder?«, fragte Blondie, halb beleidigt, halb amüsiert. Dann wandte sie sich an Anne.

»Hat er dir auch schon verraten, dass er ein böser Junge ist? Ich hab das ja nicht ernst genommen, als er sagte, dass Bad Boys nicht zum Frühstück bleiben. Er tut es so geschickt, dass man die Hoffnung auf mehr behält. Aber er meint es so, jedes Wort. Ich wollte dich nur warnen.« Die Blondine lächelte schief. »Du hast den Spruch doch auch schon gehört, oder?«, fragte sie Anne.

Anne sah überfordert aus und entzog Ciro ihre Hand.

Er musste schwer schlucken.

Diese Warnung war überflüssig. Schließlich war Anne gar nicht der Typ, der diesen Sprüchen auf den Leim ging, deshalb hätte er ihn niemals bei ihr abgelassen. Aber leider zeugte es auch nicht gerade von großer Ehrlichkeit und das konnte Ciro jetzt gerade gar nicht gebrauchen.

Zwar lächelte Anne die Blondine an, als sie »Nein« sagte, trotzdem sah Ciro seine Felle davonschwimmen. Sein Herz klopfte bis zum Hals. Wie sollte er nur reagieren?

Gott sei Dank kamen gerade die Flammkuchen.

»Na dann, viel Spaß euch noch«, sagte Blondie und zischte endlich ab.

»Dir auch, mach's gut«, würgte Ciro hervor und widmete sich dem Flammkuchen.

Schweigend säbelte er daran herum. Er schmeckte wie Pappe, was wahrscheinlich nicht an dem Essen lag. Was für ein Gespräch sollte er jetzt noch mit Anne führen? Was für eine Erklärung er auch hätte, sie würde ihn sicher nicht mehr ernst nehmen.

Egal, er musste es versuchen.

»Ähm, Anne«, begann er und räusperte sich. »Ich glaube, du hast jetzt den falschen Eindruck von mir bekommen.«

»Wie kommst du darauf? Mein Eindruck ist gerade bestätigt worden«, erwiderte Anne mit einem spöttischen Lächeln.

»Nein, du verstehst nicht.«

»Was gibt es denn da zu verstehen? Niemand kann dir vorwerfen, du würdest nicht mit offenen

Karten spielen. Aber du kannst dich beruhigen, es ist gar nicht mein Spiel.«

»Du meinst, ich kann meine Hoffnungen begraben?«

»Wenn du überhaupt welche hattest, obwohl ich dir immer klar gesagt habe, dass es dumm ist. Ich habe dir übrigens nie abgenommen, dass du nichts von mir wolltest«, antwortete Anne mit einem spöttischen Grinsen.

Das war aber auch zu dumm. Warum musste die Schnalle ausgerechnet in so einer sensiblen Phase auftauchen?

»Das ist nicht ganz richtig. Ich wollte, dass du erkennst, dass man sich auf mich verlassen kann. Weiter habe ich noch gar nicht gedacht«, log er, obwohl er keine großen Hoffnungen hatte, dass Anne ihm glauben würde.

»Als Freund kann man das vielleicht – alles gut. Aber es müsste eindeutig rübergekommen sein, dass ich nichts von männlichen Huren ... ach nein, Verzeihung, Schlampen halte«, erwiderte Anne trocken.

Männliche Schlampe. Ciro drehte sich der Magen um. Hatte er auf der Geburtstagsparty noch einigermaßen souverän reagieren können, schämte er sich heute plötzlich dafür.

»Anne, bitte, gib mir noch eine Chance. Ich bin nicht so schlimm, wie es aussieht.«

»Chance? Du hattest nie eine«, antwortete Anne augenzwinkernd.

Warum war sie nur so taff? Alles perlte an ihr ab wie Wasser auf frisch gewachstem Lack. Man merkte, dass sie viel mit Männern zu tun hatte. Er musste seine Strategie ändern, wenn er Erfolg haben wollte. Doch alles Berechnende war bisher an ihr abgeprallt. Ciro kam zu dem Schluss, dass nur noch eine einzige Strategie übrigblieb – schonungslose Ehrlichkeit.

»Warum glaubst du mir nicht? Ich weiß, es gibt einen Grund, warum du kein Vertrauen hast. Aber das Gleiche gilt auch für mich. Ich meine es ernst«, flehte Ciro hilflos.

Anne ließ Messer und Gabel sinken. Ihr Flammkuchen war bestimmt schon kalt.

»Doch, das glaube ich dir. Die Frage ist nur: Wie lange?«, erwiderte sie ungerührt.

Ciro versuchte vergeblich, den Kloß herunterzuschlucken, der sich schon wieder in seinem Hals bildete. »Auch auf die Gefahr hin, dass es abgedroschen klingt. Mit dir ist es etwas anderes. Und das ist die reine Wahrheit«, krächzte er.

»In der Tat, das klingt abgedroschen. Ciro, ich mag dich. Aber du bist nun mal so, wie du bist. Keiner kann aus seiner Haut - ich auch nicht«, sagte sie und nahm das Essen wieder auf.

»Aber du kennst mich gar nicht richtig. Ich weiß doch gar nicht, warum du so bist, wie du bist, und du weißt nichts von mir. Du musst mir noch eine Chance geben. Ich kann auch treu sein. Es ist nur, ich bin bisher noch nicht der Richtigen begegnet.«

»Aber ich bin die Richtige, oder was?«

»Ja, da bin ich mir ganz sicher«, versicherte er eilig.

Endlich sah Anne hoch. »Glaubst du das eigentlich selbst?«

»Ich schwöre! Bei allem, was mir heilig ist«, betonte er mit erhobener Schwurhand und hielt ihrem Blick stand. »Das mit dir ist mir todernst.«

Ganz kurz blitzte Ratlosigkeit durch Annes Gesicht, dann senkte sie den Blick und aß schweigend weiter.

»Sag doch was«, bat Ciro nach einiger Zeit. Ihm war der Appetit vergangen, seinen Flammkuchen hatte er immer noch nicht angerührt.

»Ich weiß nicht ...«, antwortete Anne zögernd, ohne ihn anzusehen.

»Ich hab mich in dich verliebt. So richtig«, krächzte er.

»Geht das nicht etwas schnell?«, fragte sie und starrte immer noch auf den Flammkuchen.

Ciro griff über den Tisch und legte den Finger unter Annes Kinn. Langsam hob er ihr Gesicht an, sodass sie ihn ansehen musste.

»Du kannst dir das nicht vorstellen? Aber da ist doch etwas zwischen uns. Dich lässt das auch nicht kalt. Ich bilde mir das doch nicht ein«, beschwor er sie.

»Du kannst dir diese Das-zwischen-uns-ist-etwas-Besonderes-Sprüche sparen. Auf diese Lügen falle ich nie wieder rein. Das einzig Besondere an der Liebe ist die Höhe des Hormonpegels und bei dir ist er ja offensichtlich immer extrem hoch. Und das bei so gut wie jeder Frau.«

Ciro schluckte. Das klang so, als wäre sie schon einmal schlimm belogen worden. »Das war jetzt unter der Gürtellinie. Ich lüge nicht. Du schlägst um dich wie ein verletztes Tier.«

Anne nickte. »Ja, das bin ich auch«, erklärte sie seufzend. »Ich hab einen Knacks. Ich bin nicht mehr imstande, zu lieben. Lass uns gehen. Das hier hat ja doch keinen Sinn mehr.«

Ciro stockte der Atem. Er konnte sie so gut verstehen und musste ihr so viel erklären. Aber an dieser Stelle machte es tatsächlich keinen Sinn mehr. Ihre Angst vor erneuter Verletzung ließ nichts mehr zu ihr durchdringen.

»Okay, lass uns nach Hause fahren«, sagte er und dachte: ›Dann sehen wir weiter‹. Er gab der Bedienung ein Zeichen, um zu zahlen.

Anne war bereits aufgestanden und starrte auf den Fluss. Leichte Wirbel zeugten von der enormen Strömung. Er sah Anne von der Seite an. Ihr Gesicht wirkte wie versteinert. Er musste herausfinden, was sie so tief verletzt hatte, nur dann würden sie sich wirklich näherkommen.

Er wollte die sanfte, fröhliche Frau wiederhaben. Denn er war sich sicher, das war die wahre Anne. Heute hatte er sie fast hervorgelockt. Und wenn er etwas wollte, dann schaffte er es auch.

Kapitel 13 Das Herz auf der Zunge

Sie fuhren auf den Hof. Ciro stellte den Motor der BMW ab und Anne glitt vom Sozius. Während der Fahrt hatten sich Annes Gefühlsstürme etwas beruhigt. Warum regte sie sich auf? Eigentlich war es nichts Neues, dass Ciro ein Hallodri war. Sie hatten sich doch ohnehin schon auf Freundschaft geeinigt. Und zwar nur, weil sie so gern in seiner Nähe war. Aber mehr war nicht drin. Warum war sie so herablassend zu ihm? Sie ließ ihn für Thorstens Fehler büßen, das war nicht fair.

»Danke für den schönen Tag. Es hat wirklich Spaß gemacht«, sagte sie, als sie ihm den Helm reichte.

Ciro nahm auch seinen Helm ab, legte beide vorne auf den Tank und stützte sich auf seinem ab. »Ja, das war es – bisher. Er muss aber noch nicht zu Ende sein.«

»Glaubst du wirklich, das ist eine gute Idee?«, fragte sie halbherzig. Sie wusste, dass sie seine Gesellschaft vermissen würde. Wäre es so schlimm, noch etwas Zeit mit ihm zu verbringen? Eigentlich hatte sie ihn doch gerade ausdrücklich in die Schranken verwiesen. Das musste er ernst nehmen – und sie auch.

»Glaubst du wirklich, es ist eine gute Idee, jetzt allein zu sein? Was soll daran verkehrt sein, dass wir den Abend noch weiter zusammen verbringen?«

Die Aussage schlug genau in die richtige Kerbe. Ein Gefühl von Einsamkeit flammte in Anne hoch und ließ sie zögern. Ciros Angebot war schwer zu widerstehen, er würde ihre trüben Gedanken sicher spielend leicht vertreiben.

»Ich habe noch Hunger, schließlich sind wir nicht richtig zum Essen gekommen. Ich könnte uns Spaghetti kochen. Du musst meine Spaghetti all'arrabbiata probieren. Das heißt übrigens, auf die leidenschaftliche Art«, lockte Ciro grinsend.

Sie lachte. »Ja, Leidenschaft hast du genug, auch ohne scharfe Nudeln.«

»Ist wenigstens nicht alla puttanesca, auf Hurenart«, feixte er.

Anne konnte sich ein Lachen nicht verkneifen. Ciro brachte sie ziemlich oft dazu. Sie liebte es, dass er seine Macken, und die der anderen, mit Humor nahm. Es machte ihn menschlich und bewies Warmherzigkeit. Das Leben fühlte sich mit ihm leichter an. Eigentlich war er genau das, was sie heute brauchte.

»Aber ich seh' schon, du bist mehr für das Spartanische zu haben. Al olio – wenn du willst«, erklärte er lachend, während seine Augen ein bisschen schelmisch funkelten.

Anne kniff die Augen zusammen, so als könnte sie sich damit gegen seine Charmeattacken wehren.

»Willst du wirklich allein sein?«, hakte Ciro nach und schenkte ihr einen liebevollen Blick, der ihr durch und durch ging.

Fuck! Dieser Kerl zauberte ihr Schmetterlinge im Bauch. Annes Atem stockte für den Bruchteil einer Sekunde. Um sich wieder in die Realität zu holen, biss sie sich auf die Lippe.

Ciro sah sie erwartungsvoll an, während er auf ihre Antwort wartete.

»Ich jedenfalls nicht. Wenn du mich fragst, ich möchte den Abend mit dir verbringen. Ganz unverbindlich. Ich bin auch ganz brav – versprochen«, setzte er nach und hob die Hände.

»Ganz unverbindlich? Da bist du dir sicher?«

»Ich schwöre. Traust du mir das immer noch nicht zu?«, erklärte er mit Schwurhand.

Anne holte tief Luft. Es war ja wahrlich nicht so, dass er keine Versuchung darstellte ...

»Du vertraust mir nicht? Wir machen einfach ganz unverfängliche Sachen«, versicherte er nachdrücklich.

»Die da für dich wären?«, fragte sie grinsend.

»Was würdest du gerne tun? Was hast du mit deinem Vater immer gemacht, wenn ihr einen gemütlichen Abend verbracht habt?«

Dieser Kerl war so was von ausgebufft!

Annes Sehnsucht nach einem gemütlichen Abend mit vertrauter Plauderei stieg ins Unerträgliche. So etwas hatte sie zuletzt mit Lea gehabt, als die bei ihr wohnte. Das mit einem Mann zu machen, überstieg ihre Fantasie.

»Gemütlich war bei uns zu Hause immer Sport sehen, lecker Bierchen und Männergespräche. Mama mochte es, wenn ihre Jungs alle da waren. Die hat uns dann immer etwas zu Essen gemacht«, lockte Ciro unermüdlich.

Anne lächelte, sie konnte sich das nur allzu gut vorstellen. In so einer großen Familie war immer etwas los.

»Mindestens einmal im Jahr haben wir uns Easy Rider angesehen. Meine Eltern und manchmal auch ich. Wir haben ein kleines Heimkino im Keller«, erklärte sie zögernd.

»Scheiß die Wand an!«, entfuhr es Ciro begeistert. »Das klingt cool! Darf ich das sehen?«

Seine Freude war ansteckend. »Okay. Aber vorher musst du dein Versprechen einlösen und uns Spaghetti kochen. Ich habe auch Hunger ... und Basilikum im Garten und Pinienkerne im Haus. Wie wäre es mit einem Pesto? Das koche ich sonst nie, obwohl ich es liebe, denn Linus mag das nicht.«

»Du hast einfach wunderbare Ideen.« Ciro ging mit erhobenen Armen enthusiastisch auf sie zu, als wollte er sie küssen. Im letzten Moment schien er sich zu besinnen und lächelte entschuldigend.

Anne versuchte, ihre Enttäuschung zu verbergen. Aber warum nur? Die alte Leichtigkeit zwischen ihnen war wieder zurückgekehrt. Gute Freunde, das war es doch, was sie wollte.

»Komm, ich zeig dir das Kräuterbeet«, forderte sie ihn auf.

Sie gingen durch den Garten. »Es tut mir leid, dass es so verwildert ist. Hier war mal ein größeres Beet mit allerlei Gemüse, aber das schaffe ich nicht mehr.«

»Entschuldigst du dich etwa dafür?«, fragte Ciro.

Anne zuckte mit den Schultern.

»Ich weiß doch, dass du nicht viel Zeit hast.«

Ciro bückte sich, pflückte ein paar Stängel Basilikum und roch daran.

»Hmmm, so ein Aroma entwickeln Kräuter nur im Freiland. Riech mal«, schwärmte er. Ciro arbeitete sich durch den ganzen Kräutergarten, wusste zu fast jedem Kraut etwas zu sagen. Die Abendsonne schien auf ihren Rücken, während sie in den vielfältigen Aromen schwelgten.

Anne schnupperte und kommentierte. Der Zustand des geliebten Beetes ihrer Mutter war ihr noch immer peinlich, doch Ciro schien es zu übersehen. Dass er sich so mit dem Kochen auskannte, gefiel ihr sehr. Es erinnerte sie an die schönen Momente mit ihrer Mutter, die ihr die Liebe zum Kochen beigebracht hatte.

Es fühlte sich so gut an, als sie zusammen wieder auf das Haus zugingen. Am liebsten hätte sie mit Ciro Händchen gehalten.

Anne ging zum Kühlschrank und schenkte ihnen beiden ein Glas Weißwein ein. Das machte sie immer, wenn sie sich Zeit für ein aufwändigeres Gericht nahm. Ciros Glas war beschlagen, als sie es ihm reichte.

»Du musst mir beim Anstoßen in die Augen sehen, sonst gibt es sieben Jahre schlechten Sex«, behauptete er grinsend.

Anne verdrehte die Augen. »Wenn man gar keinen Sex hat, kann er auch nicht schlecht sein.«

»Das kommentiere ich jetzt nicht. Du weißt, da könnte ich jederzeit aushelfen«, gab er frech zurück.

»Das werde ich wiederum nicht kommentieren. Lass uns lieber anfangen«, erwiderte sie.

Es machte wahnsinnig Spaß, mit Ciro zu kochen. Er war ein guter Entertainer, daran gab es keinen Zweifel. Sie lachten viel und arbeiteten gut zusammen.

»Zu Hause koche ich immer gern«, erklärte er, während er das Basilikum ziemlich schnell und fast professionell schnitt.

Ciro röstete die Pinienkerne, Anne setzte das Spaghettiwasser auf. Sie berührten sich und sahen sich kurz in die Augen. Insgeheim wartete Anne wieder auf einen Kuss, aber Ciro streichelte nur flüchtig ihre Wange.

»Das ist aber ein gutes Olivenöl«, bemerkte er, während er den Mixer befüllte.

»Ich koche auch gerne«, erklärte Anne, bevor das Geräusch des Mixers erklang.

»Hier, probier mal«, sagte Ciro und hielt ihr den Löffel hin.

Erwartungsvoll sah er sie an. Die Luft war so spannungsgeladen, dass sie zu flirren schien. Es lag nicht nur an dem Pesto, sondern war besonders stark, wenn sie so nah zusammenstanden, dass sie seine Körperwärme spürte. Es ging eine gewaltige Hitze von ihm aus.

Sie hätte sich den Wein verkneifen sollen, auf den nüchternen Magen vernebelte er zu schnell den klaren Verstand.

Anne kostete vom Löffel und Ciros Gesichtsausdruck veränderte sich, als würde er selbst daran nippen.

»Mmmm, lecker«, lobte Anne.

Ciro strahlte stolz.

Ihre Blicke verbanden sich und es war wieder so ein Moment, bei dem sie ihn am liebsten geküsst hätte. Ein Ruck ging durch ihren Körper, als ihr der Gedanke bewusst wurde. Wieso dachte sie nur noch daran, Ciro zu küssen? Das musste ein Ende haben!

Um sich abzulenken, begann sie eilig den Tisch zu decken.

»Noch ein bisschen Weißwein zum Essen?«, fragte sie verlegen.

Ciro schüttelte den Kopf. »Ich darf nicht mehr. Eigentlich trinke ich gar nichts, wenn ich fahren muss«, antwortete er und musterte sie durchdringend.

Anne schluckte. Das Timbre seiner Stimme zog bis in ihren Bauch, löste unwillkürliche Gefühle aus. Fatalerweise kribbelte es bis in ihren Unterleib, das war immer schwerer zu kontrollieren. Eine Region, die schon lange nicht mehr so in Aufruhr gewesen war – von dem kleinen Zwischenfall auf Leas Geburtstagsfeier mal abgesehen. Hatte sie schon wieder zu viel Alkohol intus? Sie spürte, wie ihr Herz schneller schlug.

»Ich hoffe nicht, dass du mich mit Alkohol gefügig machen willst«, scherzte Ciro und zwinkerte.

Doch der Scherz konnte nicht von der elektrisierenden Stimmung ablenken. Zwar hatte es heute schon viele dieser Momente gegeben, aber die Intensität nahm immer mehr zu. Anne holte tief Luft und versuchte erneut, die Gefühle aus ihrem flirrenden Herzen zu verscheuchen.

»Na ja, aber bis du fährst, dauert es doch noch«, wandte sie ein, nur um etwas zu sagen. Erst dann wurde ihr klar, dass sie der Versuchung gerade eine Verlängerung eingeräumt hatte. Sie musste sich eingestehen, dass ihr Herz etwas anderes wollte, als der Kopf. Und zwar mit immer mehr Macht. Sie schnappte nach Luft und spürte, wie sie errötete.

Ciro wirkte ebenso nervös. »Okay, du hast recht.«

Anne schenkte Ciro nur wenig nach und hoffte, dass er verstand, warum sie das machte.

Diesmal wollte sie das Essen so unbelastet wie möglich über die Bühne bringen. Es sollte nicht noch einmal aus dem Ruder laufen, sonst wäre die Freundschaft am Ende noch gefährdet. Gesprächsthemen hatten sie ja genug.

Ciro schien dasselbe im Sinn zu haben. »Hat dein Vater viele Touren gemacht?«, fragte er.

»Ja, er hatte sich dafür extra Auszeiten genommen, war auch öfter im Ausland.«

»Und deine Mutter?«

»Die ist nicht so gern gefahren. Und als ich dann da war, hatte sie ja auch eine Ausrede. Aber sie hat nie etwas gesagt, sondern sich gefreut, dass mein Vater ein Hobby hatte, für das er so viel Herzblut aufbrachte. Das wäre wichtig für ihn, meinte sie immer, wenn ich ihn vermisste.«

»Und sie? Wofür hatte sie Herzblut?«

»Ihre Hobbys waren Kochen und der Garten.«

»Warst du denn auch manchmal mit, wenn dein Vater im Ausland war?«

»Nein, erst war ich noch zu klein und nachher ging das ja nicht mehr.«

»Die Weste, die du vorhin anhattest ... hat er dir die mitgebracht?«

»Jepp, aus den USA. Highway Number One. Muss toll gewesen sein.«

»Nicht Route Sixty Six?«

»Nee, keine Ahnung, warum nicht. Er ist immer gerne auf Küstenstraßen gefahren.«

»Allein?«

»Nein, mit einem Freund. Paps hat immer gesagt, wozu verdient man so viel Geld, wenn man das Leben damit nicht genießt? Recht hatte er. Wenn er das nicht gemacht hätte, hätte er im Grunde nur gearbeitet.«

Ciro rieb sich am Kinn. »Ja, da hast du recht, es kann morgen schon zu Ende sein. Ich glaube trotzdem, eine Zeitlang habe ich die Sache übertrieben.«

Wieso sprach er ein so heikles Thema an? Anne fragte sich, ob sie darauf eingehen sollte, und entschied sich dagegen. Es machte doch gar keinen

Sinn. Schließlich waren sie nur Freunde, da kritisierte man das Freizeitverhalten nicht.

»Lass uns essen, sonst werden die Spaghetti kalt«, lenkte Anne ihn ab.

Ciro setzte sich. »Die schmecken auch kalt. Aber sag mir, was ist mit dir? Hättest du genug gelebt, wenn du morgen sterben müsstest?«

Sie hatte es in den letzten Jahren vermieden, darüber nachzudenken. Die Dinge waren ohnehin nicht zu ändern.

»Ich weiß nicht. Ich schätze, früher ja. Da hatte ich viel Zeit für mich. Aber in den letzten Jahren musste ich zu viel funktionieren«, antwortete sie, während sie sich setzte.

Anne wunderte sich. Warum redete sie so? So etwas tat sie doch sonst nicht.

»Es dreht sich zu viel um Linus?«, fragte Ciro, während er zwei Teller befüllte und einen davon vor Anne stellte.

»Nein, nein, kann man so nicht sagen. Das Kind macht mich glücklich, aber es ist leider nur wenig Muße, es so richtig zu genießen.«

Mit Partner wäre vieles einfacher, dachte sie, aber die Bemerkung konnte sie sich glücklicherweise verkneifen. Allerdings sah Ciro so aus, als ob er genau das gerade dachte, während er sie nachdenklich ansah.

Bevor Anne anfing zu essen, schenkte sie beiden noch einmal Wein nach. Ciro sagte nichts dazu, sah aber überrascht aus. Erst da wurde ihr bewusst, was sie gerade gemacht hatte.

»Sorry, war so was wie ein Reflex«, erklärte sie schulterzuckend. Mit einem »Guten Appetit« entzog sie sich der merkwürdigen Situation.

Ciros Blicke durchbohrten sie. »Guten Appetit«, wünschte er ebenfalls.

»Warst du eigentlich schon mal allein im Ausland mit deiner Maschine?«, lenkte sie das Gespräch wieder in vermeintlich sicheres Fahrwasser.

Fasziniert sah sie zu, wie Ciro die Spaghetti gekonnt ohne Löffel auf dem Teller drehte. So machten es die Italiener.

»Früher ja, bis nach Italien runter. Aber wenn man einen eigenen Laden hat, ist das nicht mehr so einfach. Vor allem am Anfang, wenn man das Geschäft noch aufbaut. Die Firma deines Vaters scheint ja eine Menge abgeworfen zu haben, wenn er sich solche langen Auszeiten leisten konnte«, antwortete Ciro, bevor die Gabel in seinem Mund verschwand.

Anne nickte kauend und schluckte.

»So lang waren sie auch wieder nicht. Aber ja, lange Jahre haben wir gut verdient. Das kam, weil er viele Spezialentwicklungen machte. Wir waren bekannt für gute, schnelle Arbeit. Wahrscheinlich war das auch der Grund, warum mein lieber Exmann sich damals so für mich interessierte«, brach es plötzlich aus ihr hervor.

Anne wunderte sich, dass sie das Bedürfnis überkam, Ciro ihr Herz auszuschütten.

Ausgerechnet ihm!

Ciro verschluckte sich fast und sah sie mit aufgerissenen Augen an.

»Waaas?«, fragte er und legte die Gabel auf dem Teller ab. »Du meinst, er hat dich nur wegen des Geldes geheiratet?«

Anne nickte. »Zu diesem Schluss bin ich gekommen, ja. Ich glaube, er tut alles nur aus Berechnung.«

»Und du warst nie misstrauisch?«

»Am Anfang nicht. Es war die perfekte Inszenierung. Aber als es dann nicht mehr so rund lief, da hat er sein wahres Gesicht gezeigt.«

»Was ist passiert?«

»Mein Vater hat ja, wie gesagt, Aufträge angenommen. Aber gerade in der Sparte schwankt die Wirtschaftslage oft. Zum Schluss hat er fast nur noch für eine Firma gearbeitet ... und als die pleiteging, war es auch mit unserem Betrieb vorbei«, erklärte sie und schickte einen tiefen Seufzer hinterher. »Na ja, da wusste er auch schon, dass er todkrank war, und hatte keine Kraft, sich um neue Aufträge zu kümmern.« Anne stockte.

»Du auch nicht?«

Anne nickte. »Letzten Endes ging die Firma meiner Eltern pleite, weil beide unheilbar an Krebs erkrankt waren. Ich war hochschwanger und dadurch eingeschränkt. Thorsten war mit der Geschäftsführung völlig überfordert.«

»Ein Totalausfall, nicht nur als Vater von Linus.«

»Genau.«

»Und ihr musstet dabei zusehen, wie alles den Bach runterging.«

»Jupp, ich war ja hochschwanger, hab aber gearbeitet, so viel ich konnte. Wir alle haben das. Doch Thorsten hätte besser akquirieren müssen.«

»Verstehe. Und weil dein damaliger Mann seine Schwächen nicht zugeben wollte, hatten alle anderen Schuld.«

Anne lächelte. »Ist nicht schwer zu erraten, oder?«

»Leider. Und damit war's das dann.«

»Genau. Meine Eltern haben aufgegeben und ich musste das dann auch. Meine Mutter wollte nur noch die Geburt erleben.«

»Hat sie das denn?«

»Ja, hat sie - und ist eine Woche später gestorben. Papa ist ihr dann nach zwei Monaten gefolgt. Es war alles so traurig, damals … ich von der Geburt erschöpft …«

»Und dein Mann hat dich damit allein gelassen.«

»Wenn's nur das gewesen wäre. Thorsten war nur am Schimpfen, dass er in einen Scheißladen geheiratet hat. Er hätte jetzt Angst vor der Zukunft, wahrscheinlich aber eher vor dem finanziellen Absturz. Wie ich mich dabei fühlte, und dass wir alle in einem Boot sitzen, hat ihn überhaupt nicht interessiert.«

Annes Stimme brach.

»Hört sich verdammt dramatisch an.« Ciro tätschelte tröstend ihre Hand. »Das muss eine schwere Zeit gewesen sein.«

»Es war die Hölle. Ich hatte postnatale Depressionen, die kein Ende nehmen wollten …«

»Nachvollziehbar, bei der Situation.«

»Nicht für Thorsten. Er spielte völlig verrückt und blieb nächtelang weg …«

»Er ließ dich im Stich«, vermutete Ciro.

Anne nickte. »Er hält es nicht mehr mit mir aus, sagte er. Ein willkommener Grund. Sich aus dem Staub zu machen.«

»Findest du?«

»Er sagte, ich wäre zu kompliziert und er könne damit nicht umgehen.«

»Und dann hattest du einen Nervenzusammenbruch?«

Anne seufzte tief und war unfähig zu antworten.

»Das haben andere schon aus geringeren Gründen«, bemerkte Ciro und sah sie zärtlich an.

Eine Träne kullerte über Annes Wange. Gerade wünschte sie sich, dass Ciro sie in den Arm nahm. So, wie sie es damals von Thorsten gebraucht hätte.

»Ich habe mich auf den Boden gelegt und geschrien, nur noch geschrien, als Thorsten wiederkam. Es ging nichts mehr. Da habe ich ihn gebeten, mich ins Krankenhaus zu fahren.«

Auf einmal war alles wieder da und es wollte raus. Anne wunderte sich selber, dass sie das Bedürfnis hatte, Ciro so viel von ihrer schwersten Zeit zu erzählen. So etwas tat sie doch sonst nicht. Vielleicht wollte sie sich unbewusst für ihr sprunghaftes Benehmen entschuldigen.

Doch Ciro lächelte ihre aufkommende Scham einfach weg. »Ich würde dich jetzt so gerne in den Arm nehmen. Darf ich?«

Anne stockte der Atem. Hatte sie sich genau das eben noch gewünscht, verursachte die Vorstellung jetzt auf einmal Beklemmungen.

»Ich komm schon klar«, stammelte sie.

Ciro sah sie skeptisch an. »Wie du meinst.«

»Es fühlt sich gerade wirklich wie Vergangenheit an. Ich habe in der Reha darüber geredet, danach mit Lea und jetzt mit dir. Es ist, als hätte sie es endlich ein Stück weit überwunden«, erklärte sie.

»Ja, du wolltest es allen recht machen und hast dich dabei übernommen«, vermutete er.

»Wahrscheinlich. Aber lass uns lieber über etwas anderes reden, das ist Vergangenheit«, wechselte sie das Thema.

Ciro sah sie mitfühlend an und streichelte über ihren Arm. »Manchmal ist das Schicksal eine Bitch. Da muss man durch - egal wie.«

Anne nickte. Es war auf einmal so leicht, darüber zu reden. Mit Ciro war alles so leicht.

»Mein Vater hat immer auf genügend Freizeit für alle geachtet. Weißt du, heute ist mir wieder klar geworden, dass man das Leben wirklich nicht aus den Augen verlieren darf.«

Ciro nickte. »Finde ich auch«, sagte er und steckte sich wie beiläufig eine Gabel Spaghetti in den Mund.

Anne wandte sich wieder dem Essen zu.

»Und dein damaliger Mann hat sich dann tatsächlich einfach von dir getrennt, als du am Boden und die Firma pleite war?«, fragte er nach einiger Zeit.

Anne sah hoch. »Hat er, ohne jede Skrupel.«

Hatte sie eben noch das Gefühl, den Tod ihrer Eltern überwunden zu haben, so stellte sie jetzt fest, dass das nicht für die Enttäuschung mit Thorsten galt.

»Unfassbar«, bestätigte Ciro.

»Nicht nur dass er nicht da war, als ich dringend jemanden gebraucht hätte. Er hat mich in meiner schwersten Zeit, als wir mehr denn je zusammenhalten mussten, im Stich gelassen. In guten wie in schlechten Zeiten, das haben wir uns versprochen. Wie kann man sich so in jemandem täuschen? Wieso hab ich mich blenden lassen? Nein, auf mein Herz verlasse ich mich nie mehr.«

Anne schluckte. Warum sprudelte es immer weiter aus ihrem Mund? Und das auch noch bei einem völlig Fremden, den ihr Gefühlsleben nun wirklich nichts anging. Sie konnte es nicht stoppen.

»Wenn mich jemand aufgefangen hätte, wäre ich vielleicht nicht in der Klinik gelandet. Und ich hätte

Linus nie allein gelassen«, setzte sie nach. Gleich darauf schämte sie sich für ihr Gejammer.

Doch Ciro nickte. »Ich kann das wirklich gut verstehen. Als mein Bruder damals gestorben ist, hätte ich auch gerne jemanden gehabt, mit dem ich reden konnte. Aber mein Vater hat es praktisch unter den Tisch gekehrt, meine Mama bekam dadurch Depressionen, und mein Bruder war nur noch von Hass und Rache besessen. Mit keinem davon konnte ich reden. Ich hab mich so allein gefühlt, wie man sich nur allein fühlen kann.«

»Das tut mir leid. Woran ist er gestorben?«

»Dopingmittel. Er war Radrennen gefahren und sein dreckiger Dealer hat ihn nicht vor den Gefahren gewarnt. Das Schlimmste war die Stimmung, die danach jahrelang in der Familie herrschte.«

»Hattest du keine Freundin, mit der du reden konntest? Oder Kumpels?«

»Die haben schnell das Weite gesucht, weil ich immer so üble Laune hatte – meine Freundin war sowieso nicht ... die Richtige.«

Ciro rieb sich mit Daumen und Zeigefinger über die Augen. Das Thema schien ihm immer noch nahe zu gehen.

Annes innere Abwehrhaltung war mittlerweile verschwunden. Anscheinend steckte doch mehr hinter seiner coolen Fassade, ein sensibler Mensch, der eine schwere Zeit hinter sich hatte, genau wie sie.

»Ja, man braucht viel Geduld und Verständnis mit Trauernden. Was hast du getan, um die Trauer zu überwinden?«, fragte sie und streckte mitfühlend die Hand nach ihm aus. Ihre Blicke trafen sich, als sie kurz Ciros Arm berührte.

»Meinem Fluchtinstinkt nachgegeben und Motorradrennen gefahren wie ein Bescheuerter.«

»So selbstmordmäßig?«

»Vielleicht, aber nicht lange. Mama war dagegen, sie wollte nicht noch einen Sohn verlieren.«

»Das hat dir aber nicht weiterhelfen können und auch keine Lösungen geboten?«, ergänzte Anne.

»Genau.«

»Und dann hast du Trost im Herumhuren gesucht?«, spekulierte sie.

»Jetzt versuchst du dich aber als Hobbytherapeutin«, schnaubte Ciro.

»Was ist auf einmal los?«, fragte Anne.

»Deine Vorurteile gehen mir auf den Zeiger. Wieso bist du dir so sicher, dass ich viele Frauen habe?«

»Das war ja wohl vorhin nicht zu leugnen. Und nebenbei, deine Süße hat ja auch über deine Strategie aus dem Nähkästchen geplaudert.«

»Soso. Und das ist schlimm, weil ...? Bin ich deswegen ein chronischer Lügner? Ich habe ihr vorher die Wahrheit gesagt, aber sie wollte mir nicht glauben. Das hat sie doch selbst zugegeben. Ich wollte den Frauen nie wehtun. Wie lange willst du mich an den Pranger stellen?«

»Ich verurteile dich doch nicht!«

»Nein, natürlich nicht. Du bist nur so ... so überheblich und hast ja überhaupt keine Vorurteile. Von Natur aus.«

Anne war von dieser heftigen Reaktion überrascht. »Ich überheblich? Da bist du natürlich ganz anders! Gerade dachte ich noch, mit dir kann man ja doch reden«, krächzte sie beleidigt.

»Du hast angefangen.«

»Stimmt überhaupt nicht.«

»Doch, du hast mich männliche Hure genannt.«

»So harte Worte benutze ich gar nicht.«

»Und ob. Aber Aufreißer und Casanova, das ist auch nicht gerade besser.«

»Und du hast mich frustrierte Zicke genannt.«

»Niemals!«, brach es entrüstet aus Ciro hervor.

»Na, dann eben unterzuckerte Karrierezicke. Das ist natürlich das größte Kompliment, das man einer Frau machen kann.«

Ciro schluckte. »Das war reine Notwehr.«

Anne schnappte nach Luft. Wie konnte das Gespräch plötzlich so aus dem Ruder laufen? Anscheinend hatte sie Ciros wunden Punkt getroffen. Möglicherweise schämte er sich für sein Verhalten. Und sofort schämte sie sich für ihres. Am liebsten hätte sie ihn danach gefragt, doch sie wollte die Glut nicht erneut anfachen. Besser, sie trug ihr Herz nicht mehr auf der Zunge.

»Okay, lass uns nicht streiten und den schönen Tag damit herabsetzen. Das ist es doch gar nicht wert. Es tut mir leid, wenn ich dir zu nahe getreten bin, okay?«, lenkte sie ein.

Ciro presste die Lippen zusammen, als er nickte. »Mir auch«, brummte er.

Schweigend aßen sie zu Ende.

Kapitel 14 Easy Lover

Ciro presste die Zähne aufeinander. Was war da nur gerade in ihn gefahren? Sie hatte sich ihm geöffnet und jetzt wusste er endlich, warum sie ihm nicht vertraute. Es waren, genauso wie er vermutet hatte, gar nicht so sehr die vielen Affären, die Anne störten, sondern sie konnte ihren Gefühlen nicht mehr trauen. Ihr Exmann hatte sie nie geliebt und das hatte ihr den Boden unter den Füßen weggerissen. Verständlich, dass ihre Angst auflöderte, wenn sie den Eindruck hatte, dass er Gefühle auf die leichte Schulter nahm.

Er war noch lange nicht am Ziel und der Ausbruch eben war alles andere als hilfreich. Auch wenn er ihm erneut zeigte, dass er gar nichts auf die leichte Schulter nahm. Doch auf diese Art würde er Anne eher vom Gegenteil überzeugen. Genervt schob er den fast leeren Teller in die Tischmitte.

Anne sah ihm tief in die Augen, bevor sie dasselbe machte. »Jetzt sehen wir uns erstmal den Film an. Komm, ich zeige dir das Heimkino und mache uns Popcorn zum Nachtisch«, erklärte sie versöhnlich.

Ciro folgte ihr. Sie war offensichtlich stolz, als sie den kleinen Raum betraten. Zehn rote Plüschsessel mit kleinen Tischen davor strömten den typischen Geruch von alten Polstern aus.

»Meine Eltern haben damals viel Wert auf die Atmosphäre und besonders bequeme Sitze gelegt«, erklärte Anne mit einem Hauch Nostalgie in der Stimme.

»Wow, das ist ja wirklich wie im Kino«, staunte er.

»Es gab übrigens auch noch ein Ritual, damals«, verriet sie, während sie den Raum verdunkelte. »Meine Eltern waren bei ihrem ersten Date im Kino. Jedes Jahr zum Hochzeitstag haben sie sich deshalb hier händchenhaltend Easy Rider angesehen. Den Film, den sie damals gesehen hatten.«

»Oh, noch mal wow. Das klingt alles nach einer glücklichen Ehe.«

»Ja, beneidenswert. Wenn ich es bei den beiden nicht erlebt hätte, würde ich nicht daran glauben«, seufzte Anne.

»Durftest du eigentlich damals beim Film ansehen dabei sein?«

Anne strich lächelnd ihr Haar nach hinten. »Na klar, aber der hat mich schnell nicht mehr interessiert. Als Ersatz habe ich dann Geld fürs Kino bekommen. Das war mir lieber.«

Ciro grinste. »Verstehe. Und du nutzt den Raum heute noch?«

»Ja, Linus sieht seine Filme mit Freunden am liebsten. Es ist immer eine Attraktion«, erklärte Anne, während sie die alte Popcornmaschine bediente. Langsam quoll ein Korn nach dem anderen aus dem Rohr in den Auffangbehälter. Der köstliche Duft machte sich im Raum breit. »Manchmal wünschte ich, er würde öfter draußen spielen«, seufzte sie.

»Das tut er nicht?«

»Nicht so viel, wie ich gerne hätte. Er ist eben ein typischer Junge. Computerspiele, Filme, Technikspielzeug.«

»Auf dem Geburtstag hat er doch Fußball gespielt.«

»Ja, aber im Verein sind die Trainingszeiten so ungünstig. Dahin kann ich ihn nicht bringen.«

Das war seine Chance. »Ich könnte das doch machen«, bot er eifrig an.

»Sag mal ...«, Anne schluckte. »Das ist nett, aber ... ich weiß nicht.«

»Und noch besser wäre es natürlich, wenn ich euch mit dem Baumhaus helfen könnte. Ich kann meine Hilfe nur noch einmal anbieten.«

»Ist gebongt. Ich überlege es mir, okay?« Anne füllte eine der beiliegenden Papiertüten mit dem ersten Popcorn. »Lea ist schon aus Linus' Leben mehr oder weniger verschwunden. Sein Vater meldet sich auch nicht mehr, seit Linus wieder bei mir wohnt. Ich möchte ihm nicht noch jemanden zumuten, der ganz tolle Dinge mit ihm macht und dann auf einmal wieder weg ist«, erklärte sie.

Ciro trat von hinten an sie heran und schaute über die Schulter. Anne lehnte sich ein paar Millimeter zurück. Vielleicht wünschte sie, dass er sie endlich umarmte, doch er legte nur die Hand auf ihre Schulter. Noch so einen Fauxpas wie eben wollte er sich nicht erlauben. Manchmal kam man mit kleinen Schritten schneller ans Ziel.

»Weißt du, es klingt vielleicht schräg, aber mir ist klar geworden, dass man Freude auch mit kleinen Dingen haben kann. Man muss sie nur wahrnehmen und dankbar dafür sein«, sinnierte er und kam sich ein bisschen beseelt vor.

»Na ja, eigentlich gibt mir Linus genug Freude.«

»Das glaube ich dir. Aber irgendwann hat er ein eigenes Leben. Und was dann?«

»Dann wird sich schon etwas finden.«

Ciro nickte, während er sie nachdenklich ansah. »Du bist eine tolle Mama, weißt du das?«

»Ich gebe mir Mühe«, sagte sie und zuckte mit den Schultern.

Er unterdrückte ein *Ich liebe dich* und wagte sich endlich, Anne zum Kuss heranzuziehen. Er legte sein ganzes Gefühl hinein, so sanft und zärtlich, wie er es sich die ganze Zeit gewünscht hatte. Das Prasseln des Popcorns erfüllte dabei den Raum wie eine Filmmusik. Er dachte nicht an die Konsequenzen, er dachte nur, dass ein Etappenziel erreicht war. In diesen Moment war die Verbindung so intensiv wie nie.

Erst als alles Popcorn verbraucht war, trennten sie sich. Ciro streichelte glücklich ihre Wange.

»Heute werden wir bestimmt keinen Hunger mehr bekommen«, lachte Anne. »Setz dich schon mal.«

Anne startete den Beamer und setzte sich neben ihn. Natürlich hatte Ciro den Film schon einmal gesehen, aber das war lange her. Diesen Kultfilm konnte man sich getrost öfter anschauen. Er liebte die Musik, genoss die Landschaft und die Farben. Über die Aussage des Films wurde schon immer spekuliert, denn vieles darin wurde offengelassen, bot Raum für Spekulationen wie bei einem abstrakten Gemälde. Das Plakat, das natürlich auch im Raum hing, verkündete das Motto: Ein Mann suchte Amerika, doch er konnte es nirgends mehr finden. Was das bedeutete, darüber sollte wohl jeder Zuschauer selbst nachdenken.

Ciro hielt die ganze Zeit Annes Hand. Er fühlte sich ihr so nah und genoss es so sehr, dass er den Film am liebsten gleich noch einmal gesehen hätte. Wehmütig sah er zu, wie Anne PC und Beamer ausmachte und überlegte, was sie wohl als Nächstes von ihm erwartete.

Er war zu allem bereit, aber er wollte auf keinen Fall einen Fehler machen. Es überraschte ihn, dass Anne zielstrebig auf ihn zuging. Als wären sie schon lange ein Paar, setzte sie sich auf seinen Schoß und küsste ihn. Aber nicht so zärtlich wie er sie eben, sondern fordernd und eindeutig. Ciro konnte sein Glück kaum fassen und erwiderte ihre Leidenschaft. Es wäre traumhaft, ihr nun auch körperlich nah zu sein. Liebe zu machen.

Wie berauscht zog er sie dichter heran, während seine Zunge entschlossen ihren Mund erforschte. Anne entwich ein sehnsüchtiges Seufzen. Ciro spürte, wie sich das Blut in seinem Unterleib sammelte.

War das alles nur ein Traum? Prüfend schlüpfte seine Hand unter ihr Shirt. Ihr Atem stockte zwar, aber sie ließ es geschehen. Ganz sanft streichelte er sie, beließ es aber lange Zeit dabei. Er würde ganz langsam und behutsam vorgehen, schließlich stand viel auf dem Spiel.

Inzwischen regte sich mehr bei ihm und er keuchte erregt, als er Annes zarte Hände auf seiner Haut spürte. Er unterbrach den Kuss, um langsam ihren Hals zu küssen und den betörenden Duft einzusaugen.

Sie stöhnte und bekam eine Gänsehaut. Er konnte es immer noch nicht so recht glauben, dass sie wirklich mit ihm schlafen wollte, und öffnete testweise den BH. Sie ließ es nicht nur geschehen, sondern reckte sich seiner Hand sogar entgegen. Es war ungemein aufregend, über ihre festen kleinen Brüste zu streicheln und zu spüren, wie die Brustwarzen härter wurden. Annes Körper wurde weicher und schmiegte sich begierig gegen seinen.

Hastig zerrte sie an seinem Shirt und er half ihr beim Ausziehen. Ihre Hände hinterließen eine Feuerspur, während sie zarte Küsse an seine Halsbeuge setzte. Ihr heißer Atem erzeugte bei ihm eine Gänsehaut, die direkt den Weg in den Unterleib fand.

Wo sollten sie hin? Sie wollte doch nicht hier ...?

Er hob sie auf seine Arme und setzte sie auf dem Boden ab. »Wo ist dein Schlafzimmer?«

»Das ist tabu. Da schläft manchmal auch Linus, dem werde ich bestimmt nicht den Geruch eines Fremden zumuten.«

Sie könnte ja das Bett neu beziehen, dachte er, sagte aber nichts. »Wohin sollen wir dann?«

»Wohnzimmer«, antwortete sie knapp. »Da kann man die Spuren wegwischen.«

Ja klar, eine abwaschbare Ledercouch. Wie unromantisch. Ciro schluckte. Trotzdem hob er sie wieder auf seine Arme und trug Anne in die gewünschte Richtung. Das war ja nur der Anfang zwischen ihnen, da durfte er nicht zu viel erwarten. Schließlich hatte er eben selber betont, dass man auch die kleinen Dinge genießen sollte.

Ciro stoppte ihr zufriedenes Grinsen, indem er seine Lippen auf ihre legte und aus seinen Wünschen keinen Hehl machte. Leidenschaftlich wühlte sich die Zunge durch ihren Mund und genauso leidenschaftlich war Annes Antwort. Vielleicht würde er ihr heute schon klarmachen, dass dies ein großes Ding war. Ein ganz großes.

Ungeduldig unterbrach sie den Kuss, als er sie auf der Couch ablegte, und zerrte sich ihre Oberbekleidung vom Leib.

Ciro setzte sich daneben und ließ seine Fingerspitzen über die Mitte ihres Körpers gleiten. Wie makellos schön sie doch war.

Anne ließ ihn den Anblick nicht lange genießen, dann zog sie ihn zu sich. Hungrig setzte sie den Kuss fort. Es schien so, als hätte sich jahrelang verdrängte Lust verbündet und würde zum Angriff blasen. Feurig krallte sie sich in seinen Po und löste in seinem Unterleib ein verlangendes Ziehen aus.

Anne machte aus ihrer Gier keinen Hehl. Sie grinste kurz, als sie seinen nackten Oberkörper betrachtete, dann fummelte sie an seinem Hosenknopf herum. Er war froh, dass sie seine Jeans öffnete, denn die war mittlerweile ganz schön eng. Als er ihr dann half, mit einem Griff Hose und Unterhose hinunter zu schieben, sprang seine Latte hervor.

Sie starrte ihn an. Ihr Brustkorb hob und senkte sich schnell.

Es war wie in einem dieser Filme, wo sich das Pärchen die Kleider vom Leib riss und übereinander herfiel. Eigentlich war es gar nicht seine Art, denn in Sachen Sex war er ein Genießer. Und mit ihr wollte er gewiss keine schnelle Nummer schieben. Wie mochte das auf sie wirken, wenn er sich darauf einließ?

Doch Anne schien nicht so, als ob sie großartig darüber nachdachte. Sie umfasste seinen Schaft und befeuerte zielstrebig seine Leidenschaft, während sie heiße Küsse über seinen Körper verteilte. Er stöhnte. Wenn sie es so wollte, sollte sie es so bekommen. Das war sein letzter Gedanke, dann verabschiedete sich der Verstand.

Aufgeregt half sie ihm dabei, sich von ihrer Jeans zu befreien. Jetzt lag seine Traumfrau ganz nackt vor ihm.

»Du bist wunderschön«, flüsterte er, bevor er sich zwischen ihre Beine platzierte, um jeden Quadratzentimeter ihrer Schenkel mit Küssen zu bedecken.

Anne stöhnte und wand sich genießerisch, während er ihre Fingernägel im Nacken spürte. Ihre unverhohlene Gier trieb ihn nicht nur zur Eile, sondern hinderte ihn auch, sich selbst zu kontrollieren. Ciro atmete tief durch, um ihren Körper weiter anzubeten. Heiß lag seine Härte auf ihrem Venushügel. Verlangend streckte sie ihm das Becken entgegen. Dieses Spiel war kaum auszuhalten. Es fiel ihm immer schwerer, sein eigenes Verlangen zu verdrängen.

Er legte seinen Schwanz der Länge nach vor ihre Spalte und nahm ihre Oberschenkel zwischen seine. Spielerisch neckte er ihre Muschi durch seine Beckenbewegungen. Sie war klatschnass. Ciros Atem ging schneller, als Anne ihm ihr Becken immer gieriger entgegendrängte. Annes Blick war verhangen, ihr Gesichtsausdruck entrückt und ihr leises Seufzen verdammt erregend.

»Mach schon«, forderte sie ihn auf, während ihre Hände sich fordernd in seinen Hintern krallten.

»Ich mag es nicht, gedrängt zu werden«, murmelte er.

Sie entließ frustriert die Luft und bog ihren Körper durch, als er kleine Küsse auf den Hals setzte und sich langsam nach unten arbeitete. Ausführlich neckte er dabei die Nippel, lutschte und knabberte sanft daran. Annes Stöhnen wurde immer lauter. Es gefiel ihm zwar, dass sie versuchte, ihn anzufeuern, aber im Grunde ging ihm alles zu schnell. Ihre Hände wanderten höher und krallten sich erneut in sein Fleisch.

Ciro hielt den Atem an.

»Und ich mag es nicht, gefoltert zu werden. Ich halte es nicht mehr aus«, keuchte sie.

Ciro richtete sich etwas auf, griff nach seiner Jeans und holte ein Kondom aus der Tasche.

Erregt umfasste Anne die Latte und pumpte fordernd die zarte Haut auf und ab, während er die Hülle öffnete.

Er ächzte, lange hielt er es auch nicht mehr aus. Routiniert streifte er das Kondom über und drang erst einmal mit den Fingern in ihre feuchte Hitze. Es war ein Anblick für die Götter, wie sie seinen Fingerfick genoss. Ihr Fleisch hatte sie bereits zuckend umschlossen, als er die Finger wieder entfernte.

Gierig spreizte Anne die Beine noch weiter und legte ihren Eingang frei. Ciro keuchte, während er sich über ihr platzierte. Jetzt war auch seine Leidenschaft nicht mehr zu bremsen. Vorsichtig drang er ein und küsste sie dabei.

Es fühlte sich seltsam vertraut an, wahrscheinlich, weil sie vorher so viel geredet hatten, was er ja so bei seinen Gespielinnen nicht machte. Wie selbstverständlich verschmolzen sie zu einer Einheit. Der Akt war kurz, aber intensiv. Sie gab ihm klar zu verstehen, dass sie tiefe Stöße wollte, indem sie ihr Becken hungrig gegen seins drängte. Ihr Rhythmus war perfekt.

Anne wand sich keuchend, brachte ihn in höchste Höhen, bevor sie laut die Erlösung hinausließ. Kurz darauf ergoss auch er sich mit einem lauten Stöhnen im Kondom.

Der Entspannung folgte eine riesige Woge warmen Glücksgefühls, die seinen Körper durchflutete. Begeistert küsste er Anne, während ihre verschwitzten Körper aneinander rieben.

»Das war einfach großartig«, flüsterte er, während er sich wieder zurückzog.

»Ja, das war gut. Vorher hatte ich das Gefühl, ich hätte es nach so vielen Jahren verlernt, aber ich scheine eher etwas dazugelernt zu haben«, antwortete sie augenzwinkernd.

»Jahre?«, fragte er und sah auf, als er das Kondom entfernen wollte.

Anne lachte fast zynisch. »Ja, leider. Der erste Sex, seit Linus´ Geburt.«

Ciro schluckte. Er hatte sich zwar gedacht, dass sie lange keinen Sex mehr hatte, aber Linus ging ja schon in die Schule. So lange keinen Sex, das war für ihn unvorstellbar.

»Das ist ja eine kleine Ewigkeit. Wie hast du das ausgehalten?«, fragte er entsetzt.

»Na ja, vollgepumpt mit den ganzen Medis hatte ich sowieso keine Lust. Aber jetzt wollte ich mal wieder wissen, wie sich das anfühlt. Womöglich hätte ich es sonst vergessen.«

Anne fischte nach ihrer Unterhose und zog sie wieder an, bevor sie sich aufrichtete.

Auch Ciro setzte sich auf und entfernte das Kondom. »Oh, dann haben wir ja viel nachzuholen. Wenn du willst, machen wir gleich weiter, aber dann bitte in deinem Bett. Das ist weicher, wärmer und bequemer«, schlug er leise vor, während er einen Knoten in das Gummi machte.

Zärtlich küsste er ihren Nacken und verschaffte ihr eine Gänsehaut.

Er war enttäuscht, als sie sich der Zärtlichkeit entzog. Anne nahm den Fromms und schmiss ihn in den Abfalleimer.

»Vergiss es«, antwortete sie unterkühlt.

Er fröstelte und spürte, wie sich seine Kehle zuschnürte. »Was?«, fragte er unsicher.

»Ich denke, wir haben genug darüber geredet. Bad Boys bleiben nicht zum Frühstück, sagst du doch selber immer.«

Ciro hatte das Gefühl, jemand schütte ihm einen Eimer Eiswasser über den erhitzen Schädel.

»Aber wenn es so schön war, warum willst du nicht noch ein bisschen kuscheln?«

»Weil das eine einmalige Sache war. Der Film ... ich war in Stimmung und ... also, ich wollte mal wieder wissen, wie es ist. Es war so weit weg, die ganzen Jahre. Aber jetzt ...«

Ciro schluckte. »Ich hatte gedacht, dass sich zwischen uns doch mehr entwickelt hat. Es war so ... harmonisch«, krächzte er und konnte die Enttäuschung nicht mehr verbergen.

»Ach, komm schon. Willst du etwa auf einmal kein böser Junge mehr sein?«

»Ach! Hör doch mit dem Bullshit auf«, fluchte er. »Ich habe ja wohl deutlich gemacht, dass ich mehr will.«

»Ich aber nicht«, erwiderte Anne gereizt. »Wir wollten doch nur Freunde sein.«

»Freundschaft plus? Oder was?«, schnaubte er.

Anne wirkte auf einmal beschämt.

Ciro fiel das Atmen schwer. »Tut mir leid, das war nicht fair.«

»Ciro, ich bin beschädigte Ware. Ich kann dir nicht mehr bieten. Und das habe ich auch deutlich gemacht ... mehr als genug«, ergänzte sie mit melancholischem Blick.

»Beschädigte Ware? Das bin ich doch auch«, antwortete er verzweifelt. »Wir können uns so viel geben. Hast du das nicht gespürt?«

»Wenn du willst, können wir ja mal wieder ... irgendwann«, sagte Anne und räusperte sich.

Ciro ballte die Faust. »Das ist nicht dein Ernst. Du weißt, dass es mir nicht um den Sex geht.«

Anne sah verlegen weg.

»Du hast mich benutzt!«, presste er hervor.

Anne lachte spöttisch auf. »So? Ist das nicht eher der Frauenpart? Aber ich denke, es hat dir Spaß gemacht? War das Gerede von Freundschaft nur eine Lüge?«

Ciro kam sich unglaublich blöd vor. Er wusste, dass er sich lächerlich machte, aber er konnte nichts dagegen tun. Die Enttäuschung war zu groß. Er merkte erst, dass er die Zähne aufeinanderbiss, als der Kiefer schmerzte. So wollte er nicht behandelt werden!

Er sah zu Anne herüber, die auch nicht gerade glücklich aussah. Sie konnte wirklich nicht anders, aber er auch nicht. Er hatte sich hoffnungslos verliebt. Jetzt musste er sich zusammenreißen und weiter um sie kämpfen. Etwas anderes blieb ihm gar nicht übrig.

»Na schön. Wenn du nicht willst, kann man nichts machen«, rang er sich seufzend ab. »Bekomme ich wenigstens deine Handynummer?«

»Ciro, sagt dir *zu schnell* etwas? Das Gras wächst nicht schneller, wenn man daran zieht. Ich komme mir überrumpelt vor. Und ich habe dir ausführlich erklärt, dass Linus meine absolute Priorität hat.«

Wer hier wohl wen überrumpelt hatte! Ciro verkniff sich eine Bemerkung.

»Das mit Linus finde ich ja auch gut. Das soll doch um Himmels Willen so bleiben. Aber okay, vielleicht machen wir demnächst noch mal was zusammen ... so eine kleine Tour wie heute?«

»Was an *es hat keinen Sinn* hast du nicht verstanden?«

Ciro senkte den Kopf. Sein Bauch war hart wie ein Brett.

»Nichts«, presste er bitter hervor.

Verärgert fing er an, sich anzuziehen. »Wenn du so verbohrt bist, kann ich nichts machen.«

»Ciro, bitte. Es war schön, mach das doch nicht kaputt«, bat Anne leise und legte versöhnlich die Hand auf seinen Unterarm.

Er schnappte nach Luft. »Wer macht hier alles kaputt?«, schimpfte er gedämpft. »Du könntest einfach alles von mir haben!«

Anne verbarg ihr Gesicht in den Händen. »Will ich aber nicht und kann ich auch nicht ... mehr«, stöhnte sie.

»Ich bin ja schon weg. Schönen Abend noch.« Ciro stampfte davon und ließ die Tür lauter als nötig ins Schloss fallen.

Draußen schloss er die Augen und atmete tief durch. Er warf den Kopf in den Nacken und sah in den Himmel, um die funkelnden Sterne zu betrachten. Wie ekelhaft romantisch der Anblick war. Fast hätte er einen Urschrei losgelassen.

Was war bloß mit ihm los? Die Sache ging ihm fast so an die Nieren wie der Tod von Valentino.

Er hasste sich dafür, dass er sich benahm wie ein pubertierender Teenager.

Dieser Thorsten war an diesem ganzen Schlamassel schuld. Er hatte ihr Vertrauen zerstört.

Ciro ballte die Fäuste. Am liebsten würde er den Idioten jetzt suchen und verprügeln.

Kapitel 15 Verlässlich

Anne kratzte sich am Arm, während sie vor der Schule auf Linus wartete. Obwohl sie sich eingecremt hatte, war ihre Haut trocken und juckte. Sie hatte viel zu lange unter der Dusche gestanden, nachdem Ciro gegangen war. Doch das schale Gefühl von Selbstekel ließ sich nicht abwaschen. Ciros enttäuschtes Gesicht blitzte immer wieder durch ihren Kopf und machte das Atmen schwer. Ob sie ihm wehgetan hatte, so richtig verletzt? Anne verwarf den Gedanken wieder. Eifrig arbeitete sie daran, die Mauer vor ihrem Herzen wieder zu verstärken.

Vor allem hatte sie sich selbst wehgetan. Solch einem Typen wie Ciro war es doch egal, welche Herzen er brach. Dabei war es gestern so schön, so leicht, so selbstverständlich – so gefährlich. Er hatte sie spielend leicht eingewickelt. Ihr überschießender Hormonhaushalt hatte das letzte bisschen Vernunft in Lichtgeschwindigkeit aus ihrem Kopf vertrieben. Das war ihr direkt nach dem Orgasmus klar geworden. Sofort hasste sie sich für ihre mangelnde Beherrschung.

Das Erwachen aus dem Liebesrausch war erbarmungslos. Die Angst, die Kontrolle gänzlich zu verlieren, hatte ihr den Atem genommen. Dagegen half nur die harte Abgrenzung, auch wenn Ciro ihr leidtat.

Aber der Tag gestern hatte ihr auch klargemacht, dass sie etwas vermisste. Und das war nicht nur körperlich, da brauchte sie sich nichts mehr vormachen. Ciro hatte recht, ihr Leben würde nicht ewig so weitergehen. Sie müsste sich Gedanken über ihre Zukunft machen. Und einen Plan, mit Netz und doppeltem Boden.

»Hallo, Mama. Wohin fahren wir?«, begrüßte sie Linus, während er die Autotür aufriss.

Anne zuckte zusammen. »Nach Hause, wohin sonst?«

»Es ist langweilig zu Hause. Da sind wir immer allein«, maulte Linus.

»Aber warum denn?«, fragte Anne enttäuscht. »Magst du nicht gerne mit mir allein sein?«

Anne hatte nach Feierabend immer viel zu tun, dadurch musste sich Linus oft allein beschäftigen. Das war natürlich nicht immer optimal für das aktive Kind, aber für eine Haushaltshilfe reichte das Geld nicht. Und heute fühlte sie sich besonders schlecht, da sie die Zeit gestern mit Ciro verplempert hatte, statt sich Freiraum für Linus zu schaffen.

»Als Lea noch da war, war es nie so langweilig. Bei Lea ist es immer viel lustiger, da kann ich mit Tessa spielen. Ich will eine richtige Schwester, die mir ganz allein gehört. Oder einen Bruder, das ist bestimmt noch besser«, maulte er.

Linus' Schnute war göttlich. Fast hätte Anne gelacht, aber sie verkniff es sich, weil es ihm offensichtlich sehr ernst damit war.

»Du weißt schon, dass das mit den Geschwistern nicht so einfach ist. Dafür braucht man einen Papa.«

Linus stöhnte. »Den hast du doch schon längst.«

»Wie kommst du darauf?«

»Lina hat erzählt, dass du die Mutter von Ciros Kindern wirst.«

Fast hätte Anne sich an ihrer eigenen Spucke verschluckt, sie musste sich räuspern. »Wie kommt sie darauf?«

»Das hat sie in der Schule gesagt. Ciro hat es ihr verraten.«

»Da muss sie sich verhört haben.«

»Hat sie nicht.«

»Dann hat Ciro Quatsch erzählt.«

»Du bist blöd. Du willst mir gar keinen Bruder besorgen.«

»Brüder besorgt man nicht. Und glaube mir, wenn so ein Geschwisterchen erst mal länger da ist, kann es ganz schön lästig werden.«

»Woher willst du das denn wissen?«

»So was weiß man, wenn man erwachsen ist.«

»Dir wird es vielleicht lästig. Mir nicht«, beharrte Linus und verschränkte die Arme vor der Brust.

»Ich hab dir auch Spaghetti gekocht«, tröstete sie ihn und kam sich schäbig vor, weil sie die übriggebliebenen Nudeln von gestern als frisch verkaufte. »Du darfst sie auch nur mit Ketchup essen. Das ist doch dein Lieblingsessen.«

»Als ich noch im Kindergarten war«, meckerte er. »Jetzt will ich da Würstchen rein haben. Das macht Lea immer so, weil Tim es gerne mag.«

Lea! Bei Linus drehte sich so viel um sie. Anne musste einen Anflug von Eifersucht unterdrücken. Lea war schließlich eine herzensgute Freundin, der sie viel zu verdanken hatte.

»Okay, was wollen wir denn heute machen?«, fragte sie, um Linus abzulenken.

»Eis essen.«

»Na gut, zum Nachtisch. Aber nach dem Essen, was machen wir da? Ich habe auch den Traktor repariert, dann können wir mähen und du kannst wieder im hinteren Garten spielen. Wollen wir Finn einladen?«

»Nein, der ist jetzt immer bei den Pferden. Seine Schwester hat angefangen zu reiten. Mama, darf ich auch reiten?«

»Darüber müssen wir noch mal reden.«

»Wenigstens das Baumhaus reparieren?«

»Frühestens am Wochenende, vorher habe ich keine Zeit.«

Linus stöhnte. »Mann, bist du langweilig. Du kannst dir doch auch eine Putzfrau suchen, wie Lea.«

»Gute Idee. Ich denke drüber nach, okay?«, beschwichtigte Anne ihren Sohn. Doch sie hatte gleichzeitig Bedenken bei der Taktik. Linus hatte ein Elefantengedächtnis, besonders bei solchen Versprechungen.

Vielleicht hätte sie lieber ehrlich sein sollen und ihm gestehen, dass sie nicht genügend Geld dafür hatte. Doch was sollte sie tun, wenn er genauer nachfragte? Sollte sie etwa mit ihrem Sohn darüber reden, dass Thorsten immer noch Unterhalt für ihn bekam? Oder darüber jammern, was das neue Auto und die Waschmaschinenreparatur kosteten?

Natürlich könnte sie die Zahlungen einstellen, schließlich lebte Linus jetzt schon lange bei ihr und Thorsten hatte gerade genug mit sich selbst zu tun. Doch dann kam der womöglich noch auf die Idee und wollte Linus zurück, um weiter die Unterstützung zu kassieren. Der Streit um das Sorgerecht könnte hässlich werden und es war absolut nicht sicher, dass sie es auch zugesprochen bekam. Nein, lieber nicht an der jetzigen Situation rühren.

Anne seufzte. Sie wusste, irgendwann würde sie nicht umhinkommen, die Zahlungen einzustellen. Wenn Linus älter wurde, würde sie mehr Geld brauchen.

Gott sei Dank verlief der Rest des Nachmittags harmonisch. Linus hatte seine Unzufriedenheit schnell vergessen, denn Anne hatte alle Arbeit Arbeit sein lassen, um sich mit ihm zu beschäftigen. Doch als er im Bett war, kam sie wieder ins Grübeln.

Seit Ciro weg war, wurde ihr immer schmerzlicher bewusst, wie allein sie im Grunde war. Mit einem Partner wäre vieles leichter. Sie sollte sich auf die Partnersuche machen. Aber etwas Solideres als Ciro sollte es schon sein. Es musste doch irgendwo auf diesem Planeten einen verlässlichen Mann geben. Seit längerem hatte sie überlegt, sich bei einem Partnerportal anzumelden, jetzt hatte sie den entscheidenden Impuls bekommen.

Anne holte sich ihren Laptop und schaffte Tatsachen. Dabei betonte sie besonders, wie wichtig ihr Verlässlichkeit war - und kinderlieb sollte er sein, das war genauso wichtig. Aufgeregt starrte sie auf den Bildschirm, als der ihr passende Singles aus ihrer Umgebung preisgab. Sie klickte sich durch die Liste und dann verließ sie der Mut. Anschreiben würde sie keinen von den Kandidaten. Nein, diese Entscheidung sollte sie besser noch reifen lassen.

***

»Lagerorte falsch eingetragen, Rechnungen vergessen ... die ganze Woche hast du nur Mist gebaut. Und nur noch schlechte Laune! Du vergraulst ja alle Kunden. Sag schon, Ciro, was ist eigentlich mit dir los?«, schimpfte Luca am Freitagabend, als sie ihren Motorradladen abschlossen.

»Keine Ahnung, vielleicht bin ich urlaubsreif«, murmelte Ciro und wich dem kritischen Blick seines Bruders aus.

»Ich hab ja einen ganz anderen Verdacht. Du kannst es nicht verpacken, dass du von Anne einen Korb bekommen hast. Dich hat es ganz schön erwischt, Alter.«

»Quatsch, red doch nicht so einen Mist, Bro. So weit kommt es noch, bei so einer verbohrten Nonne«, antwortete Ciro mürrisch.

Vor seinem Bruder würde er keine Farbe bekennen, das roch nach Loser. Doch er selbst hatte es sich längst eingestanden, dass er unglücklich verliebt war. Fatal, dass er seine Gefühle nun nicht mehr zurückholen konnte.

Ciro war in sich gegangen und hatte lange überlegt, ob er denn wirklich so daneben lag, mit seiner Einschätzung zu Annes Gefühlen. Sicher, sie hatte ihm nie irgendetwas versprochen, aber diese Nähe ... zugelassen und ihn dann weggestoßen?

Er hätte nie gedacht, dass das so wehtun könnte. Ob er seinen Tinder-Blondinen auch so wehgetan hatte? Eher nicht – oder doch? Vielleicht manchmal, wenn er einen Tick zu viel versprochen hatte, um doch noch zum Abschuss zu kommen.

Ciro schämte sich immer mehr dafür. Auch wenn er es nicht beabsichtigt hatte, vielleicht hatte er doch mit den Gefühlen seiner Eroberungen gespielt. Aber was geschehen war, war geschehen. Es war nicht mehr rückgängig zu machen.

Fuck! Und wenn er ehrlich zu sich war, war er Anne verfallen, seit er sie das erste Mal gesehen hatte. Ciro seufzte, er war rettungslos verloren.

»Verbohrte Nonne? Also ja. Gib's zu, du hast dir an ihr die Zähne ausgebissen«, amüsierte sich Luca. »Wurde echt Zeit, dass dich mal jemand in die Schranken weist.«

»Verschone mich bitte mit deinen Kommentaren«, knurrte Ciro.

»Ist wohl ein typischer Fall von Ich-will-gerade-das,-was-ich-nicht-haben-kann, oder?«, fragte Luca grinsend.

»Was hast du eigentlich für ein Problem, Mann?«

»Keins. Und ich möchte auch keins mit Ela, nur weil dein Ego angekratzt ist und du eine Zurückweisung nicht verkraften kannst.«

»Halt einfach deinen Mund, okay?«, murrte Ciro.

»Ja, dann mach doch einfach deine Arbeit. Dann sag ich auch nichts mehr«, gab Luca ungerührt zurück.

»Mach ich auch, ab Montag. Morgen bist du sowieso mit dem Laden dran«, murrte Ciro.

Er hatte schon eine Idee. Er würde sich heute Nacht in Düsseldorf gepflegt abschießen. Das hatte ihn bislang immer noch entspannt. Vielleicht würde er dabei auch eine süße Blondine vernaschen, die seinen Weg kreuzte - aber nur noch fair verführt. Anne hatte aus ihm schließlich keinen anderen Menschen gemacht.

Doch in der Altstadt angekommen, verließ ihn sofort aller Mut. Eine ekelhafte Mischung von Parfüm und Schweiß hing in der Luft des Lokals, in dem die Menschen einfach unerträglich gut gelaunt waren. Er war mehrfach angesprochen worden, aber ihn langweilte einfach alles.

»Ah, Mister Bad Boy. Man sieht sich immer dreimal, was? Schon wieder auf der Pirsch?«, piepste eine Stimme von der Seite, die Ciro mittlerweile zu gut kannte. Blondie vom Rheinufer. Na, die hatte gerade noch gefehlt! Ciro wandte sich demonstrativ ab, was Blondie aber ignorierte. Sie wechselte einfach die Angriffsseite.

»Na, Blondie, willst du dich mal wieder auf den Markt schmeißen?«, gab er müde zurück.

»Muss ich das denn?«, fragte sie und spielte mit ihren Haaren. »Oder habe ich schon gefunden, was ich suche?«

Ciro gab ein verächtliches Geräusch von sich. »Wovon träumst du eigentlich nachts?«

»Sei doch nicht so abweisend, nur weil ich dir einmal die Tour vermasselt habe«, stöhnte Blondie. »Ich hätte gedacht, du hast mehr Humor.«

»Ach, lass mich in Frieden«, schnauzte er.

»Uh, schlechte Laune? Mister Bad Boy erträgt es nicht, wenn er einen Korb bekommt«, spottete sie.

»Hör mit diesem dämlichen Bad Boy Gelaber auf und verpiss dich, sonst vergess' ich mich!«

»Was denn? Wo bleibt dein sportlicher Ehrgeiz? Auch andere Mütter haben schöne Töchter.«

»Hau ab!«, fauchte er.

Blondie hob abwehrend die Hände. »Ist ja schon gut. Ich bin ja schon weg und lass dich mit deiner verhagelten Petersilie allein. Viel Spaß dann noch!«, schmollte sie und gab endlich Fersengeld.

Plötzlich hatte er keine Lust mehr – zu gar nichts. Die Weiber waren heute so was von unattraktiv, die konnte man sich ja nicht einmal schöntrinken. Ganz abgesehen davon, dass das Bier überhaupt nicht schmeckte.

Er fühlte sich einsam wie noch nie in seinem Leben. Er versuchte es mit einem Killepitsch, denn normalerweise vertrieb dieser gewöhnungsbedürftige, regionale Kräuterschnaps einfach alles. Aber auch das funktionierte nicht, die Nacht war nicht mehr zu retten.

Da er auch keine Lust auf die Menschen in der Bahn hatte, nahm er sich ein Taxi, um nach Hause zu kommen. Er wollte so schnell wie möglich in sein Bett und sich dort in seinem Unglück wälzen.

Er wälzte sich tatsächlich, aber weil er schlaflos war. Das tat er so lange, bis er sich aufrappelte, weil eine Idee durch seinen Kopf schoss.

Blondie hatte recht. Wo blieb sein sportlicher Ehrgeiz? Er hatte viel zu schnell aufgegeben, weil er sich nach dem Sex schon am Ziel wähnte.

Er musste Anne zeigen, dass er ein verlässlicher Partner sein konnte. Zeigen, dass er auch ein guter Freund sein konnte, selbst wenn er das eigentlich nicht sein wollte. Er hatte doch gespürt, dass Anne auch Gefühle für ihn hatte. So viel verstand er ja wohl gerade noch von Frauen! Irgendwann würde sie dann schon einsehen, dass sie mehr als Freunde waren …

Sein neuer Plan begann gleich am nächsten Tag, in seinem Laden.

»Was willst du damit?«, fragte Luca, als Ciro ihn bat, den Helm auszutragen.

»Hast du einen Zettel und einen Umschlag?«, fragte er.

»Wünsche hast du«, grummelte Luca, kramte auf dem Verkaufstresen herum und reichte ihm einen Block. »Umschlag habe ich keinen, wir sind hier doch kein Schreibwarengeschäft. Besorg dir da doch einen.«

»Dafür habe ich keine Zeit. Gib mir mal einen Bogen Geschenkpapier.«

»Du willst ihn verschenken? An wen?«

»Das geht dich nichts an, verstanden?«

»Für Anne? Übertreibst du da nicht etwas?«

»Lass gut sein, okay?«, antwortete Ciro ungeduldig und verschwand im Pausenraum. Er legte den Block aufgeschlagen vor sich und überlegte, was er schreiben sollte.

Meine liebe Anne? – Klang doof.

Geliebte Anne? - Noch blöder und für sie wahrscheinlich too much.

Einfach *Liebe Anne* - oder nur Anne?

Wie sollte er einen ganzen Brief schreiben, wenn er schon bei der Anrede unsicher war?

Ein Geschenk für eine liebe Freundin? – Blöder ging's nicht.

Nach langem Hin und Her entschied er sich für *Liebe Anne*, das war relativ unverbindlich.

Und jetzt?

Lass uns Freunde bleiben?

Oh Mann, was für ein Bullshit! Wenn es um Anmachsprüche ging, musste er nicht lange überlegen, aber diese Gefühlsduselei war Neuland. Oder ganz dünnes Eis.

Ciro stöhnte.

Egal wie dumm es für ihn klang, er musste jetzt etwas schreiben. Irgendetwas, denn ohne ging es nicht.

Auch wenn wir nur Freunde sein können, möchte ich dich in meinem Leben haben. Ich möchte für dich da sein, dir helfen, wenn du es annehmen kannst. Unsere Tour war schön.

Nein, das musste weg, denn das Ende hatte ihm nicht gefallen. Er strich den letzten Satz wieder.

Ich habe mir gedacht, vielleicht machen wir mal wieder eine Tour. Falls du aber doch dein eigenes Motorrad wieder startklar machst, hast du besser einen eigenen Helm und den möchte ich dir gerne schenken.

Das *Bitte nimm ihn an* strich er wieder.

Am liebsten hätte er *In Liebe* geschrieben, aber er entschied sich dann doch nur für *Ciro*. Jetzt musste er es nur noch einmal sauber abschreiben.

Halbwegs zufrieden faltete Ciro den Zettel zusammen und steckte ihn in den Helm, den er dann mit dem Geschenkpapier umwickelte.

Nicht schön, aber selten, dachte er nach vollendeter Tat.

Er parkte in der Nähe von Annes Villa und ging den Rest zu Fuß. Gott sei Dank war Linus nicht draußen. Sorgfältig achtete er darauf, dass er nicht gesehen wurde, falls Anne aus dem Fenster schaute. Schließlich wollte er nicht Gefahr laufen, dass er das Geschenk postum zurückbekam. Er legte den Helm einfach vor die Tür und entfernte sich so schnell wie möglich.

Kapitel 16 Eine Katastrophe

Als Anne sah, dass Thorstens Nummer im Display erschien, hätte sie am liebsten nicht abgenommen. Doch ihn zu ignorieren, würde ihr schlechtes Gefühl nicht vertreiben.

»Thorsten?«, meldete sie sich trocken.

»Hallo, Anne, ich wollte mich mal wieder melden, da es mir jetzt endlich wieder besser geht.«

»Schön für dich«, würgte Anne hervor. »Was willst du?«

»Wie geht es Linus? Ist er da?«

Dieser Tonfall von Thorsten verhieß nichts Gutes. In Annes Hals bildete sich ein Kloß.

»Nein, er ist bei seinem Freund Finn«, antwortete sie heiser und räusperte sich.

»Ich würde ihn gern mal wieder bei mir haben«, verlangte Thorsten.

Annes Atem stockte. Sie zögerte mit der Antwort.

»Was ist? Hat es dir die Sprache verschlagen?«, knurrte es durchs Telefon.

»Wieso jetzt auf einmal?«, würgte sie mühsam hervor.

»Vielleicht weil ich meinen Sohn schon lange nicht mehr gesehen habe?«

Es wäre sicher eine Provokation, wenn sie jetzt sagte, dass er bisher ja auch kein Interesse gezeigt hatte. Also biss sie sich auf die Lippe.

»Ich habe jetzt eine neue Freundin, die auch einen Sohn hat. Maik. Er ist im selben Alter wie

Linus und würde ihn gerne kennenlernen«, fuhr Thorsten unbeeindruckt fort.

Anne schluckte schwer, doch der Kloß im Hals wollte nicht verschwinden. All ihre schlimmsten Befürchtungen schienen wahr zu werden. Kalter Schweiß trat auf ihre Stirn.

»Ähm ... ja. Natürlich kannst du ihn sehen ... wenn er das will«, würgte sie hervor. Wahrscheinlich würde Linus das wollen, denn er wollte immer gerne neue Freunde kennenlernen.

»Prima! Dann würden wir vier zusammen auf den Fernsehturm fahren und vielleicht ein Eis essen ... morgen Nachmittag«, forderte Thorsten in seiner bestimmenden Art.

Anne bekam keine Luft. Was sollte sie antworteten?

»Geht das nicht ein bisschen schnell? Womöglich fühlt er sich überrumpelt«, versuchte sie ihn abzuwiegeln.

»Linus? Wie kommst du auf das schmale Brett? Was soll das? Hat er etwas vor?«, antwortete Thorsten genervt.

»Nein«, antwortete sie verwirrt und ärgerte sich gleich darauf über sich selber.

Warum war sie bei der Wahrheit geblieben? Hätte Linus nicht einfach etwas vorhaben können? Sie musste ihrem Exmann ja nicht alles auf die Nase binden. Anne seufzte. Das war auch keine Lösung, sie hätte ihn sowieso nicht ewig abwimmeln können.

»Ich hole ihn dann um vierzehn Uhr ab. Sieh zu, dass er fertig ist«, befahl ihr Exmann ruppig.

»Aber nur, wenn er will«, antwortete sie nervös.

»Er wird schon wollen«, kam es ungerührt zurück. »Bis morgen.«

»Bis morgen«, krächzte sie.

Es hatte keinen Zweck, sich jetzt mit Thorsten anzulegen. Die Verlierer dabei wären nur Linus und sie.

Der Boden schien unter Annes Füßen zu wanken. Sie kämpfte mit den Tränen. Thorsten kannte nur seine eigenen Interessen. Was, wenn er Linus einwickeln und ihn ihr wieder wegnehmen würde? Angespannt rieb sie sich mit Daumen und Zeigefinger über die Augen, während sie fieberhaft überlegte, was zu tun war.

Zitternd suchte sie Leas Nummer auf ihrem Telefon.

»Hallo, Anne, was gibt's?«, klang es fröhlich durchs Telefon, während im Hintergrund Babygebrabbel zu hören war.

»Lea? Ich muss mit jemandem reden. Thorsten hat gerade angerufen. Er will Linus zurückhaben.«

»Ach du meine Güte! Aber beruhig dich erst mal. Er kann doch nicht so einfach daherkommen und ihn zurückholen, wie es ihm passt.«

»Da bin ich mir aber gar nicht so sicher. Natürlich hat er ein Recht auf sein Kind. Vielleicht hat er auch Angst, dass ich irgendwann die Unterhaltszahlungen einstelle.«

»Warte doch erst mal ab. Du weißt doch, wie er ist. Kinder werden ihm schnell lästig und dann braucht er jemanden, der sie ihm vom Pelz hält.«

»Möglicherweise hat er da schon jemanden«, begann Anne stockend und erzählte die ganze Geschichte.

»Bleib ruhig, Anne. Es wird nichts so heiß gegessen, wie es gekocht wird. Lass Linus ruhig da hingehen, dann wird sich zeigen, was da dran ist. Zur Not schaltest du einen Anwalt ein. Wenn es

173

hart auf hart kommt, kannst du auf mich zählen. Ich halte auf jeden Fall zu dir, das weißt du ja.«

Anne holte tief Luft. »Ja, wahrscheinlich hast du recht. Aber du kannst dir ja denken, dass es für mich schwer auszuhalten sein wird.«

»Ach, du Liebe ... Leider sind wir gerade übers Wochenende bei den Eltern, sonst würde ich dich morgen ablenken. Halt die Ohren steif, meine Süße«, tröstete Lea.

Anne seufzte. »Danke. Ja, ich werde mich irgendwie ablenken müssen. Wird schon gutgehen.«

»Wird es, da bin ich mir sicher. Du kannst auch jederzeit anrufen.«

Anne schluckte aufkommende Tränen herunter. »Okay. Dann noch eine schöne Zeit für euch«, murmelte sie und räusperte sich.

Nachdenklich setzte sie sich nach dem Gespräch auf das Sofa. Wenn Thorsten mit einer richtigen Patchworkfamilie punktete, musste sie ein attraktives Gegengewicht schaffen. Dafür brauchte sie zumindest etwas Geld, doch es fiel ihr nur eine schnelle Geldquelle ein. Sie setzte sich und recherchierte im Internet, was der Verkauf von Motorrädern abwarf.

Sie hatte die Zeit aus den Augen verloren, als es an der Tür klingelte.

Es war Frauke, die Linus zurückbrachte.

»Hallo, Mama!«, begrüßte sie ihr Sohn und flitzte schon an ihr vorbei.

Anne unterdrückte ein Seufzen. »Willst du dich gar nicht bei Frauke bedanken und verabschieden?«

Linus kam zurück. »Danke, Frauke, und Tschüss!«

»Tschüss, Linus.« Frauke lachte.

»Hier, das lag auf den Stufen«, sagte ihre Freundin und hielt ihr etwas bunt Eingepacktes hin.

Überrascht nahm Anne das seltsam kugelige Teil entgegen.

Frauke hob die Hand mit dem Autoschlüssel darin. »Ich bin dann mal wieder weg. Tschüssi, wir telefonieren.«

»Tschüss, Frauke.«

»Was ist da drin? Ein Geschenk für mich?«, fragte Linus neugierig.

»Keine Ahnung. Glaub ich aber nicht, sonst würde doch dein Name draufstehen. Meinst du nicht? Lass uns reingehen. Es ist wohl besser, ich packe das gar nicht aus«, antwortete Anne, während sie an dem Geschenk schüttelte und horchte.

»Ich will aber wissen, was da drin ist«, grummelte Linus und versuchte, das Geschenkpapier abzureißen. Ein Fetzen löste sich und legte einen eindeutigen Ausschnitt von einem Helm frei. Sofort ahnte Anne, von wem das Geschenk war.

»Ein Helm«, verkündete Linus. »Für mich?«

»Eher nicht. Komm jetzt rein«, antwortete Anne, während sie die Umhüllung ganz entfernte. Ein knallrotes Teil kam zum Vorschein und der Zettel fiel heraus.

»Soll ich ihn lesen?«, fragte Linus, der ihn blitzschnell aufgehoben hatte.

»Für wen ist er denn?«, fragte Anne, die natürlich sofort gesehen hatte, dass der Brief für sie war.

»Liebe Anne«, entzifferte Linus mühsam.

»Siehst du, ist für mich«, sagte Anne und nahm ihm den Brief aus der Hand.

»Wer hat ihn geschrieben?«

»Ciro«, antwortete Anne beiläufig, während sie den Brief überflog.

»Boah, so einen coolen Helm. Setz ihn mal auf.«

»Nein, der geht wieder zurück«, murmelte Anne.

»Wieso? Krieg ich dann auch einen Helm?«

»Nein.«

Linus stampfte mit dem Fuß. »Mama, kann ich nicht auch mal Motorrad fahren?«

Anne seufzte. »Wenn du alt genug bist ... und es dann immer noch willst.«

»Och, Mensch«, schmollte er.

»Dein Papa möchte dich morgen für einen Ausflug abholen«, sagte Anne und war tatsächlich froh, dass sie Linus damit ablenken konnte.

»Nice«, antwortete Linus sichtlich überrascht.

»Also, hast du Lust?«, fragte Anne und erzählte Linus die Geschichte.

»Klar!«, rief Linus begeistert.

Anne musste trocken schlucken. »Was machen wir heute Abend?«, erkundigte sie sich und versuchte zu verbergen, dass sie das ungute Gefühl lähmte.

Linus zog die Augenbrauen hoch. »Am Baumhaus bauen?«

»Dafür ist es schon zu spät.«

»Aber dann morgen?«

»Da bist du doch bei Papa. Soll ich morgen schon mal allein anfangen?«

»Nee, ich will mitmachen.«

»Okay. Dann machen wir es nächstes Wochenende, falls das Wetter passt.«

»Alles klar ... Ich hab Hunger«, posaunte Linus.

»Ich auch«, stimmte Anne zu. »Wollen wir uns Pizza backen?«

»Au ja. Selber machen, wie mit Lea?«

»Wir können es ja versuchen«, seufzte Anne.

»Ich kann das. Ich hab das schon oft gemacht und weiß auch, wo das Rezept ist.«

»Na dann ...«

Später am Abend, als Linus im Bett war, fühlte sich Anne plötzlich wieder allein mit ihren Ängsten. Sie sah den Helm auf der Kommode und strich mit den Fingern darüber. Es wäre schön, jetzt Ciros Gesellschaft zu haben. Ganz entspannt ein Glas Wein zu trinken und zu reden. Reden konnte man mit ihm. Seine Nähe spüren, kuscheln – und mehr. Verdammt, dieser eine Sex mit ihm war wie anfixen. Die Verführung einer Nonne.

Seufzend holte Anne sich in die Wirklichkeit zurück. Es hatte keinen Zweck. Nicht mit diesem Mann. Sie wollte sich noch einmal wohlwollend die Interessenten auf dem Portal ansehen. Vielleicht waren ja neue Kandidaten hinzugekommen. Und wenn nicht, sollte sie ihre Ansprüche noch einmal überdenken. Es konnte doch nicht angehen, dass es weit und breit keinen Partner für sie gäbe. Zuversichtlich holte sie ihren Laptop, scrollte und klickte sich durch die Bewerber.

Der war neu.

Und er sah freundlich aus. Ein Daniel.

Der Name klang schon mal gut.

Er legte ebenfalls großen Wert auf Verlässlichkeit – auch gut.

Sie las weiter. Seine Frau hatte ihn mit den Kindern allein gelassen. Der Arme. Die Dame wollte aus ihrem goldenen Käfig ausbrechen, um sich selbst zu verwirklichen. Dabei hätte sie doch alles gehabt, was man sich wünscht.

Das klang ein wenig nach Jammerlappen und erinnerte sie an das Gefasel von Thorsten. Anne las weiter.

Er hätte gerade noch gerichtlich verhindern können, dass sie die Kinder mitnahm und die zu einem Leben in Anarchie und Chaos erzog.

Das ließ sie endgültig skeptisch werden.

Du passt zu uns, wenn du in der Aufgabe als Familienmanagerin aufgehst, las sie.

Auweia. Das klang jetzt aber ziemlich stark nach Thorsten zweipunktnull.

Womöglich verlangte der Typ noch, dass sie ihren Job kündigte. Abhängig von so einem Mann, der genau wusste, welche Rolle eine Frau einzunehmen hatte?

Bestimmt nicht!

Oh, der sah gut aus ... So smart.

Enno. Komischer Name.

Der Anzugtyp lächelte wie in der Zahnpastawerbung, vielleicht ein bisschen too much. Er war immer viel auf Reisen und brauchte einen ›verlässlichen Anker‹ in seinem Leben. Okay, aber leider wäre er wohl nicht viel zu Hause. Wenn er nach Hause kam, freute er sich auf ruhige, entspannte Zeiten – klang irgendwie egoistisch. Ob der das mit dem ›kinderlieb‹ gar nicht richtig gelesen hatte? Womöglich verlangte er, dass Linus in ein Internat ging.

No Way!

Und der? Justin.

Er hatte gerade keinen Job, dafür nach eigenen Angaben viel Spaß am Leben und das wäre doch das Wichtigste. Ob der sich gerne in einem gemachten Nest einnistete? Da kam ihr Ciro ja noch solide vor, der war wenigstens selbstständiger Geschäftsmann.

Keine Chance! Anne scrollte weiter.

Noch ein geschiedener Mann. Adam, leider nicht ganz so gutaussehend, wie der Name verhieß.

Wo bist du, die mir den Glauben an das weibliche Geschlecht zurückgibt?

Ging's noch?

Aber der: Erwin, Anfang vierzig.

Sah einigermaßen passabel aus – vielleicht ein bisschen nach Weichei, blass und pausbäckig. Aber Annes Ansprüche waren im Laufe der Liste permanent gesunken. Erwin brauchte *Verlässlichkeit* wie die Luft zum Atmen.

Na ja, bisschen dick aufgetragen, aber sie wollte nicht kleinlich sein. Das Wort *Verlässlichkeit* war genau das, wonach sie gesucht hatte.

Er liebte Kinder über alles und wünschte sich nichts mehr als eine eigene Familie. Das hörte sich doch gut an.

Super! Er kam auch noch aus demselben Ort wie sie.

Und noch besser, er war gerade online.

Anne schrieb ihn an.

Hallo, auch gerade hier unterwegs?

Zugegeben, das war nicht geistreich, aber was sollte man auch einem Wildfremden schreiben?

Hallo. Ja, bin noch nicht so lange hier und hatte bisher keine Verabredung, schrieb er zurück.

Das hörte sich doch gut an, denn die besten Kandidaten waren sicher immer schnell vom Markt. Wer wollte schon einen Ladenhüter?

Diese einsamen Abende können ganz schön lang werden, nicht wahr?, plauderte sie weiter.

Da sagen Sie was. Ich beneide Sie, Sie haben ein Kind, war die Antwort.

Wollen wir uns nicht duzen? Ja, Linus ist sieben, er ist schon im Bett.

Das klingt gut. Ich liebe zwar Kinder, mag es aber nicht, wenn sie keine Grenzen kennen.

Anne zog die Stirn kraus. Er schrieb jetzt schon über Grenzen?

Natürlich müssen sie Kinder sein dürfen, schrieb Erwin und zerstreute ihre Bedenken etwas.

Sich hierüber kennenzulernen, ist etwas mühselig. Wie spontan bist du? Ich hätte morgen Zeit und wir könnten uns treffen, schlug Anne vor.

Bringst du deinen Sohn mit?

Sehr merkwürdig. Anne wurde stutzig.
Nein, der macht in der Zeit einen Ausflug. Gleich beim ersten Treffen fände ich es auch nicht so gut.

Stimmt, du hast mich überzeugt. Hast du auch eine Idee, wo wir uns treffen können?

Zum Essen?, fragte Anne, weil sie gerade Hunger verspürte.

Nein, zum Essen ist nicht so günstig. Vielleicht zum Kaffee?

Was sollte sie nur vorschlagen? Sie musste an die Kasematten denken – und an Ciro.

Fuck!

Nein, die Kasematten wären schon allein deswegen ungünstig, weil sie dort auch ein wenig Gefahr lief, auf Thorsten und Linus zu treffen. Gerade in solchen Momenten war die Welt ja immer besonders klein.

In der Buchenstraße ist ein kleines Eiscafé, mit besonders leckerem Eis. Linus liebt dort das knallblaue Schlumpfeis.

Schlumpfeis? Oh je, das habe ich noch nie probiert. Aber es wird schon eine Sorte geben, die ich mag. Wann treffen wir uns?

Annes Herz schlug höher.

So um drei?

Linus kam sicher nicht vor sechs zurück, ansonsten würden bestimmt auch zwei Stunden reichen, um einen ersten Eindruck von Erwin zu gewinnen.

Drei Uhr ist möglich. Du erkennst mich an der Rose im Knopfloch.

Rose im Knopfloch? Echt jetzt?

Na ja, wahrscheinlich fiel ihm nichts Besseres ein. Wenn es nichts Ungewöhnliches war, lief man ja immer Gefahr, dass das Erkennungszeichen unabsichtlich von anderen benutzt wurde.

Alles klar, dann bis morgen. Ich freue mich, dich kennenzulernen.

Die Freude ist ganz meinerseits.

Das klang auch wieder so steif ... aber sie würde es einfach riskieren. Man musste den Menschen sowieso irgendwann analog kennenlernen, da half nichts. Was hatte sie schon zu verlieren?

Kapitel 17 Totale Katastrophe

Anne hatte feuchte Hände und der Puls pochte bis in ihre Schläfen, als sie das Eiscafé betrat. Suchend blickte sie sich um. Tatsächlich, da saß ein Mann mit gelber Rose im Knopfloch.

Im Tweedanzug!

Das wäre ja vielleicht noch okay, wenn es nur nicht das Modell ›Prinz Charles‹ wäre. Dafür war es draußen viel zu warm! Anne schob die Sonnenbrille hoch und sah sich ihr Date genauer an. Natürlich wirkte er anders als auf dem Profilbild. Ihm schien tatsächlich warm zu sein. Er hatte die dünnen blonden Haare strähnig nach hinten geschoben, seine Stirn glänzte und das Gesicht war von leichter Röte überzogen.

Erwin hatte sie noch nicht wahrgenommen, sondern blickte immer wieder nervös aus dem Fenster, während er stereotypisch über eine gefaltete Serviette strich.

Ein ziemlich seltsamer Typ – gelinde gesagt.

Aber wollte sie ihn kennenlernen, oder Vorurteile haben? Sie setzte ihr professionelles Lächeln auf – dasselbe, das sie brauchte, um die Japaner von einem Geschäftsabschluss zu überzeugen – und ging auf Erwin zu.

Der sah auf, als hätte er es gespürt, und lächelte schüchtern aber irgendwie warmherzig.

Annes Lächeln wurde milder. Sie hatte wohl doch nur Vorurteile gehabt. Und bei seiner Kleiderwahl fehlte definitiv die Frau. An der Verpackung war sicher noch was zu machen, falls der Inhalt des Paketes gefiel.

»Hallo, Erwin. Schön, dass wir uns kennenlernen«, begrüßte Anne ihn und setzte sich.

»Hallo, Anne«, brummte er. »Dafür, dass du Verlässlichkeit so wichtig findest, bist du ganz schön unpünktlich.«

Anne atmete heimlich durch. Na ja, Unpünktlichkeit missfiel ihr ja selber.

»Erwischt, du darfst mir Minuspunkte ankreiden«, erwiderte sie und versuchte mit einem zerknirschten Lächeln Erwins Gesicht wieder aufzulockern.

»Das geht von unserer Zeit ab. Um fünf muss ich bei meiner Mutter sein«, knurrte er.

Erwin musterte sie mit zusammengepressten Lippen. Anne fühlte sich unter Druck.

»Oh, sorry. Leider ist mir eben, kurz nachdem ich losgegangen war, ein Absatz abgebrochen. Da musste ich wieder zurückhumpeln.« Oh Mann, ihr waren schon bessere Ausreden eingefallen.

Er beugte sich vor. »Und das dauert so lange?«

Anne lehnte sich zurück.

»Komm schon. Es tut mir leid, okay? Es sind doch nur fünfzehn Minuten.«

Erwins Gesichtsausdruck war immer noch unwillig, als Anne den Arm für die Bedienung hob. Erwin richtete sich auf, als salutierte er im Sitzen, als die Bedienung an den Tisch kam.

»Was kann ich Ihnen bringen?«

»Haben Sie auch laktosefreies Eis?«, fragte Erwin.

»Nur Vanille«, antwortete die Kellnerin.

»Vanille mag ich nicht«, maulte er.

»Dann nehmen Sie doch ein Fruchteis, da ist von Natur aus keine Laktose drin.«

»Von kalten Früchten bekomme ich immer Verdauungsbeschwerden«, klagte er. »Dann nehme ich einen Kamillentee.«

»Tut mir leid, den haben wir nicht im Angebot.« Die Kellnerin schien sich ein Grinsen zu verkneifen.

»Haben Sie dann wenigstens einen Pfefferminztee?«, fragte er genervt.

»Ja, sogar aus frischer Minze.«

»Dann muss ich den wohl oder übel nehmen.«

Was für ein Clown! Eigentlich könnte sie an dieser Stelle die Veranstaltung abbrechen, doch den Appetit auf ein Eis wollte sie sich nicht nehmen lassen.

Der Gesichtsausdruck der Servicekraft wirkte leicht gestresst. »Sehr gern«, behauptete sie und sah dabei aus, als hätte sie in eine Zitrone gebissen. Danach wandte sie sich zu Anne und hatte wieder das professionelle Lächeln parat.

»Ich nehme einen Erdbeerbecher. Wäre das nicht auch was für dich?«, fragte sie Erwin.

»Nein, ich bin gegen Erdbeeren allergisch.«

Anne verdrehte innerlich die Augen und biss sich auf die Lippen. Der Typ kam rüber wie Mamis Liebling.

»Ja, da kann man nichts machen«, sagte Anne.

Ob alle verlässlichen Männer gleichzeitig verpeilt waren?

Als das Eis kam, hatten sie inzwischen nur ein paar Höflichkeiten ausgetauscht. Fieberhaft kramte Anne in der Smalltalk-Abteilung ihres Gehirns, aber es war nichts zu finden. Sie hatte zu dem Typen überhaupt keinen Draht.

»Leben deine Eltern eigentlich noch?«, fragte Erwin unvermittelt.

»Nein, beide tot. Sie sind kurz nacheinander an Krebs gestorben, was ich gar nicht gut verkraftet habe und letztlich auch zu meiner Scheidung geführt hat«, antwortete sie.

»Oh, gut«, platzte Erwin heraus.

»Was gut?«, fragte Anne überrascht.

»Tut mir leid, so war das nicht gemeint. Ich meine, dann könnt ihr bald zu mir und meiner Mutter ziehen, dein Sohn und du.«

Anne stockte der Atem. Erwin war nicht nur ein ziemlich schräger Nerd, sondern wohnte auch noch bei seiner Mutter? Verdammt, das hatte sie vergessen zu fragen. Aber auf diese Frage musste man erst mal kommen! Wenn das Eis aufgegessen war, würde sie schnellstens wieder verschwinden. Mit so einem Typen ging gar nichts!

»Nimm's mir nicht übel, aber das geht mir jetzt eindeutig zu schnell. Außerdem wohne ich in meinem alten Elternhaus, das ich über alles liebe. Da möchte ich sowieso nicht ausziehen.«

»Hm, dann muss ich Mutter fragen, ob sie vielleicht zu euch ziehen will. Seit dem Tod von Papa mag ich sie nicht allein lassen.«

Sie holte gerade Luft, um ›Du hast mich nicht verstanden‹ zu sagen, da sah sie Ciro mit Lina in den Laden kommen. Anne schoss das Blut in den Kopf. Ciro hob die Augenbrauen, als er Anne sah.

Annes Atem stockte. Konnte es noch schlimmer werden?

Ja. Denn Lina steuerte auf sie zu und Ciro folgte ihr. »Huhu, Anne!«

Am liebsten wäre Anne im Erdboden versunken. »Hallo, Lina«, antwortete sie heiser.

»Ist Linus auch da?«, fragte Lina.

»Nein, er macht einen Ausflug«, antwortete Anne.

»Hallo, Anne«, begrüßte sie Ciro, der nun auch hinzugetreten war.

»Hallo, Ciro, auch Eishunger?«, erkundigte sie sich verlegen.

»Jupp. Das Schlumpfeis ist hier ungeschlagen. Hast du das Geschenk gefunden?«

Anne überlegte, ob er lächelte oder grinste.

»Ja, aber das kann ich nicht annehmen«, erwiderte sie bedrückt.

Sie hatte das Gefühl, ihr Schädel stand kurz vorm Platzen.

»Wir können morgen darüber reden, wenn ich ihn zurückbringe. Ich hoffe, du kannst ihn noch verkaufen.«

Ciros Mundwinkel zuckten. Dass die Zurückweisung ihn verletzte, konnte er nicht verbergen.

Anne schluckte, das Luftholen fiel ihr schwer.

»Du musst wissen, was du willst. Aber ich will ihn nicht zurück«, beharrte Ciro. »Komm, Lina, lass uns Schlumpfeis holen.«

Ciro drehte sich weg und ging in Richtung Verkaufstresen.

Anne starrte wie hypnotisiert auf seinem knackigen Hintern in der Lederhose. Verdammt, er wusste mit Sicherheit um seine Wirkung, doch für sie hatte er das nicht angezogen. Eifersucht grummelte in ihrem Bauch.

»Was starrst du diesem Vorstadtcasanova hinterher?«, zischte Erwin und holte Anne damit in die Realität zurück.

Ciro drehte sich plötzlich um und blickte zu ihnen herüber, als hätte er es gehört.

Anne hielt den Atem an, während sie Blicke tauschten wie kurz vorm Pistolenduell.

Auf Ciros Gesicht erschien ein triumphierendes Grinsen, als wüsste er, was in ihrem Kopf vor sich ging. Hastig wandte sie ab und schenkte Erwin ein strahlendes Lächeln.

»Vorstadtcasanova? Vielleicht, aber dein abfälliger Ton gefällt mir trotzdem nicht. Er ist ein Freund«, gab sie Erwin zurück.

Sie schenkte Erwin weiterhin ein Zahnpastalächeln, sollte Ciro doch rätseln, was sie von dem schrägen Typen wollte.

»Ein Freund? Wem willst du das Märchen erzählen?«

»Weißt du was? Ich glaube, ich kenne dich jetzt gut genug, um zu sagen, dass es nicht passt.«

»Das fällt dir jetzt so plötzlich ein, wo dieser Bad Boy für Arme hier auftaucht? Etwas mehr Niveau hätte ich dir schon zugetraut.«

»Nein, das hat mit Ciro nichts zu tun. Tut mir leid«, murmelte sie, während sie nach ihrem Portemonnaie kramte. Sie musste sich zwingen, langsam zu atmen. Diese Ablenkung mit einem Date war der totale Reinfall.

»Ciro? Auch noch Ausländer?«

»Irrtum, Deutscher«, knurrte Anne, während sie das Geld aus der Börse holte.

Erwin lachte auf. »Du lässt dich mit Migranten ein?«

»Es geht dich zwar nichts an, aber ich habe mich nicht mit ihm eingelassen«, fauchte sie.

»Wer's glaubt ... hat keine Augen im Kopf«, höhnte er.

»Und wer nicht, ist mir auch egal«, gab sie giftig zurück.

»Ja, ich glaube, wir passen wirklich nicht zusammen ... schon allein von den Moralvorstellungen her«, erwiderte Erwin herablassend.

Anne warf das Geld auf den Tisch. »Ich muss jetzt.«

Ein ›War schön, dich kennengelernt zu haben‹, brachte sie nicht über die Lippen, als sie fluchtartig das Lokal verließ.

Aus dem Augenwinkel sah sie, wie Lina und Ciro sie dabei anstarrten.

Nach diesem Reinfall hoffte Anne, dass Linus der Nachmittag mit Thorsten nicht gefallen hätte, doch leider wurde sie auch hier enttäuscht. Pünktlich um sechs nahm sie einen höchst zufriedenen Linus entgegen.

»Mama, der Rheinturm ist ganz schön hoch! Papa hat mir die Uhr erklärt«, platzte er zur Begrüßung hervor.

Thorsten lächelte überheblich. »Lichtzeitpegel«, korrigierte er seinen Sohn.

»Wir konnten bis zum Kölner Dom sehen!«, schwärmte Linus unbeeindruckt.

Anne ärgerte sich, denn diesen Ausflug zum Düsseldorfer Wahrzeichen hätte sie mit Linus schon längst mal machen können, dann wäre er lange nicht so verzückt. Aber als sie in seine begeistert funkelnden Augen sah, war sie gleich versöhnt. Das Kind war glücklich und mit seinem Vater gut zurechtgekommen. Das war schließlich die Hauptsache. Wenn Thorsten sich wirklich um seinen Sohn bemühte, und Linus gern dort war, dann wollte sie auch nichts dagegen haben.

»Das freut mich, dass es dir gefallen hat«, antwortete Anne ehrlich.

»Ja, es war ein toller Nachmittag«, bestätigte Thorsten. »Er hat uns allen so gut gefallen, dass Linus uns nächsten Samstag noch einmal besuchen will. Nicht wahr, Großer?«

Linus setzte seinen unwiderstehlichen Bettelblick auf. »Ja, Mama! Bitte!«

So schnell sollte sie schon wieder ohne ihren Sohn das Wochenende verbringen? Anne schluckte. »Ich denke, wir wollten das Baumhaus renovieren? Ich hatte mich schon so darauf gefreut«, versuchte sie, Linus davon abzubringen.

»Sei doch froh, dass du mal Zeit für dich hast«, wandte Thorsten ein.

»Eigentlich kann ich nur am Wochenende so richtig entspannt mit ihm spielen. In der Woche ist zu viel zu tun«, verteidigte sie sich.

»Du und entspannt? Er war jetzt so lange nur bei dir. Ich hab auch ein Recht auf ihn«, drängte Thorsten.

Auf einmal erinnerte er sich, dass er einen Sohn hatte? Anne schnappte nach Luft.

Linus sah von einem zum anderen und Anne beschloss, nicht vor dem Kind zu streiten. So etwas hatte er viel zu oft mitbekommen. Damals war er noch viel zu klein, um es zu verstehen, und weinte dann oft vor Angst. Anne biss sich auf die Lippe.

»Du möchtest es gerne?«, fragte sie ihren Sohn.

»Ja! Am Samstag. Und Sonntag bauen wir am Baumhaus, ja, Mama?« Linus sah bittend zu ihr hoch.

»Da haben aber keine Baumärkte auf und ich glaube nicht, dass wir es an einem Tag schaffen.«

»Ich will aber lieber mit Maik spielen«, schmollte Linus.

Thorsten zuckte mit den Schultern. »Da hörst du's.«

»Na, wenn das so ist, dann kann ich schlecht etwas dagegen haben«, würgte Anne mühsam hervor. Der Sommer war noch lang und sie würde den Tag nutzen, um sich auszudenken, wie sie Thorsten Paroli bieten konnte - darauf konnte der sich verlassen.

»Ich hole ihn dann um zehn Uhr ab. Sieh zu, dass er fertig ist.«

Kapitel 18 Noch ein Versuch

Das Blut wich aus Ciros Kopf, als Anne gleich am Montagnachmittag den Motorradladen betrat. Sie schien ernst zu machen, denn der Helm baumelte am Riemen in ihrer Hand.

»Es ist dir also ernst?«, fragte er bedrückt, als sie ihn begrüßte und den Helm auf die Theke legte.

»Ich kann ihn nicht annehmen«, sagte sie leise.

»Aber es ist doch nur ein Freundschaftsgeschenk, ohne Verpflichtung«, beteuerte Ciro.

»Danke, das ist wirklich lieb. Ich brauche aber keinen Helm mehr, denn ich werde die Motorräder verkaufen.«

Ciros Herz klopfte. »Das kannst du nicht machen. Das ist doch ein Teil deines Lebens«, stammelte er. »Ein Andenken an eine Zeit, in der du glücklich warst.«

Anne schüttelte den Kopf. »Ich fahre doch schon seit vielen Jahren nicht mehr und ich brauche das Geld.«

»Du wirst es irgendwann bereuen, wenn du deine Erinnerungen verkaufst.«

»Ich habe noch viele andere Erinnerungen, zum Beispiel das Haus.«

»Na schön, wenn du dir sicher bist. Aber dann kannst du ihn doch trotzdem behalten, damit du einen hast, falls wir zusammen noch einmal eine Tour machen«, schlug er vor.

Er schluckte, denn er hatte das Gefühl, dass er wie ein Jammerlappen rüberkam.

Anne presste die Lippen zusammen. »Ich denke, das mit uns war keine gute Idee. Entschuldige ... ich wollte das alles nicht«, sagte sie und senkte den Kopf.

»Anne, bitte. Vielleicht hast du ja recht, vielleicht auch nicht. Eigentlich können wir das doch noch gar nicht wissen. Und bis dahin können wir doch Freunde sein.«

»Ja? Können wir das? Ich glaube nicht. Sei ehrlich, du bist verletzt und enttäuscht. Ich kann dir nicht garantieren, dass das nicht wieder passiert. Es ist im Moment kein Platz für einen Mann in meinem Leben.«

Ciro seufzte. »Ich kann damit umgehen, versprochen. Du musst mir aber auch eine Chance geben, es zu beweisen.«

Anne schüttelte den Kopf.

Plötzlich schoss eine Idee durch Ciros Kopf. Er musste es versuchen!

»Wenn du die Motorräder unbedingt verkaufen willst, könnte ich dir dabei helfen, sie wieder fertigzumachen.« Damit hatte er Zeit gewonnen und könnte noch einmal auf sie einwirken.

»Warum willst du das unbedingt?«

»Weil du mir wichtig bist. Bitte!«

Anne schien nachdenklich. Natürlich könnte sie Hilfe gebrauchen.

»Ich habe Kontakte, ich würde mit Sicherheit einen viel höheren Preis herausschlagen«, lockte er weiter.

»Es verpflichtet dich zu nichts, versprochen.« Ciro hob die Schwurhand. »Lass mich dir einfach nur helfen.«

Anne blickte verlegen an ihm vorbei.

Wie gerne würde er jetzt über ihre Wange streicheln.

»Du brauchst kein schlechtes Gewissen haben. Ich mach das gerne«, beteuerte er. »Du weißt, dass ich das gerne mache. Ohne Gegenleistung, natürlich.«

»Na schön. Aber dann lade ich dich dafür zum Essen ein. Irgendwann. Also, ich meine ein richtiges Essen, im Restaurant. Könntest du Samstag? Dann ist Linus bei seinem Vater.«

Ciros Blut wich aus dem Kopf, während seine Gedanken rotierten. Was lief da mit dem Ex? Wenn Anne wieder Kontakt zu ihm hatte, bestand die Gefahr, dass sie sich wieder annäherten. Er sah seine Felle davonschwimmen. Eifersucht durchbohrte sein Herz.

»Echt jetzt? Dein Sohn ist bei dem Totalausfall?«, presste er hervor.

Er sah, wie Anne schluckte und wahrscheinlich mit den Tränen kämpfte. Nein, die Eifersucht war unbegründet. Wahrscheinlich hatte sie Angst, dass sich ihr Kind von seiner Mutter entfernte.

»Das tut mir leid. Schätze, da kannst du jemanden brauchen, der dich ablenkt. Einen guten Freund«, flüsterte er mitfühlend.

Anne wirkte hilflos, als sie nickte.

Ciro jubelte innerlich. Nur zu gerne hätte er sie freudig in den Arm genommen, aber er musste sich noch etwas gedulden.

»Ich bin für dich da, okay?«, versprach er und sah sie beschwörend an. »Du kannst auf mich zählen. Sollen wir uns auf einen Kaffee hinsetzen und du erzählst mir alles?«

Anne lächelte dankbar.

Da unterbrach die Ladenschelle das Gespräch und Ciro versuchte, die Kundschaft nicht zu hassen.

Anne drehte sich um. »Das wird wohl bis Samstag warten müssen. Ich muss sowieso gleich Linus abholen«, antwortete sie.

In Ciros Herz platzte ein kleiner Knoten und verbreitete Wärme im ganzen Bauch. Er bekam seine Chance und, verdammt noch mal, er würde sie nutzen. Ein breites Grinsen legte sich über sein Gesicht. »Wann? Um zehn?«

»Nein, halb elf ist besser, dann ist Linus weg.«

»Okay, dann bringe ich die Sachen für eine Inspektion mit. Die kann ich dir dann auch bescheinigen.« Man musste ja schließlich so tun, als ob. »Die Batterien sind noch in Ordnung?«

»Keine Ahnung. Aber da sie so lange nicht geladen waren, eher nicht.«

»Ich bräuchte aber die Papiere.«

»Ich fotografiere sie und schicke sie dir per Handy, okay?«

Ciros innerliche Jubelstürme wuchsen zum Tornado.

Endlich bekam er die Handynummer!

Zwar anders, als er sich das vorgestellt hatte, aber das war ihm in diesem Moment egal.

»Okay« antwortete er und versuchte, cool zu bleiben.

Der Kunde hinter Anne hatte ungeduldig die Arme vor der Brust gekreuzt und trommelte mit den Fingern. Ciro griff zu seiner Visitenkarte und schob sie über den Tresen.

»Hier steht meine Nummer drauf.«

Anne steckte sie in die Handtasche und drehte sich um. Ihre langen Haare flossen glänzend über die Schultern, fast bis zur Wespentaille, an der sich der perfekt gerundete Hintern anschloss. Diese

Frau ist von hinten genauso sexy wie von vorne, dachte er verträumt.

»Könnten Sie jetzt weitermachen?«, wurde er ungeduldig aus seinen Schwärmereien geholt.

Ciro zwang sich zu einem Lächeln für den Kunden. »Wie kann ich Ihnen helfen?«

Selten hatte er die Bedienung als so anstrengend empfunden. Er konnte sich einfach nicht mehr konzentrieren. Sein Kopf war von Anne besetzt.

»Könntest du meinen Dienst am Samstag tauschen?«, fragte Ciro kurz darauf seinen Bruder.

Luca kam von der Werkstatt in den Laden und reinigte sich die ölverschmierten Hände mit einem Lappen. »Sorry, aber ich hab auch noch ein Privatleben.«

»Es ist aber sehr wichtig.«

»Mir auch.«

»Na wunderbar, dann kannst du deinem Lieblingsbruder ja helfen.«

»Du weißt genau, dass ich mein Privatleben meinte.«

»Okay, dann bemühe ich mich um eine Aushilfe.«

»Was hast du denn vor? Darf ich dich daran erinnern, dass du vor gar nicht allzu langer Zeit mich noch beschimpft hast, ich würde mich nicht genug um den Laden kümmern? Jetzt kann ich dir das geschmeidig zurückgeben.«

In Ciro grummelte es. Was bildete sich sein Bruder ein? Er hatte ihm doch auch geholfen, als der den Geistern der Vergangenheit nachjagte.

»Und darf ich dich dran erinnern, dass ich dich trotzdem unterstützt habe, so gut es ging … vorausgesetzt, ich fand es sinnvoll.«

»Was hast du denn Sinnvolles vor? Geht es etwa schon wieder um Anne? Wann begreifst du, dass diese Frau nicht in deiner Liga spielt.«

»Und wie sie in meiner Liga spielt! Viel mehr, als jede andere.«

»Nimm's mir nicht übel, aber sie ist zu schade für dich. Dein Frauenverschleiß ist zu hoch für eine Mutter mit Kind. Das ist eine ganz andere Verantwortung.«

»Ah ja? Wie war das denn mit deiner Ela? Glaub mir, ich nehme die Sache ernster als du«, knurrte Ciro genervt.

»Und wie war das mit Kira? Bei der Nachbarschaft hast du deswegen jede Menge Punkte verloren.«

Das saß mal wieder. In Ciro tobte es. Warum traute ihm niemand eine echte Beziehung zu? Er holte tief Luft.

»Ich weiß, ich habe es schon öfter mal gesagt, ich hätte die Frau fürs Leben gefunden. Aber dieses Mal bin ich mir ganz sicher«, verteidigte er sich leise und ließ die Arme sinken.

Luca stutzte.

»So verliebt war ich noch nie«, gab er zu und sein Bruder riss die Augen auf. »Aber es ist nicht nur das. Wir passen zusammen wie zwei Puzzleteile. Wir haben so viele gemeinsame Interessen ... Und dann ist da dieses überwältigende Gefühl der Vertrautheit, das ich so noch nie hatte. Es ist wirklich etwas Besonderes zwischen uns. Ich weiß, Anne fühlt es auch, aber sie kann ihre Angst nicht überwinden. Ich werde ihr Herz erobern ... über kurz oder lang.«

Luca entließ seinen Atem in einem Stoß.

»Na, am fehlenden Selbstbewusstsein wird es nicht liegen«, antwortete er lachend.

»Du nimmst mich immer noch nicht ernst, verdammt«, knurrte Ciro.

»Doch, doch, wenn du es wirklich ernst meinst, wünsche ich dir viel Glück. Dann kümmere dich um eine Aushilfe.«

Kapitel 19 Gewitterluft

Die ganze Woche hatte Anne den Samstag kaum erwarten können. Fast kam sie sich schäbig vor, denn immerhin würde sie Ciro weiter auf Abstand halten. Das hatte sie sich fest vorgenommen. Doch die ersten Zweifel daran kamen auf, als sie vorzeitig ihre Arbeitskleidung anzog und ständig aus dem Küchenfenster blickte.

Annes Herz schlug höher, als sie das Motorrad von Ciro auf den Hof fahren sah. Sie atmete durch und zwang sich zur Ruhe. Sie würde seine Freundschaft genießen und für ihn eine gute Freundin sein. Mehr war nicht drin. Punkt.

Als Ciro den Helm abnahm und sein attraktives Gesicht zum Vorschein kam, wäre sie ihm am liebsten um den Hals gefallen. Gut gelaunt trat sie aus dem Haus, um ihm beim Tragen der mitgebrachten Sachen zu helfen. Die Sonne schien, aber die Luft war drückend. Gewitter lag in der Luft. Ciro nahm die Sachen aus den Packtaschen und gab ihr einen Teil davon.

Es war wirklich eine gute Ablenkung, als sie in der Werkstatt der vertraute Geruch nach Schmieröl und Benzin empfing. Der Abschied von Linus, heute Morgen, rückte in weite Ferne. Sie spürte die prickelnde Vorfreude, genau wie damals mit ihrem Vater.

»Womit fangen wir an?«, fragte Ciro, der sich von der Motorradkleidung befreite. Darunter kam Arbeitskleidung zum Vorschein. Straff spannte sich das enge T-Shirt über seine definierten Schultermuskeln. Anne biss sich auf die Lippen, denn das freudige Prickeln zog bei dem Anblick bis in ihren Unterleib. Sie konnte es sich nicht verkneifen, heimlich eine Portion seines Duftes nach Mann, Waschmittel und Leder einzusaugen, der zu ihr herüberschwappte.

Ciro stand nun in der Latzhose vor ihr, lächelte und sah sie erwartungsvoll an. »Hallo? Erde an Anne. Womit sollen wir anfangen?«, fragte er winkend.

Shit, sie hatte vergessen, zu antworten!

»Keine Ahnung – egal. Die MT«, erwiderte sie eilig und ging auf das Motorrad zu.

Staub wirbelte hoch und tanzte in den Sonnenstrahlen, die es durch das schmutzige Werkstattfenster geschafft hatten, als sie die Abdeckung herunterzog.

Die Arbeit ging ihnen leicht von der Hand. Sie waren das perfekte Team. Anne genoss Ciros Leidenschaft für die Sache. Immer wieder verbanden sich ihre Blicke. Es war wie eine kleine Reise in ihre heile Vergangenheit.

»Gib mir mal den Siebzehner-Schlüssel«, sagte Ciro grinsend und hielt die Hand auf.

»Echt jetzt? Wir haben doch noch so viel zu tun.« Natürlich wusste Anne, dass es ein Synonym für einen Flaschenöffner war. Ciro wollte ein Bier.

»Komm schon, es ist Wochenende und ich habe Durst ... bei dieser Schwüle«, beklagte er sich und erhob sich dabei.

Anne stand auch auf. »Okay, dann hole ich uns zwei Flaschen aus dem Haus.«

»Was ist mit dem Kühlschrank hier?«

»Das willst du bestimmt nicht trinken. Nachdem klar war, dass mein Vater nicht mehr kann, habe ich den Kühlschrank vom Saft genommen und das war's. Mehr habe ich nicht geschafft. Es ist immer noch das uralte Zeug darin.«

»Verständlich, du wolltest von all dem nichts mehr hören und sehen. Es muss ja auch ein Wahnsinn gewesen sein, was da alles gleichzeitig auf dich zukam.«

Ciro sah sie mitfühlend an. Seine Empathie war echt.

Annes Bauch wurde warm.

»Na ja, mein Vater gehörte zu den Leuten, die nie zum Arzt gehen, alles andere ging vor. Als er sich endlich eingestand, dass irgendetwas nicht stimmte, war der Krebs schon ziemlich fortgeschritten.«

»Was hatte er denn für Krebs?«

»Leukämie.«

Ciro nickte.

»Und meine Mutter hat sich fortan um ihn gekümmert und sich selbst dabei völlig hintangestellt. Papas Krebs stand im Vordergrund, er war ja der Ernährer. Da kann man schon mal die eigenen Knoten in der Brust übersehen – oder ignorieren – wie auch immer.«

Anne schluckte, sie brauchte Trost und Ciro schien es zu spüren. Wie von unsichtbaren Fäden geführt, rückte sie mit ihm zusammen. Er lächelte warm, als er sie in seine starken Arme nahm. Vertrauensvoll lehnte sie den Kopf an seine Brust. Sein regelmäßiger Herzschlag dämpfte ihren.

»Ehrlich gesagt bewundere ich dich, wie du das alles weggesteckt hast.« Ciros tiefe Stimme ließ ihren Körper beruhigend vibrieren, während seine Hand über ihr Haar streichelte. Anne kuschelte sich noch ein bisschen dichter an ihn und umklammerte seinen Körper. Es tat einfach zu gut. Sekundenlang - bis ein innerer Ruck durch sie ging.

»Ja. Aber jetzt ist es vorbei und ich will nach vorn sehen«, erwiderte sie bestimmt und rückte unter Aufbietung aller Kräfte wieder von ihm ab. »Jetzt konzentriere ich mich auf das Leben im Hier und Jetzt und bin dankbar für das, was mir dafür geschenkt wurde.«

Ciro sah aus, als hätte man ihm sein Liebstes weggenommen.

»Ich hole uns Bier«, versuchte sie, die Situation zu überspielen.

Als Anne mit den Flaschen zurückkam, saß Ciro nachdenklich auf dem Sofa. Schweigend reichte sie ihm die geöffnete Flasche und setzte sich dazu. Erfrischend rann das prickelnde Getränk die Kehle herunter, wärmte ihre Seele, während sie beide nachdenklich vor sich hinstarrten. Anne knibbelte am Flaschenetikett. Kurzzeitig blitzte der Gedanke an Linus durch ihren Kopf, den sie hastig wieder verdrängte.

»Eine Probefahrt muss jetzt wohl erst mal warten. Hoffentlich hat das Bier jetzt nicht deine Arbeitsmoral verdorben, damit wir mit der Harley weitermachen können.«

Kaum hatte Anne das ausgesprochen, da klingelte ihr Handy.

»Hallo, Mama«, erklang Linus Stimme durch das Telefon.

»Linus? Was gibt's? Hast du Spaß?«, erkundigte sich Anne, obwohl es schon an seiner fröhlichen Stimme zu hören war, dass es ihm gut ging.

»Ja!«, dröhnte es laut durch den Hörer. »Du, Mama, wir wollen zum Unterbacher See, baden. Darf ich mit?«

»Ich weiß nicht, es liegen Gewitter in der Luft. Und ist es dafür nicht schon ein bisschen spät?«

»Nein, Papa hat gesagt, es ist nicht spät, wenn ich hier übernachte.«

»Gib mir die Mama mal«, hörte Anne Thorstens Stimme im Hintergrund.

»Anne? Ja, wir haben es uns gerade überlegt. Eine Badehose könnte er von Maik bekommen.«

»Aber es sind Gewitter vorhergesagt.«

»Dann gehen wir natürlich aus dem Wasser. Was denkst du denn? Danach gehen wir Pizza essen und dann ist es wohl wirklich spät. Morgen soll das Wetter ja wieder besser werden, da können wir uns auch noch etwas überlegen. Linus versteht sich prächtig mit Maik.«

Anne schluckte. Wenn sie jetzt zu Thorsten sagte, dass sie auch noch Zeit mit ihrem Sohn verbringen wollte, würde sie ihm freiwillig wieder die Achillesferse hinhalten.

»Ähm ... ja ... gut«, krächzte sie überrumpelt. »Aber nächstes Wochenende bleibt er bei mir.«

»Natürlich. Prima! Ich bringe ihn dann morgen Abend so gegen sechs zurück.«

Noch bevor Anne etwas erwidern konnte, hatte Thorsten schon aufgelegt.

Anne ließ das Handy sinken und kämpfte mit den Tränen. In der Ferne war Donnergrollen zu hören, der ihre Gefühle untermalte.

»Was ist los?«, fragte Ciro.

»Ich glaube, Thorsten will mir das Kind wieder wegnehmen.«

»Echt? Warum?«, entfuhr es Ciro.

»Keine Ahnung. Vielleicht, damit das Kind seiner neuen Freundin Gesellschaft hat«, vermutete sie.

»Das klingt nicht gut.« Ciro rieb sich nachdenklich am Kinn.

Es war so still, dass Anne das leise Knistern seiner Bartstoppeln hören konnte.

»Aber so schnell geht das doch nicht, oder?«

Seine letzten Worte wurden wieder vom Donnergrollen übertönt. Es musste ein gewaltiges Gewitter im Anmarsch sein.

»Ich weiß nicht. Vielleicht will er auch die Unterhaltszahlungen, die er noch immer von mir bekommt, behalten.«

»Er hat sich doch in der letzten Zeit gar nicht um sein Kind gekümmert, oder?«

»Nein, gar nicht. Aber jetzt auf einmal, seit er die neue Freundin hat.«

»Warum hast du die Zahlungen nicht schon lange eingestellt?«

»Na ja, es ging ihm nicht gut. Er war arbeitslos. Als er dann wieder einen Job hatte, wollte ich nicht dran rühren, damit er gar nicht erst auf die Idee kommt, Linus zurückzuholen.«

»Anne, ich kenne mich im Recht nicht gut aus, aber ich denke, so schnell geht das nicht. Er kann dir das Kind nach so viel Zeit, in der er sich nicht gekümmert hat, nicht einfach wieder wegnehmen. Lass dich doch nicht von deiner Angst beherrschen.«

Anne rann eine Träne über die Wange. Sie schluckte. Die unterdrückten Gefühle brachen hervor wie ein Tsunami und waren nicht mehr aufzuhalten.

»Du hast leicht reden«, krächzte sie.

»Stimmt«, bestätigte Ciro. »Komm mal her.«

Er breitete seine Arme aus und Anne ließ sich hineinsinken. Im Moment war es ihr egal, wie trügerisch die Sicherheit war, die er ausstrahlte.

Diesmal kämpfte Anne nicht gegen ihr Verlangen nach Beruhigung. Sie badete in Ciros Körperwärme, genoss sein sanftes Streicheln und ließ ihren Tränen freien Lauf.

»Weine ruhig. Du musst nicht immer stark sein. Es kostet zu viel Kraft«, flüsterte Ciro.

Draußen war das Gewitter rasend schnell herangezogen und untermalte mit Blitz und Donner die Dramatik. Ein Gemisch aus Regen und Hagel prasselte gegen das Werkstattfenster, das Rauschen starker Windböen war durch die Tür zu hören.

Eine kleine Ewigkeit ließ sie sich in dieser goldenen Wolke des Trostes treiben. Inzwischen war das Gewitter hörbar im Abzug. Und Anne bekam ein unstillbares Bedürfnis nach Nähe. Sie sah auf und blickte in Ciros dunkelbraune Augen. Ohne ein Wort fanden sich ihre Lippen. Sein Kuss war sanft, ohne Zunge. Anne traute sich nicht, ihm zu zeigen, dass sie mehr brauchte.

Doch er schien es zu ahnen. Zögernd öffnete Ciro seine Lippen und versank mit ihr in ein zärtliches Zungenspiel. Seine Hände umrahmten ihr Gesicht und fuhren weiter, vergruben sich in ihrem Haar. Der Stein in ihrem Bauch wurde durch die Leichtigkeit von Schmetterlingen vertrieben.

Anne konnte nur noch daran denken, dass sie Ciro spüren wollte. So dicht wie möglich. So intensiv wie vor kurzem. Sie zupfte an Ciros T-Shirt, um mit ihrer Hand darunter zu schlüpfen, doch der schob sanft aber nachdrücklich ihre Hand weg.

»Ich glaube nicht, dass es eine gute Idee ist«, flüsterte er.

»Ich brauche das irgendwie ... jetzt«, antwortete Anne, genauso leise.

»Du bist in einer Ausnahmesituation. Nachher bereust du es und ich würde es sowieso bereuen.«

Anne rückte ab und sah ihn flehend an.

»Was? Erst lässt du die Nähe zu und dann bekommst du Angst davor. Danach kannst du mich nicht schnell genug wieder loswerden. Hast du dir mal überlegt, was das mit mir macht?«, erklärte er.

Sein Gesichtsausdruck war herzzerreißend.

Mitfühlend streichelte sie über Ciros Wange. »Es tut mir leid. Ich wollte dir nie wehtun«, hauchte sie.

»Es war schwer zu akzeptieren. Und ich werde nicht zulassen, dass es noch einmal passiert. Jedenfalls nicht so wie das letzte Mal.«

Anne senkte den Blick.

Er hob ihr Gesicht mit dem Zeigefinger an. »Warum hast du nur so große Angst vor mir ... und deinen Gefühlen?«

»Weil du nun mal so bist, wie du bist«, antwortete Anne. »Selbst wenn ich wollte, ich kann nicht gegen mein Innerstes.«

»Du meinst, einmal Bad Boy immer Bad Boy?«

»Ja, so ähnlich. Es geht mir um Verlässlichkeit.«

»Entschuldige, aber deine Angst ist unbegründet.«

***

Um sich zu sammeln, holte Ciro tief Luft. »Ich weiß, du bist tief verletzt worden. Und das in einer Zeit, wo du den Tod deiner Eltern noch nicht überwunden hattest. So was braucht viel, viel Zeit, bis es heilt. Und auch dann hinterlässt es immer noch Narben. Aber kannst du dir vorstellen, dass es mir ähnlich geht?«

Um zu prüfen, ob seine Worte zu ihr durchdrangen, nahm er die Hand von ihrem Kinn. Anne hielt seinem Blick stand. In ihrem Gesicht war eine Mischung aus Trauer und Misstrauen zu erkennen.

»Denkst du, bei mir ist der Tod meines Bruders so einfach abgeprallt? Am Anfang war ich fürchterlich wütend. Ich habe mich gefragt, warum gerade er sterben musste. Es war doch nur, weil ein paar verantwortungslose Arschlöcher Geld verdienen wollten.«

»Und was hast du gemacht?«, flüsterte Anne.

»Ich hab gemacht, was ich schon immer gemacht habe, wenn ich wütend war. Sport bis zur Kotzgrenze, boxen, halsbrecherisch Motorrad fahren, saufen. Das volle Programm, mir war alles egal. Ich habe die ganze Welt gehasst, weil nichts mehr so war wie vorher.«

Mitfühlend nickend ergriff Anne seinen Arm.

»Aber meine Eltern – vor allem meine Mutter – meinte, dass es Valentino, also meinem Bruder, nicht mehr helfen würde, wenn ich auch noch sterben würde. Das hat mich zur Besinnung gebracht. Für mich war es zwar in diesem Moment immer noch egal, aber ich wollte meiner Mutter keinen weiteren Kummer machen. Also habe ich aufgehört, wie ein Bescheuerter Motorrad zu fahren. Aber deswegen bin ich noch lange nicht mit meinen Gefühlen klargekommen und darum habe ich weitergesoffen.«

Ganz leicht streichelte Annes Hand über seinen Arm. Die sanfte Berührung schickte ein warmes Gefühl durch seinen ganzen Körper. Auf einmal wurde ihm klar, dass er noch nie vorher so ernst darüber geredet hatte - und dass es ihm guttat.

»Klar, im Suff reißt man leichter Frauen auf und ich bin auch schon mit der Absicht in die Stadt, um mir eine klar zu machen, aber es war immer nur eine oberflächliche Sache. Es konnte mich nie lange trösten. Nur, ich habe es getan, um zu vergessen, und nie mehr darüber nachgedacht. Ich musste es irgendwie tun. Ich brauchte das, um mich besser zu fühlen.«

Anne nickte.

»Es ist eben meine Art der Trauerbewältigung gewesen. Du wurdest depressiv und ich so was wie manisch-depressiv. Erst seit ich dich kenne, ist mir das so richtig klargeworden. Es ist, als hättest du mir einen Spiegel vorgehalten und mich gezwungen, mich mit mir auseinanderzusetzen«, flüsterte er.

Anne streichelte seine Wange. Er spürte, sie verstand ihn. Da war es wieder, das Verbundenheitsgefühl, von dem er sicher war, dass sie es auch fühlte.

»Aber das ist vorbei. Glaub mir das doch endlich. Ich weiß nur, das, was ich die ganze Zeit gesucht habe, habe ich gefunden. Seit ich dich kenne, habe ich gar nicht mehr das Bedürfnis, Party zu machen. Du willst es mir vielleicht immer noch nicht glauben, aber ich liebe dich! Hast du das verstanden? Ich. Liebe. Dich. Das wird auch so bleiben, da kannst du dir sicher sein. So etwas wie bei dir habe ich noch nie bei einer Frau gefühlt.«

Anne sah ihn an, als hätte er sie durchgeschüttelt.

»Hast du das verstanden? Ich. Liebe. Dich«, bekräftigte er.

»Ciro, Ciro«, sagte sie mit erstickter Stimme und nahm sein Gesicht zwischen beide Hände. Eine einzelne Träne rann über ihre Wange. »Es ist ja nicht so, dass ich nichts für dich fühlen würde. Und es ist auch nicht so, dass ich dir nicht glauben würde. Aber ich kann nicht einfach in der Luft schnipsen und mein Vertrauen ist wieder da. Bitte, gib mir Zeit.«

Ciro musste schlucken, bevor er nickte. »Nur, was spricht dagegen, wenn du mir wenigstens eine Chance gibst? Wir können uns ja Zeit lassen. Aber kämpfe nicht mehr gegen deine Gefühle. Bitte.«

Kapitel 20 Die Chance

Anne nickte. Es war Zeit, dass sie sich ihre Gefühle eingestand und über ihren Schatten sprang. Wahrscheinlich gab es gar keinen Grund, Ciro so sehr zu misstrauen. Er wirkte aufrichtig und jeder ging mit seiner Trauer anders um. Es war nicht fair, ihn immer wieder wegzustoßen.

Sie wischte sich die Feuchtigkeit von den Wangen und ließ sich von einem erleichtert wirkenden Ciro wieder an seine Brust ziehen. Sie war ihm so dankbar für seine Hartnäckigkeit. Anne atmete tief durch und beschloss, das Risiko für ihr Herz einzugehen. Sie würde ihm eine Chance geben. Ein Wagnis, das ihr Bauch ohnehin schon lange forderte, auch wenn sie es ignoriert hatte. Jetzt war es Zeit, zu ihren Gefühlen zu stehen, und es fühlte sich gut und richtig an.

Ciro ließ ihr Zeit, sich an die neue Situation zu gewöhnen. Er wiegte sie wie ein kleines Kind, während das Gewitter draußen abzog. Anne ließ sich fallen. Sie genoss es, wie sich der Knoten in ihrem Bauch auflöste und Wärme von dort aus durch den ganzen Körper zog. So geborgen hatte sie sich zuletzt als Kind gefühlt.

»Und jetzt?«, flüsterte er irgendwann. »Machen wir jetzt weiter mit den Maschinen?«

Anne sah zu ihm hoch. Ciros Augen funkelten liebevoll.

»Keine Ahnung. Hast du noch Lust?«, fragte sie und stand auf.

Ciro tat dasselbe. »Schlag mich tot, aber ich bin ein Mann. Ich habe Hunger«, antwortete Ciro und lachte leise.

»Oh, ich auch. Aber noch nicht auf Essen.«

Ciro grinste verschmitzt, dann wurde er erst.

Sie konnte sehen, wie Ciro durchatmete, bevor sie sein Gesicht zu einem Kuss heranzog. Sie spürte die Hitze seiner Haut, das Kitzeln seines Dreitagebartes und roch einen Hauch seines Parfüms, bevor seine Lippen ihre berührten. Wie elektrischer Strom zog es durch ihren ganzen Körper und löste ein Kribbeln im Unterleib aus.

Sie wollte ihn – jetzt.

Anne öffnete nicht nur ihren Mund, sondern sie gab sich ihm hin. Ciro küsste unglaublich zärtlich. Bei aller Leidenschaft konnte sie seine Liebe spüren. Sie verschmolzen. Solch einen Kuss hatte sie noch nie bekommen. Minutenlang streichelten ihre Zungen zärtlich umeinander und wurden dabei immer forscher. Annes Herz schlug schneller. Leidenschaftlich wühlten ihre Hände durch sein Haar.

Ciro keuchte leise. Seine Hände gingen auf Wanderschaft, gleichzeitig erforschten seine Lippen ihre und verschafften ihr eine Gänsehaut.

»Du riechst verdammt gut. Weißt du das?«, murmelte Ciro.

Anne kicherte. »Nach Schmieröl und Benzin?«

Ciro rückte etwas ab und sah ihr in die Augen. »Findest du den Geruch von Schmieröl etwa nicht sexy?«, fragte er augenzwinkernd.

»Doch, wenn ich's mir recht überlege … es riecht nach … Geborgenheit.«

Ciro grinste, sein Lächeln erreichte die Augen, um die sich kleine Fältchen bildeten. »Ich mag den

Geruch, weil es der Geruch von Freiheit ist. Man schraubt und werkelt, und der Lohn ist die ultimative Freiheit.«

Anne nickte nachdenklich. Sie hatte es früher ähnlich empfunden. Plötzlich verspürte sie eine unerträgliche Sehnsucht, die sie durch Seufzen entließ.

»Und du willst das alles aufgeben, womöglich für immer. Hast du gar keine Angst, dass du es bereust?«, fragte Ciro leise und strich eine Haarsträhne hinter ihr Ohr.

»Es ist einfach zu risikoreich«, antwortete Anne. »Als Mutter ist man nicht mehr so frei.«

»Sicher, aber wenn du verantwortungsvoll fährst? Man kann doch auch einen Autounfall haben, oder ein schwerer Ast fällt einem auf den Kopf.«

»Es ist ja wohl meine Entscheidung. Außerdem kann ich doch jederzeit wieder anfangen ... irgendwann, wenn es wieder an der Zeit ist«, brummte Anne. Sie wollte gar nicht darüber nachdenken, dass Ciro recht haben könnte.

»Ist ja schon gut«, beschwichtigte Ciro mit erhobenen Händen. »Natürlich. Deine Entscheidung. Es ist nur schade um die Bikes, mit denen ja auch Erinnerungen verbunden sind. Ich selbst könnte es mir nicht vorstellen, darauf zu verzichten. Es macht so verdammt viel Spaß.«

Anne atmete tief durch, um einen Seufzer zu verhindern. »Also, was essen wir jetzt?«, versuchte sie, vom Thema abzulenken.

»Keine Ahnung. Wozu willst du mich denn einladen?«, fragte er und schlang versöhnlich seine Arme um Annes Hüfte.

Anne genoss die Berührung an ihrem Unterleib, die ein leichtes Prickeln auslöste. Lächelnd schlang sie ihre Arme um Ciros Hals. »Doch nicht heute, oder willst du etwa schon Feierabend machen? Können wir nicht einfach irgendwas bestellen? Vielleicht chinesisch?«

»Oder wir fahren in die Altstadt. Es ist wieder schön draußen«, schlug Ciro vor, denn wie auf Bestellung schien die Sonne durch das Werkstattfenster.

»Also Feierabend«, stellte Anne fest. »Aber nicht in die Altstadt.«

Eigentlich kam ihr der Schluss gelegen, denn im Verlauf des Gespräches waren ihr tatsächlich Zweifel gekommen, ob sie die Bikes tatsächlich verkaufen sollte. Ciro könnte damit recht haben, dass sie ihre Erinnerungen verkaufte.

Aber woher sollte sie Geld bekommen? Sie könnte auf den Verkauf der Harley verzichten, überlegte sie, aber die würde am meisten Geld bringen. Und selbst wenn sie noch einmal wieder fahren wollte, wenn Linus erwachsen war, wäre die schwere Maschine kaum von ihr zu beherrschen.

»Woran denkst du?«, fragte Ciro, als er von Anne keine Antwort bekam.

»Dass etwas an dem dran sein könnte, was du gesagt hast. Aber ich brauche doch Geld.«

»Du kannst dir Linus' Zuneigung doch nicht kaufen, die hast du doch schon. Das war an dem Geburtstag deutlich zu sehen.«

»Fandest du? Bei mir ist zu viel Alltag, bei Thorsten zu viel Spaß.«

»Nun warte doch erstmal ab. Linus ist doch nicht dumm. Er wird es irgendwann merken, dass sein Vater ihm nur die Schokoladenseite präsentiert.«

»Ja, eine richtige Familie. Heile Patchwork Welt.«

»Ist das jetzt dein Ernst? Glaubst du wirklich, dass es so was gibt? Dein Sohn wird eigene Erfahrungen machen. Du musst dich nicht aufgeben.«

»Ich gebe mich nicht auf«, entrüstete sich Anne. »Außerdem kannst du da doch gar nicht mitreden.«

»Na ja, das habe ich vielleicht übertrieben, aber viel tust du nicht für dich.«

»Ich habe einen Beruf, der mir unheimlich Spaß macht.«

»Ich auch. Aber es gibt doch nicht nur die Arbeit. Die Leichtigkeit, die Lust am Leben. Ich habe den Eindruck, dass du glaubst, dass du dir das nicht zugestehen darfst.«

»Ja, du machst es dir leicht. So bin ich aber nicht.«

»Warum glaube ich dir das nicht? Soll ich dir sagen, was ich glaube? Die Angst beherrscht dein Leben. Angst, dass dir etwas weggenommen wird. Du fühlst dich sogar als schlechte Mutter, sobald du es wagst, an dich zu denken. Angst ist aber ein schlechter Ratgeber.«

»Mag sein. Ich will eben keine Fehler mehr machen.«

»Womit wir beim Stichwort wären. Du bist dir nicht ganz sicher, oder?«

Anne nickte zögernd. »Ich werde es noch einmal genau überdenken, okay?«

»Ja, so was will gründlich überlegt sein«, raunte Ciro und beugte sich zu ihr herunter. »Ich bin froh, dass du es nicht überstürzt.«

Seine dunklen Augen funkelten verliebt, als er die Hände durch Annes Haar bis zu ihrem Hinterkopf gleiten ließ und ihren Kopf fixierte, damit er sie küssen konnte. Die Lust auf ihn dämpfte die Angst. Schmetterlinge rumorten wieder im Bauch und verschafften ihr die beschworene Leichtigkeit.

Das war genau das, was Anne jetzt brauchte. Ihre Hände wühlten sich durch Ciros Arbeitskleidung, um seine warme Haut zu spüren. Ciro seufzte leise, als sie über die festen Rückenmuskeln fuhr.

»Du kannst mir Leichtigkeit verschaffen, schlaf mit mir«, flüsterte Anne.

Ciro knurrte leise. »Aber nicht hier«, antwortete er.

Sein Atem streifte Annes Nacken und verschaffte ihr eine Gänsehaut. »Warum nicht? Wir sind doch viel zu schmutzig für die Wohnung.«

»So?! Schmutzig ist ein Problem für dich? Ja, was machen wir denn da?«, fragte Ciro augenzwinkernd. »Ich dachte, von Saubermännern hättest du genug.«

»Blödmann. Du weißt genau, wie ich das meine.«

»Und du hoffentlich, wenn ich sage, dass ich für einen schnellen Fick nicht zur Verfügung stehe.«

»Oh Ciro, jetzt machst du es aber kompliziert.«

»Bist du dir sicher, dass ich es bin, der es kompliziert macht?«

»Ciro«, mahnte Anne.

»Was? Das, was ich mit dir jetzt machen will, geht nur an einem weichen warmen Ort, an dem man in aller Ruhe Liebe machen kann.« Während er sprach, zog er sie heran und küsste sie leidenschaftlich.

Annes Knie wurden weich, als er hungrig ihren Mund eroberte. Ihr ganzer Körper war wie elektrisiert, die Energie sammelte sich als Hitze in ihrem Unterleib. Ciros Hände gingen auf

Wanderschaft. Er wusste genau, wie er ihr Feuer entfachen konnte. Es war die klare Botschaft, dass er es auch wollte – aber zu seinen Bedingungen.

»Okay, dann lass uns duschen gehen«, lenkte Anne ein, als ihr Verlangen übermächtig wurde.

Ciro stutzte. »Zusammen?«

»War das jetzt ernst gemeint?« Anne lachte und nahm Ciro an der Hand, um ihn ins Haus zu führen.

Ihr ganzer Körper kribbelte, als Ciro die Träger der Arbeitshose von ihren Schultern streifte. Ungeduldig zerrte sie ihr T-Shirt über den Kopf und überließ ihm das Öffnen des BHs. Sie stöhnte leise, als seine Hand über die Nippel streichelte und warf den Kopf in den Nacken, während er sich hinunterbeugte, um zärtlich an ihnen zu knabbern.

Jetzt konnte sie es kaum noch erwarten, mit ihm Liebe zu machen, und fing an, ihn aus seinen Kleidern zu befreien. Ciro half ihr. Als sie so nackt voreinander standen, blitzte ganz kurz ein zufriedenes Lächeln über sein Gesicht.

Anne stellte das Duschwasser an, hielt die Hand unter den Strahl und wartete darauf, dass es warm wurde. Ciro umarmte sie von hinten, streifte ihr Haar beiseite und setzte einen kleinen Kuss auf ihren Nacken. Anne keuchte leise, die Berührung zog bis in die letzte Nervenzelle. Ihre Knie zitterten leicht, als sie in die Duschkabine stieg. Sie schloss sekundenlang die Augen und ließ das Wasser über Gesicht und Haar prasseln, was wohltuend von der zunehmenden Erregung ablenkte.

Ciro kam ihr hinterher, schloss die Tür und sah sie glücklich an, während er über ihr Haar strich. Er zog sie liebevoll an sich, die Feuchtigkeit bildete eine glitschige Schicht zwischen ihnen. Seine wachsende Härte drückte gegen ihren Bauch und befeuerte die Sehnsucht. Sie unterbrach den Kuss und fing an, sich mit kleinen Küssen auf seinen Hals, übers Schlüsselbein, bis zur Brust immer weiter herunterzuarbeiten.

Ciros Körper spannte sich an. Leise keuchend warf er den Kopf in den Nacken, während er die Berührung empfing. Aber als Anne in die Knie ging, zog er sie an den Armen wieder hoch. »Nicht so hastig. Bitte.«

Anne ließ sich lächelnd aufstellen und griff nach dem Shampoo. Ciro hielt auffordernd die Hand hin und sie gab ihm eine Portion darauf. Doch anstatt seine Haare zu waschen, schäumte er ihre Haare ein. Das Streicheln über den Kopf gefiel ihr, genüsslich schloss sie die Augen.

Bevor Ciro sie erneut küsste, ließ er den Schaum etwas herausspülen. Anne schlang ihre Arme um seinen Hals und versank in einem zärtlichen Kuss, während das Wasser sie umhüllte. Nach einiger Zeit musste sie den Kuss unterbrechen.

»Das warme Wasser geht bald zu Ende«, warnte sie.

Ciro nickte und griff zum Duschgel. Jetzt hielt Anne die Hand hin und fing lächelnd an, ihn einzuseifen. Langsam und zärtlich glitten ihre Hände über seinen muskulösen Körper. Seinen Penis ließ sie nicht aus, was ihn noch härter werden ließ.

Ciro stöhnte, entzog sich, und fing an, Anne einzuseifen. Die Berührung hinterließ ein heißes Prickeln auf ihrer Haut. Ciro glitt über den Venushügel an ihren Eingang. Ein begieriges Ächzen entfuhr ihr. Das Wasser spülte die Seife fort, doch das hielt beide nicht davon ab, sich weiter gegenseitig zu streicheln.

Plötzlich wurde das Wasser kühler. Innerhalb von Sekunden hatte Anne eine Gänsehaut.

»Hab ich's nicht gesagt?«, verkündete sie kichernd und drehte das Wasser ab.

»Ich weiß gar nicht, was du willst, wir sind doch sauber«, antwortete Ciro grinsend und zog sie noch einmal zu einem kurzen Kuss heran. Anne ließ sich treiben, obwohl die Gänsehaut nicht verschwand.

»Komm, dir wird kalt«, flüsterte er zärtlich, als er sie wieder losließ und die Tür öffnete.

Anne gab ihm ein frisches Handtuch.

Ciro nahm es und legte es ihr um die Schultern, bevor er sie noch einmal heranzog. Seine Hände rubbelten über ihren Rücken. Anne badete in seiner Fürsorglichkeit, sog sie auf wie ein Schwamm. Fast hätte sie vergessen, auch ihn abzutrocknen. Doch Ciro nahm ihr das Handtuch ab und streifte damit schnell selbst die Feuchtigkeit von seiner Haut, während Anne sich einen Turban um den Kopf schlag. Sie hatte keine Lust, sich lange die Haare zu föhnen.

Ciro verstand offensichtlich, warum und nahm sie auf seine starken Arme. Anne fühlte sich wie eine Märchenprinzessin. Überhaupt war auf einmal alles wie im Märchen. Vertrauensvoll schmiegte sie ihren Kopf in Ciros Halsbeuge. Leider übertönte der Geruch des Duschgels seinen einzigartigen Duft.

»Und? Wo ist jetzt das Schlafzimmer?«, fragte er.

Anne zeigte in Richtung Ausgang. »Zweite Tür rechts, den Gang runter«, murmelte sie.

Ciro machte sich auf den Weg. Geschickt drückte er mit dem Ellenbogen die Klinke herunter und schob sich rückwärts durch die Tür, während er akribisch darauf achtete, dass Anne nirgends anstieß. Genauso liebevoll, wie er bisher mit ihr umgegangen war, legte er sie auch auf das Bett. Danach kramte er in seiner Hosentasche und warf ein Kondom auf den Nachttisch.

Fasziniert beobachtete Anne die tanzenden Muskeln seines Bizepses, als er sich zu ihr herunterbeugte. Sein Kuss war leidenschaftlich und wurde von Anne genauso intensiv beantwortet. Ihr Atem ging schneller, als er seine Arme unter ihren Oberkörper schob und sich mit den Knien zwischen ihre Beine drängte.

Sie spürte, wie ihr Unterleib vor Sehnsucht pochte. Die Luft war elektrisiert von knisternder Begierde. Anne räkelte sich sinnlich. Sie fand, dass die Liebkosungen unter der Dusche bereits genug an Vorspiel waren, und spreizte die Schenkel noch weiter. Ihre Hände glitten lüstern seinen Rücken hinab und krallten sich verlangend an seinen Po.

Ciro ächzte. »Du bist ganz schön ...«

»Geil?«, grinste sie. »Ich hab ja auch viel nachzuholen. Außerdem hast du mich eben ganz wild gemacht.«

Ciros Augen wurden groß.

»Wie du willst, dann lass uns keine Zeit verschwenden«, raunte er.

Er richtete sich auf, schnappte sich dabei das Kondom und öffnete routiniert die Packung. So auf den Knien war sein Anblick atemberaubend. Annes Interesse wanderte über breite Schultern und Sixpackrillen zum V, das die Aufmerksamkeit auf das lenkte, was er zu bieten hatte. Das war wahrlich nicht schlecht. Anne Herz hämmerte.

Ciro sah sie an und schluckte. »Du bist wunderschön«, flüsterte er.

»Und du wahnsinnig sexy«, gab sie zurück. »Komm.«

Sie konnte an nichts anderes mehr denken, als die köstliche Dehnung, die ihre Verbindung verursachen würde.

Ciro drang spielend leicht ganz tief in sie ein, sie kam ihm impulsiv entgegen. Die intensiven Blicke beim Akt riefen tiefe Gefühle hervor. Wie von selbst fand sie ein harmonischer Rhythmus, den er immer wieder unterbrach, um sie zu küssen.

»Du kannst ruhig etwas wilder sein«, stöhnte sie, als er sich irgendwann ganz zurückzog. Seelenruhig fing er an, ihren Oberkörper mit kleinen Küssen zu bedecken. Quälende Begierde ließ ihre Nerven vibrieren. Musste das jetzt sein? Anne fühlte sich leer und bewegte verlangend ihr Becken.

»Warum so ungeduldig? Ich hab doch gesagt, dass ich es genießen will«, flüsterte er in ihr Ohr und knabberte daran.

Sie schnaubte frustriert. »Das grenzt an Folter«, krächzte sie und versuchte ihn hochzuziehen, um ihn zum Weitermachen zu bewegen. »Mach endlich. Es bleibt doch nicht bei diesem einen Mal.«

»Du glaubst nicht, wie gut sich das anhört«, antwortete er mit erregtem Zittern in der Stimme und presste seine Lippen auf ihre.

Anne öffnete ihren Mund und ließ ihn von Ciros Zunge wild erobern, während er endlich weitermachte. Seine Stöße waren heftig und schnell. Er brauchte nicht lange, um sie an die Klippe zu bringen. Wild zuckte ihr entfesseltes Fleisch, als sie den Höhepunkt erreichte. Heiße Wellen durchzogen den ganzen Körper. Anne schrie jede heraus, bevor sie ein wunderbares Gefühl der Erlösung hinterließen.

Ciro ächzte erregt, und stieß härter und schneller zu, bis auch aus ihm der Orgasmus laut herausbrach. Ein Schweißfilm bedeckte seine Haut, als er entspannte und sein Unterkörper auf ihrem schwerer wurde.

Anne schwelgte in Glücksgefühlen. Sie waren eins.

Ciro lächelte. Sein immer noch lustverhangener Blick bescherte ihr ein intensives Kribbeln im Bauch. Hatte sie je Vergleichbares empfunden? Sie fühlte sich ihm unendlich nah. Ihre jahrelange Einsamkeit war wie weggeblasen.

Anne zog die Decke unter sich hervor und hob sie einladend. Ciro schlüpfte darunter. Warme Geborgenheit umhüllte sie beide, als sie sich aneinander kuschelten. Er legte den Arm um ihre Schultern und sie den Kopf auf seine Brust. Sein unverwechselbarer Geruch war endlich zurück. Zufrieden schwelgte sie einen Moment darin, während sie seinem beruhigenden Herzschlag lauschte.

Ciro spielte entspannt mit ihrem Haar.

»Woran denkst du?«, fragte sie.

»Dass ich glücklich bin. Glücklich und zufrieden.«

Anne seufzte. »Ich auch.«

»Wie wird es mit uns weitergehen?«, flüsterte er unsicher.

»Hattest du nicht Hunger?«

»Im Ernst?« Entrüstet drehte er sich zu ihr.

»Im Ernst? Ich weiß es nicht. Was verlangst du? Soll ich Linus jetzt seinem neuen Vater vorstellen?«

Ciro stöhnte und fixierte ihr Gesicht mit der Hand, sodass sie ihn ansehen musste.

»So etwas habe ich nie verlangt und werde es auch in Zukunft nicht. Wir können uns doch Zeit lassen. Das Tempo bestimmst allein du. Ich mag Kinder und würde Linus gern richtig kennenlernen, das weißt du ja. Aber es hat Zeit.«

»Es hat Zeit? Warum fühle ich mich dann so von dir gedrängt?«, verteidigte sie sich.

Ciro schloss die Augen und holte tief Luft. »So ist es nicht gemeint, glaub mir.«

»Ja, das weiß ich – theoretisch. Aber es braucht noch etwas, bevor ich mein Vertrauen ganz wiederhabe.«

»Was ist mit meinem Vertrauen?«

»Du armer Bad Boy«, scherzte Anne grinsend.

»Ja, schlag nur in die Kerbe«, antwortete Ciro augenzwinkernd und legte sich wieder auf den Rücken.

Anne kuschelte sich wieder an und streichelte beruhigend seine Brust. »Ich hätte nie gedacht, dass du so bist.«

»So? Wie bin ich denn?«

»Anders als beim ersten Eindruck.«

»Na ja, das ist ja auch ... suboptimal gelaufen.«

»Nein, da habe ich dich nicht das erste Mal gesehen.«

»Nicht? Wann denn dann?«

»Als du Lina abgeholt hast. Da kamst du mir komisch vor.«

»Wie komisch?«

»Hm ... affektiert?«

Ciro kräuselte die Lippen. »Affektiert? Soso.«

»Deshalb hatte ich Linus gefragt, wer du denn bist.«

»Und der wusste es?«

»Ja, der hat mir dann erzählt, dass du die arme Lina zum YouTube Star machen wolltest.«

»Wieso arme Lina? Das war doch ihre eigene Idee, weil sie meine Videos gesehen hatte und es so cool fand. Ich habe Ela nur gefragt, weil Lina mich gedrängt hat. Und es natürlich sofort akzeptiert, als sie die Idee nicht gut fand.«

Anne lachte auf. »Ja, die Kinder reden viel, wenn der Tag lang ist. Hast du eigentlich wirklich vor Lina gesagt, dass ich die Mutter deiner Kinder werde?«

»Was?!« Ciro krauste die Stirn und richtete sich auf, sodass Anne gezwungen war, es ihm gleich zu tun.

»Ja, das hat Linus erzählt. Wenn's nach ihm ginge, hätte er lieber heute als morgen einen Bruder.«

»Okay, das war dann wohl auf der Rückfahrt nach dem Geburtstag von Lea. Da haben die mich verspottet, weil wir uns gut verstanden hatten, obwohl ich erst so skeptisch war.«

»Skeptisch ist gut.«

»Na ja, war ja nicht unberechtigt«, erklärte Ciro grinsend.

»Hey!« Anne boxte Ciro auf den Unterarm.

»Und du kamst mir übrigens ziemlich hochnäsig vor«, grummelte er, während er übertrieben seinen Arm rieb.

»Hochnäsig? Ich?«

»Jupp.«

Anne entließ scharf die Luft. »Und wann hast du deine Meinung geändert?«

Ciro grinste. »Hab ich das? Oder du?«

»Hey!« Anne boxte nach.

»Na ja, hochnäsige Frauen prügeln keine Männer, oder?«, lachte Ciro und zog Anne zu sich heran. »Nein, ich habe natürlich ziemlich schnell gemerkt, dass hinter der harten Schale ein entzückender Kern steckt.«

Er legte seinen Finger unter ihr Kinn und ihre Blicke fanden sich. »Ich habe mich sofort in dich verliebt, auch wenn ich das erst kaum glauben konnte«, setzte Ciro nach.

Anne stockte der Atem, ihr Herz schlug bis zum Hals. »Liebe auf den ersten Blick? Wenn Männer wie du von der ganz großen Liebe reden, werde ich immer skeptisch.«

Anne wusste selbst nicht, warum sie das Thema schon wieder auf den Tisch brachte. Wahrscheinlich hatte sie immer noch nicht genügend Bestätigung erfahren, dass es mit ihr anders war als mit allen seinen anderen Frauen.

»Erst mal bin ich nur verliebt. Ich rede doch gar nicht vom Heiraten. Das ist noch viel zu früh«, beschwichtigte Ciro.

Eine Falte bildete sich zwischen Annes Augen. »Das ist nach meiner Erfahrung noch gefährlicher.«

»Soll das etwa heißen, du kennst dich aus? Ich bin gefährlich?«, grinste er und setzte so an, als wollte er ihren Oberkörper herunterdrücken.

Anne hob lachend die Hände.

Ciro ergriff sie spielerisch. »Du liebst den Kampf?«

»Nein, da drauf stehe ich gar nicht«, kicherte sie, während sie ihre scherzhafte Rauferei fortsetzten.

»Gott sei Dank, ich auch nicht«, erwiderte Ciro, drückte sie herunter und küsste sie wild.

Mit der Zeit wurde der Kuss wieder zärtlicher, dann leidenschaftlich. Anne schlang die Arme um seinen Hals, als sie spürte, dass seine Lust wieder erwachte.

Ciro löste sich keuchend. »Warte, ich brauche noch ein Kondom.«

Anne nickte und setzte sich auf. Ciro kehrte zurück und hielt sein Handy in die Höhe, doch Annes Blick war wie hypnotisiert von seiner sichtbaren Erregung.

»Wie lange brauchen wir, bis das Essen vom Chinesen kommt?«, fragte er.

»So ungefähr zwanzig Minuten.«

»Das reicht«, sagte er und warf gleich eine ganze Handvoll Kondome auf den Nachttisch.

»Da hast du ja noch einiges vor.«

»Du nicht? Ich bin immer auf alles vorbereitet«, raunte Ciro augenzwinkernd, während er sich auf allen vieren über sie platzierte.

»Übernimm dich nicht.«

»Mach dich auf was gefasst«, drohte er lachend.

»Wolltest du nicht vorher Essen bestellen?«, fragte sie schnell, bevor er ihren Mund mit seinem verschließen konnte.

Ciro grinste breit. »Nachher, wir haben doch genug Kondome ...«

Wieder senkte sich sein Mund auf ihren und Anne versank in einem Meer aus sinnlichen Gefühlen.

Kapitel 21 Ich hätte nie gedacht ...

»Ich hätte nie gedacht, dass ich einmal mit einem Mann im Bett esse«, sagte Anne und steckte sich ein Stück Fleisch in den Mund.

»Dann hättest du aber definitiv etwas versäumt«, antwortete Ciro und schob sich umständlich ein paar Nudeln aus der Schachtel in den Mund.

»Definitiv«, bestätigte Anne kauend.

Genauso hatte Ciro es sich vorgestellt. Eine entspannte Anne saß neben ihm an das Kopfende des ledernen Polsterbettes gelehnt und aß mit ihm chinesisches Fastfood. Er hatte sie ins Leben zurückgeholt und Anne genoss es sichtlich.

»Isst du öfter chinesisch? Du kannst so virtuos mit Stäbchen umgehen«, fragte er.

»Mit unseren asiatischen Kunden muss ich immer in einschlägige Restaurants.«

»Dann hast du viel mit Männern zu tun?«

»Mittlerweile habe ich nicht mehr so viel Kundenkontakt, seit Linus wieder bei mir ist. Aber ja.«

Ciro pfiff leise durch die Zähne. »Ich bin beeindruckt«, staunte er ehrlich. »Deshalb hast du damals gesagt, du kennst dich mit Kerlen aus?«

»Na ja ...«, erwiderte Anne verlegen. »Wenn man ständig mit denen zum Essen geht, muss man mittrinken, sonst wird man nicht ernst genommen. Du weißt ja, was man über Betrunkene denkt, die sagen immer die Wahrheit. Da bekommt man so einiges mit. Aber nur so kann man die besten Abschlüsse machen.«

Ciro unterbrach das Essen. »Oha, das klingt gefährlich.«

»Hm, man muss schon aufpassen, dass man nicht zu viel trinkt. Aber Gott sei Dank vertragen Asiaten nicht so viel Alkohol«, erklärte Anne, während sie weiter aß.

Ciro lachte auf. »Klingt noch gefährlicher. Machst du denn auch Geschäftsabschlüsse?«

»Nein, ich nicht, die macht der Geschäftsführer. Aber ich bin so etwas wie die technische Beratung.«

»Wer nimmt Linus, wenn du reisen musst?«

Anne sah ihn an. »Lea. Aber das Reisen und die Arbeitsstunden sind deutlich zurückgefahren, seit er bei mir ist.«

»Und dein Gehalt«, vermutete er kauend.

»Und das Gehalt, logisch«, bestätigte Anne. »Aber diesen Spagat mache ich gerne.«

Schweigend aßen sie weiter.

»Anne?«

»Ja?«

»Ich möchte dich um eins bitten«, sagte Ciro plötzlich und sah sie ernst an.

Anne unterbrach das Essen. »Und das wäre?«

»Mach noch einmal eine Tour, bevor du die Motorräder endgültig verkaufst.«

»Schwierig. Sie sind doch gar nicht angemeldet«, wandte sie ein und biss sich auf die Unterlippe.

»Kein Problem, wir haben doch ein Nummernschild für Probefahrten.«

Anne nickte. »Ich denk drüber nach, okay?«

»Mehr will ich ja gar nicht«, antwortete Ciro.

»Mist! Jetzt habe ich auch noch gekleckert! Ich hätte doch lieber eine Gabel nehmen sollen!«, fluchte er plötzlich.

»Kein Problem. Hier, nimm ein Taschentuch«, sagte Anne und hielt ihm die Box hin. »Das Bettzeug muss sowieso neu bezogen werden.«

»Genau. Damit Linus nicht den fremden Mann in seinem Revier riecht«, frotzelte Ciro.

»Du bist ganz schön übermütig«, konterte Anne.

»Na, das ist doch das Mindeste, was von einem Bad Boy erwartet wird, oder?«, fragte Ciro und stellte seine Schachtel weg. Mit einem frechen Grinsen nahm er auch die von Anne.

»Was hast du vor?«, fragte sie.

»Noch etwas, das von einem Bad Boy erwartet wird. Hemmungsloser Sex.«

Anne lächelte schelmisch.

»Nach dem Essen sollst du rauchen oder eine Frau gebrauchen«, murmelte er. Es kribbelte in Ciros Unterleib, als er sie wieder in die Horizontale zog.

»Wie gut, dass du nicht rauchst.« Anne streckte die Arme über den Kopf und präsentierte ihm ihren Hals.

Ciro spürte, wie sich das Blut im Unterleib sammelte. Er war schon wieder bereit.

»Also, ich würde sagen, wir sauen noch einmal richtig auf den Laken herum, damit sich die frische Bettwäsche auch lohnt«, murmelte er und knabberte an ihrem Schlüsselbein.

Anne seufzte leise, als er sich mit Zähnen, Zunge und Lippen neckend herunterarbeitete. Sie roch einfach unerhört gut. Die Nippel bekamen besondere Aufmerksamkeit, langsam und genüsslich umkreiste er sie mit der Zunge, bevor er daran saugte. Anne räkelte sich lasziv.

Ciro war schon knallhart. Seine Libido war eigentlich noch nie ein Problem, doch bei Anne fühlte er sich wie eine Sexmaschine. Er konnte einfach nicht genug von ihr bekommen.

Bei dem Gedanken, dass hier genau die Frau vor ihm lag, nach der er immer gesucht hatte, wusste er nicht wohin mit seinen überschwappenden Gefühlen. Er atmete tief durch, sah auf und seiner Traumfrau in die Augen. Die leuchteten geradezu.

Nein, vor ihm lag nicht nur seine Traumfrau, sondern die Frau seines Lebens. Er unterdrückte ein »Heirate mich«, was wohl sicher die Harmonie zerstört hätte, und fing erneut an, jeden Quadratzentimeter ihres Körpers zu erforschen.

Anne war so warm, so weich, so wunderbar. Ciro schwelgte in seinen Empfindungen, während Anne sich begehrlich unter seinen Zärtlichkeiten aalte.

»Ich hätte nie gedacht, dass so eine leidenschaftliche Frau in dir steckt«, murmelte er, während er sich über ihren Bauch weiter nach unten arbeitete.

»Ist das jetzt ein Kompliment?«, keuchte Anne.

Ciro stutzte. »Was denkst du denn?«

»Ist zumindest zweifelhaft.«

»Ist das nicht ein bisschen sehr konservativ, was du da jetzt von dir gibst?«

Seine Geliebte zog den Mund schief. »Vielleicht bin ich das ja?«

Ciros Augen wurden zu skeptischen Schlitzen. »Du schämst dich immer noch, dass du das hier genießt, oder? ... Und für deine Gefühle?«, fragte er entrüstet.

Anne biss sich auf die Lippe.

»Spürst du denn nicht, dass das hier zwischen uns etwas ganz Besonderes ist? Warum sollen wir das nicht ausleben?«

»Ist es das? Etwas Besonderes?«

Ein Rückfall! Er war zu schnell, aber für ihn war die Sache mehr als glasklar. Doch Ciro wusste, dass immer noch etwas fehlte, damit sie ihm ganz vertraute. Reden allein würde da nicht reichen, aber im Moment fiel ihm nichts Besseres ein.

»Komm her. Kuschle dich mit dem Rücken an mich. Ich glaube, ich muss dir jetzt mal was erklären«, forderte er Anne auf, während er sich auf die Seite legte und einladend die Arme ausstreckte.

Anne folgte. Ciro umarmte sie und konnte dabei der Versuchung nicht widerstehen, ihre Brust zu umfassen. Anne hielt die Luft an. Er lockerte den Griff und schnupperte kurz an ihrem Haar, bevor er sich leise räusperte.

»Ich möchte, dass du mir das sagst, wenn dir etwas zu schnell geht, oder es dir zu viel wird«, begann er.

»Okay.«

»War es das? Ist dir etwas zu viel geworden?«

»Nein, nicht direkt. Aber manchmal kocht mein schlechtes Gewissen unvermittelt wieder hoch.«

»Okay. Ich kann zwar nicht nachvollziehen, warum du das hast, aber ich akzeptiere es.«

»Danke. Das Fatale daran ist, dass ich es selber nicht nachvollziehen kann. Es ist einfach da. Ich kann es rational nicht erklären und ich kann auch nichts dagegen tun.«

»Oh, das verstehe ich schon. Man kann nicht immer erklären, warum man etwas fühlt oder tut. Das geht mir auch oft so. Da spielt das Unterbewusstsein mit. Das ist okay für mich.«

»Das ist gut«, flüsterte Anne erleichtert.

Zufrieden spürte Ciro, wie sich ihr Körper entspannte.

»Also, ich hoffe, das klingt jetzt nicht wie eine Plattitüde, aber es ist die reine Wahrheit. Eine Wahrheit, die ich selber auch schmerzlich erfahren habe«, begann Ciro und streichelte beruhigend über ihr Haar, bevor er weiterredete. »Weißt du, man sucht zu oft die Schuld bei sich, aber wir sind alle nur Menschen. Menschen, die ihr Bestes geben. Man muss einfach akzeptieren, dass keiner perfekt ist.«

»Stimmt. Klingt trotzdem wie eine Binsenweisheit.«

»Weil es bei den wenigsten Menschen im Bauch ankommt«, erklärte Ciro. »Kann es sein, dass du die versäumte Zeit mit Linus wieder gutmachen willst, indem du nur für ihn lebst und dir keine Freude zugestehen willst?«

Anne nickte fast unmerklich. »Weiß nicht. Möglich.«

»Ich will dich nicht belehren, aber vielleicht ist das der falsche Ansatz.«

»Wahrscheinlich.«

»Glaubst du denn, dass Linus glücklich genug ist, wenn er bei dir ist?«

Anne drehte sich langsam zu Ciro und sah ihn einige Zeit an. »Ja, das ist vielleicht meine Angst.«

Ciro presste die Lippen aufeinander. »Nicht gut genug.«

»Stimmt. Nicht gut genug. Das liegt aber auch daran, dass Linus sich beschwert, dass ich nicht genug Zeit für ihn habe.«

»Das ist ja auch schwierig, wenn du alles allein machen musst.«

»Das geht aber nicht anders«, seufzte Anne.

»Ab jetzt doch. Ich werde dir helfen, wo ich kann, wenn du es zulässt.«

Er fühlte, dass Annes Atem stockte.

»Natürlich nur bei den Sachen, die du willst«, versuchte er, die nachfolgende peinliche Pause zu überbrücken.

»Ciro, ich weiß nicht …«

»Du musst es auch nicht sofort wissen. Lass dir Zeit. Es ist nur ein Angebot. Du sollst wissen, dass du nicht allein bist und immer auf mich zählen kannst. Das sage ich nicht nur so.«

»Danke«, flüsterte sie und drehte sich wieder um.

Ciro schmiegte sich ganz dicht an sie und legte sein Gesicht an Annes weiche, warme Haut. Dankbar nahm er ihren Duft in sich auf und genoss einfach nur die Nähe. Sie sollte bestimmen, wie es weiterging. Und tatsächlich, Annes Lust auf Sex schien verflogen. Nach einiger Zeit drehte sie sich wieder zu ihm.

»Da wir schon einmal bei ich-hätte-nie-gedacht sind. Ich hätte nie gedacht, dass in dir ein Familienmensch steckt«, begann Anne.

»Ja, wir hätten so vieles nicht voneinander gedacht«, bestätigte Ciro lächelnd.

»Erzähl mir von deiner Familie«, forderte sie ihn auf.

»Oh, das geht schnell. Sie ist das personifizierte Klischee der Süditaliener. Die Familie geht über alles. Deshalb wäre sie ja auch an Valentinos Tod fast zerbrochen, weil alle so unterschiedlich mit ihrer Trauer umgegangen sind. Ich bin mir übrigens sehr sicher, dass meine Mama dich sehr mögen wird.«

Anne lächelte. »Langsam ist nicht gerade deine Stärke.«

»Langsam kann ich werden, wenn ich alt bin.«

»Auch wieder wahr.«

»Es mag an meiner Familie liegen, dass ich mir auch eine wünsche. Bis zum Tod von meinem Bruder waren wir eine tolle Familie. Eine, bei der man sich immer aufeinander verlassen konnte. Aber langsam kommt das wieder. Wunden heilen.«

»Klingt toll. Sei froh, dass du eine Familie hast«, seufzte Anne.

»Bin ich auch. Unsere Familie ist riesengroß. Du müsstest mal mit in meine Heimat kommen.«

Anne lachte auf. »Ruhig, Brauner.«

»Was? Ich preise dir nur meine Vorzüge an. Mit mir hättest du auch gleich wieder eine große Familie.«

»Ich hab schon noch Verwandtschaft, aber im Osten. Das ist nicht ganz so weit.«

»Die können wir ja auch mal besuchen«, erwiderte Ciro augenzwinkernd. »Schöne Motorradtour dahin ...«

»Träum weiter.«

»Linus fände das sicher auch ganz toll.«

»Vergiss es.«

»Wieso?«

»Weil es viel zu gefährlich ist, mit ihm auf dem Sozius.«

»Wir besorgen einen Beiwagen.«

»Du gibst wohl niemals auf, oder?«

»Niemals! Nicht, wenn ich wirklich etwas will. Und ich will dich. Finde dich damit ab«, erklärte Ciro grinsend.

Anne seufzte. »Für dich ist die Welt so einfach.«

»Sieh genau hin. Eigentlich ist sie das doch auch. Und vergiss nicht, dass man nur einmal lebt«, erwiderte er und zog sie zu einem Kuss heran.

Anne entspannte und ergab sich seinen Zärtlichkeiten. In diesen Momenten spürte er, dass sie sehr wohl in der Lage war, das Leben zu genießen. Er würde sein Ziel erreichen.

»Wo waren wir eben stehengeblieben?«, fragte er grinsend, während er Anne wieder in die Horizontale zog.

Kapitel 22 Wie im Märchen

Als Anne erwachte, zog ein Kaffeeduft in das Schlafzimmer. Genüsslich räkelte sie sich. Jetzt ganz entspannt einen Kaffee trinken und dann unter die Dusche.

Ein Ruck ging durch ihren Körper und sie setzte sich auf. Irgendetwas war anders als sonst. Ihr Unterleib fühlte sich ... strapaziert an. Der gestrige Abend blitzte durch ihren Kopf. Kein Wunder bei dem ganzen Sex. So viel hatte sie zuletzt, als sie in Thorsten frisch verliebt war.

Nein, so viel Sex hatte sie noch nie an einem Abend.

Sie fühlte sich großartig – so lebendig.

Sicher machte Ciro Frühstück. Das war ja noch besser. Wann hatte ihr zuletzt jemand ein Frühstück gemacht?

Anne streckte ihre Arme in die Höhe und gähnte.

Gerade als sie ansetzte aufzustehen, kam Ciro mit einem Tablett in den Händen durch die Tür. Er war nur mit seinen Boxershorts bekleidet. Anne lehnte sich wieder an das Kopfende des Bettes und beobachtete, wie er auf sie zukam.

Das Frühstück auf dem Servierbrett rückte dabei erst in ihren Fokus, als es direkt vor ihrer Nase war. Neben dem Frühstücksgeschirr entdeckte Anne auf dem Tablett auch eine Rose. Die hatte er sicher aus ihrem Garten geholt. Annes Herz ging auf. Er legte sich wirklich ins Zeug.

»Morgen, Bella. Mit solch einem strahlenden Lächeln wird man gerne begrüßt«, sagte Ciro und überreichte ihr die duftende Blume.

Anne lächelte wie ein Honigkuchenpferd, als sie daran schnupperte.

»Und ich mit solch einem tollen Frühstück. Sogar mit Rose.«

»Die duftet wirklich fantastisch«, schwärmte Ciro. »Ich habe sie von der Kletterrose am Haus. Sie betört einen regelrecht.«

»Ja, stimmt. Irgendwie habe ich das selbst schon lange nicht mehr wahrgenommen. Wenn man täglich dran vorbeigeht ...«

Überhaupt wurde ihr gerade klar, dass sie sich für die Schönheiten und kleinen Freuden des Lebens nur wenig Zeit gegönnt hatte. Ciro eröffnete ihr schon wieder einen neuen Blickwinkel.

Inzwischen hatte er die Stützen des Tabletts ausgeklappt und über Annes Beine gestellt.

»Ich habe nicht alles gefunden, aber ich denke, das reicht fürs Frühstück«, erklärte er.

Mit leichtfüßigen Schritten ging er zum Fenster und Anne erfreute sich an der Bewegung seines knackigen Hinterns. Welch ein Anblick! Den durfte sie jetzt öfter genießen.

Ciro zog die Rollläden hoch, strahlender Sonnenschein erfüllte den Raum. »Ein Wetterchen zum Helden zeugen«, verkündete er.

Anne lachte auf. »Helden zeugen? Heute? Gibt es eigentlich auch etwas, das du nicht eilig hast?«

Ciro drehte sich zu ihr herum und zog süffisant einen Mundwinkel hoch. »Hm, lass mich überlegen ... Ja, gestern gab es etwas, das du eiliger hattest.«

Er kam zu ihr zurück, stützte sich vorsichtig vor ihr ab und gab ihr einen Guten-Morgen-Kuss.

»Man kann es sich kaum vorstellen, aber du bist noch schöner, wenn du lachst – Schneewittchen«, flüsterte er.

»Sagtest du nicht, dass ich Dornröschen bin?«

»Tatsächlich? Dann ist es wohl so, dass Dornröschen wie Schneewittchen aussieht. Zuerst habe ich gedacht, hier wohnt Dornröschen. Dann sah ich aber Schneewittchen, was ich dir natürlich nicht verraten habe«, erklärte Ciro augenzwinkernd.

»Echt jetzt?«, grinste sie und legte den Kopf schief.

»Aber Hallo. Du bringst die ganze Märchenwelt durcheinander.«

»Mag sein. Ich steh nicht so auf Märchen.«

»Das ist egal. Hauptsache, du stehst auf Prinzen.«

»Prinzen?« Anne zog die Augenbrauen hoch. »Mit dem Selbstbewusstsein hast du kein Problem, oder?«

»Hast du das jemals geglaubt?«

Anne kicherte. »Komm, setz dich, du Froschprinz. Sonst wird der Toast kalt.«

»Ich ein Frosch? Unverschämtheit«, entrüstete sich Ciro grinsend. »Das kannst du nur durch Küsse wiedergutmachen.« Sein Blick wurde ernster.

In Annes Bauch begann es zu kribbeln.

»Und ich darf natürlich an deinem Tisch essen. Das war der Deal«, löste Ciro die komische Situation auf.

»Der Deal? Wofür?«, fragte sie verwirrt.

»Na, für die goldene Kugel.«

»Aha. Und was ist die goldene Kugel?«

»Das weißt du immer noch nicht? Dann hast du es nicht verstanden«, erklärte er kryptisch.

Anne lächelte versonnen. »Ach so ... na dann ... fangen wir erst mal mit diesem Frühstück an.«

»Wie du meinst.«

Er reichte Anne einen Kaffeebecher. »Soll ich dir Milch oder Zucker holen?«

Sie nahm ihn in beide Hände. »Nein danke, ich trinke ihn schwarz«, antwortete sie, während sie über den Kaffee pustete und danach daran nippte.

»Dein Toast wird kalt. Soll ich ihn dir schmieren?«

Ciros Stimme klang unglaublich fürsorglich. So etwas war sie seit ihrer Kindheit nicht mehr gewöhnt. Zwar hatte auch Thorsten ab und an so etwas gemacht, doch nie ohne Hintergedanken. Sie holte Luft, um ›Nein, danke‹ zu sagen, doch im letzten Moment hielt sie sich zurück. Ciro war nicht falsch, er hatte keine Hintergedanken und keinen Vorteil von dieser Aktion. Es war eine Art, seine Liebe zu zeigen. Sie musste sie es nur annehmen.

»Das ist lieb. Bitte mit Honig«, antwortete sie verdutzt.

Sich bedienen lassen, war sonst eigentlich gar nicht ihr Ding. Über Annes Gesicht blitzte ein Lächeln, während sie Ciro dabei zusah, wie er das Toastbrot beschmierte. Die geschmolzene Butter mischte sich mit dem Honig und bescherte ihr ein leises Magenknurren.

»Was ist?«, fragte er.

»Ach, nichts, ich bin es nicht gewöhnt, verwöhnt zu werden.«

Ciro grinste zufrieden. »Und? Wie fühlt es sich an?«

»Weiß ich noch nicht?«

Er stutzte. »Wieso? So was ist doch immer gut. Heirate mich und ich mach dir jeden Tag das Frühstück«, sagte er und zwinkerte mit einem Auge.

Trotz seines Grinsens kam es Anne so vor, als meinte er es ernst. Sie schwankte zwischen Argwohn und Glück. »Darüber macht man keine Witze«, antwortete sie pikiert.

Ciro sah sie so durchdringend an, dass es Anne nicht gelang, seinem Blick auszuweichen. »Wer sagt denn, dass ich Witze mache?«

»Ciro, hör bitte auf. So gut sich das hier auch anfühlt, jetzt machst du mir Angst«, erwiderte Anne nachdrücklich.

»Wer sagt denn, dass mir meine Gefühle nicht selber Angst machen? Ich bin geradezu überwältigt. Ich bin nicht verknallt, das war ich schon oft. Das ist Liebe. Wie oft muss ich das noch sagen?«

Anne nickte. »Okay. Trotzdem geht es mir zu schnell.«

Ciro gab ein schnaubendes Geräusch von sich. »Glaub mir. Es geht mir nicht anders. Ich habe die Typen immer ausgelacht, die sich Hals über Kopf in eine Ehe gestürzt haben. Jetzt kann ich sie verstehen.«

Es kratzte, als Ciro Butter auf seinen Toast schmierte. Die Butter schmolz nicht mehr.

»Komm, ich mach dir schnell ein neues«, bot Anne an.

Ciro sah dankbar auf, sein Blick zog in ihrem Bauch und hinterließ ein merkwürdiges Gefühl.

»Nein, bitte. Heute nicht«, flüsterte Ciro. »So schlimm ist ein kalter Toast nun auch wieder nicht. Ich mach mir Marmelade drauf und dann geht es schon.«

Verlegenheit waberte durch die Luft und ließ Anne nicht richtig durchatmen. Dass Ciro es wirklich ernst meinte, hatte er schon oft durchblicken lassen. Warum konnte sie sich trotz der vielen Beweise immer noch nicht darauf einlassen?

»Sag mal, Ciro ...«

Ciro hob die Augenbrauen. »Ja?«

»Warum gerade ich?«

Ciro lachte so laut auf, dass Anne sich blöd vorkam. »Okay, diese Frage ist das reine Klischee, deshalb werde ich es auch genauso beantworten.« Er legte eine dramatische Pause ein. »Weil du anders bist, als die anderen.«

Anne presste die Lippen zusammen.

»Nein, im Ernst, Schneewittchen. Ich glaube nicht, dass ich noch einmal so eine Frau wie dich treffen werde. Du bist nicht nur eine wunderschöne Frau, sondern meine Seelen-verwandte. Wir haben so viele Gemeinsamkeiten, dass ich überhaupt keine Hemmungen hätte, dich vom Fleck weg zu heiraten.«

Ciros beschwörende Tropfen höhlten beständig die restlichen Steine, die immer noch als Schutz vor ihrem Herzen lagen. Gleich war er durch-gedrungen, denn es war nicht zu leugnen, dass er jedes Wort so meinte, wie er es sagte. Auch wenn sie es am Anfang nicht wahrhaben wollte, er war wirklich vollkommen anders als Thorsten.

Er war wirklich verliebt, bis über beide Ohren. Das drang auch langsam in ihr Herz und ließ es aufblühen. Und sie musste ihm zustimmen, dass sie wirklich viel gemein hatten – trotz aller Unterschiede. Es war wirklich Zeit, den Argwohn aufzugeben und die letzten Schutzmauern einzureißen. Sie würde jetzt hart daran arbeiten.

Anne streichelte Ciros Wange und er gab ihr ein glückliches Lächeln zurück. »Ich werde versuchen, es anzunehmen. Ja?«

»Mehr will ich gar nicht«, flüsterte er leise und streichelte auch ihre Wange.

Verlegen biss Anne von ihrem Toast ab, Ciro tat es ihr gleich.

»Und, was wollen wir heute tun?«

»Weiß nicht. Betten beziehen?«

»Eine kalte Dusche könnte nicht schöner sein«, antwortete Ciro und schürzte die Lippen.

»Das muss sein. Hier sind so viele Flecken«, verteidigte sich Anne.

»Dann lass uns doch vorher noch einen Helden zeugen«, sagte er schelmisch grinsend.

»Nicht, solange wir noch Kondome haben«, versuchte sie den Scherz zurückzugeben. »Auch wenn es nicht ganz ernst gemeint ist, du solltest wirklich vom Gas gehen. Außerdem fühle ich mich ziemlich wund an.«

Er umrahmte ihr Gesicht mit den Händen und sah sie durchdringend an. »Sorry, ich neige zum Überperformen. Aber das liegt alles an der Euphorie, die du in mir auslöst. Ab jetzt in deinem Tempo. Ich werde es drakonischer versuchen, okay?«

Fast wäre der Kaffee umgekippt. Ciro hielt die Tasse im letzten Moment.

»Überperformen ist genau das richtige Wort«, lachte sie.

»Schuldig. Lass ihn uns schnell austrinken, er ist sowieso schon ziemlich kalt.«

Sie sahen sich an, während sie tranken, und lächelten, bevor sie sich küssten. Anne entschwebte wie auf Wolken, während ihre Zungen eine kleine Ewigkeit miteinander spielten.

»Also, wenn du keine Helden zeugen willst, was hast du dann vor? Vom Bettenbeziehen mal abgesehen.«

Verlegen streifte Anne ihr Haar nach hinten.

»An den Motorrädern weiterarbeiten?«

»Das ist nicht dein Ernst. Bei dem Wetter?«

»Ich will sie verkaufen, weil ich es muss«, beharrte sie.

»Du solltest nicht so viel Angst vor deinem Exmann haben. Du bist eine wundervolle Mutter.«

»Leichter gesagt, als getan.«

»Erinnerst du dich an dein Versprechen gestern, dass du vor dem Verkauf noch eine Tour machen wolltest? Heute wäre der perfekte Zeitpunkt. Du hast Zeit und brauchst eine Ablenkung.«

Zwischen Annes Augenbrauen bildete sich eine steile Falte. »Nein. Ich habe gesagt, ich denke darüber nach.«

»Ach, komm schon.«

»Dass du es immer so eilig hast«, knurrte sie und stapelte das Geschirr auf dem Tablett.

»Das Leben ist endlich.«

»Ja, ist mir auch klar. Schon mal was von Verantwortung gehört? Was ist, wenn Linus mich braucht?«

»Warum sollte er dich brauchen? Er ist bei seinem Vater und es war sein eigener Wunsch.«

»Ich weiß aber nicht, wie er mit dem Sohn seiner Lebensgefährtin zurechtkommt.« Anne nahm das Tablett und stand auf.

Ciro sah zu ihr hoch. »Wieso? Hat er da irgendwas angedeutet?«

»Nein, aber er ist ja auch erst zum zweiten Mal da.«

»Was, denkst du, kann passieren? Sie können sich höchstens streiten.«

»Ja, genau.«

»Na und? Kleine Kinder streiten sich doch immer. Das ist normal und harmlos. Danach sind die wieder ein Herz und eine Seele.«

»Du kennst dich aus, hm?«, fragte sie und drehte sich noch einmal um.

»Das ist doch kein Fachwissen. Ich habe selbst Geschwister gehabt.«

»Soso«, sagte sie und setzte zum Gehen an.

Ciro sprang auf und lief ihr hinterher. »Hat er nicht ein Handy?«

»Schon.«

»Na, dann ist doch alles gut. Du nimmst deins mit, dann kann er immer anrufen.«

Etwas ruppig stellte Anne das Tablett auf die Arbeitsplatte der Spülmaschine.

»Wir könnten ins Bergische fahren – oder in die Eifel. Das ist nicht so weit.«

Das Geschirr scheppterte, als sie energisch begann, es einzuräumen.

»Wieso sagst du nichts?«, hakte Ciro nach.

»Ich überlege«, knurrte sie.

»Aber warum muss das Geschirr leiden, wenn du nachdenkst?«

Ciro nahm ihr die Tasse aus der Hand und stellte sie sanft in die Spülmaschine.

Anne atmete durch. Was hatte sie? Im Grunde hatte er ja recht.

Ciro umarmte sie von hinten und küsste ihren Nacken.

Anne entspannte sich und bekam eine Gänsehaut.

»Stell dir vor, wie wir die kurvigen Straßen hochfahren. Die tolle Aussicht, die Sonne scheint über dem Tal. Oben auf dem Berg kehren wir ins Landhaus ein«, schwärmte er und wiegte Anne leicht dabei.

»Den Bikertreff? Gibt es den noch?«

»Du kennst ihn?«

»Natürlich. Da bin ich ein paar Mal gewesen.«

»Jepp. Bei dem Wetter wird da die Hölle los sein.«

»War es damals schon. Ich fand die Motorradparade immer interessant. Es ist ein Phänomen. Von hundert Motorrädern sind vielleicht zwei gleich. Ganz anders als bei Autos.«

»Stimmt. Aber du bist ja lange nicht mehr unterwegs gewesen. Die Szene hat sich in den letzten Jahren verändert. Es sind auch wieder viele jüngere Leute mit kleineren Bikes unterwegs. Eine Zeitlang war man ja nur unter Rentnern.«

»Ja, das stimmt. Das ist mir damals auch aufgefallen.«

»Na ja, ich will mich nicht beklagen. Die Alten haben Geld, kaufen leichter neue Maschinen. Wir haben auch gut an orthopädischen Sitzen und beheizten Griffen verdient«, sagte er und lachte leise.

Ciros heißer Atem auf ihrem Nacken ließ ihre Gänsehaut nicht abklingen, zumal seine Hände auf Wanderschaft gegangen waren.

»Frierst du?«, fragte Ciro.

»Nein.«

»Sollen wir vielleicht doch wieder ins Bett gehen?«

»Nein.«

»Duschen?«

»Schon besser.«

»Darf ich mit? Dann helfe ich dir auch beim Bettenbeziehen.«

Anne lachte auf. »Klingt nach einem Plan.«

Ciro fasste Anne an die Hand, als sie sich in Richtung Dusche aufmachten. »Und was ist mit der Tour?«

Anne blieb stehen. »Okay«, sagte sie.

Ciros Schwärmerei hatte sein Ziel nicht verfehlt. Die Sehnsucht war entfesselt und sie war tatsächlich neugierig geworden.

»Aber ich denke, wir werden es nicht bis zum Landhaus schaffen. Um sechs Uhr muss ich zurück sein.«

»Oh, das ist ja nicht der einzige Treff. Und wenn es zu heiß wird, kenne ich auch noch eine gute Stelle, abgelegen am See. Da kann man nackt baden. Nimm Handtücher mit.«

»Nackt baden?«, fragte Anne und grinste. »Du bist ja ein ganz Gefährlicher.«

»Ich denke, das wusstest du?«

Kapitel 23 Eiskalt

Um sich ganz auf Annes Fahrstil einzustellen, fuhr Ciro hinter ihr her. Er staunte, wie schnell sie sicherer wurde. Da Anne angekündigt hatte, sehr verantwortungsvoll zu fahren, hatte er insgeheim damit gerechnet, dass sie das Motorrad um die Kurve tragen würde.

Weit gefehlt! Rechtskurven fuhr sie in der Mitte der Straße an und Linkskurven ganz am Straßenrand, damit sie sich ordentlich hineinlegen konnte, ohne in den Gegenverkehr zu geraten. Annes Tempo war dabei perfekt dosiert. Sie konnte immer noch reagieren, falls irgendetwas Unvorhergesehenes passierte. Die Frau wusste, was sie tat.

Die Landschaft zog an ihnen vorüber und Ciro war sich sicher, dass Anne gerade dasselbe Glücksgefühl hatte wie er. Er musste sie unbedingt überzeugen, dass sie zumindest eins von den Motorrädern behielt. Mit zwei Maschinen würden solche Touren doppelt so viel Spaß machen.

Anne fand sicher den Weg. Nach zwei Stunden überholte Ciro sie und deutete an, dass er einkehren wollte. Die Kneipe, die er ansteuerte, hatte eine große Sonnenterrasse. Dort könnte man ein wenig die Sonne genießen, bevor es zu heiß wurde. Anne verstand, was er wollte und ließ ihn vorwegfahren.

Vor der Kneipe war ein großer Parkplatz, auf dem die Bikes sorgfältig aufgereiht waren. Es war brechend voll, das konnte man schon von Weitem sehen. Sie fuhren bis zum Ende des Platzes durch. Dort war noch ein wenig Stellfläche zu finden.

Zur gleichen Zeit kam auch eine Gruppe von fünf Motorrädern an. Ciro platzte fast vor Stolz, als die Männer voller Bewunderung beobachteten, wie Anne ihren Helm abnahm und ihr langes Haar schüttelte. Ja, die Kerle sollten ruhig sehen, dass sie vergeben war - und zwar an ihn!

Noch größere Augen bekamen die Beobachter, als Anne die Lederjacke auszog und ihre grazile Figur zum Vorschein kam. Er lächelte triumphierend, während er ihren Kopfschutz im Topcase verstaute. Danach trat er zu ihr und küsste sie. Das Revier war markiert.

Als sie auf die Kneipe zugingen, legte er demonstrativ den Arm um ihre Schulter. Es fühlte sich großartig an, als Anne wiederum ihren Arm um seine Hüfte legte. Das schöne Erlebnis verband sie stärker, als er es erwartet hatte.

Es war bereits so warm, dass man in der Sonne ziemlich ins Schwitzen kam. Leider waren alle Plätze im Schatten besetzt. Dafür bot der Platz am Terrassenrand eine grandiose und ungestörte Aussicht über die hügelige Landschaft. Insekten brummten und besuchten die Blüten in den Kübeln. Schwerer Rosenduft streifte die Nase von Ciro. Genießerisch sog er die warme Frühsommerluft in sich ein.

Sie bestellten sich ein Eis und unterhielten sich über Motorräder, Antriebsarten, Kubikklassen und Routen. So ein Gespräch hatte Ciro noch nie mit einer Frau geführt, aber auch nur wenige Männer hatten so viel technischen Sachverstand. Anne war lediglich nicht über die neuesten Entwicklungen auf dem Markt informiert, doch das holte sie gerade nach.

Die immer stärker werdende Hitze ließ kleine Schweißperlen auf Annes Dekolleté und Hals erscheinen. War es seltsam, wenn er die am liebsten weggeküsst hätte? In seiner Hose regte es sich schon wieder. Ciro wischte sich den Schweiß von der Stirn.

»Und wo ist jetzt deine Badestelle am See?«, fragte Anne, als sie gerade ihr Eis gegessen hatten. »Hier kommt man ganz schön ins Schwitzen. Ich hätte nichts gegen eine Abkühlung.«

»Stimmt. Ja, lass uns eine Runde ins kühle Nass springen«, stimmte Ciro zu.

»Und danach wieder nach Hause.«

Ciro schluckte. Warum hatte sie es denn nur so eilig? Er würde am liebsten gar nicht mehr nach Hause fahren. »Okay, wenn du willst«, antwortete er schwerfällig.

»Ja, bitte. Ich habe kein gutes Gefühl, so weit weg von Linus.«

Ciro zog die Schultern hoch und seufzte.

Er fuhr vorweg, durch die waldige Strecke. Baumschatten und der Fahrtwind sorgten schon mal für Erleichterung von der Hitze. Ein kurzer Feldweg führte zu der Badestelle am See. Durch den Schotter war der Weg auch mit normalen Motorrädern einigermaßen zu bewältigen. Anne hatte jedenfalls kein Problem mit dem Untergrund.

Der See präsentierte sich atemberaubend. Ciro war ein wenig stolz auf sich, dass er Anne so etwas Schönes zeigen konnte. In einem sanften Grünton leuchtete das Wasser ihnen entgegen, Spiegelungen ließen es einladend glitzern. Ein paar Enten schwammen vorbei. Der Wind produzierte ein beruhigendes Gesäusel in den Baumkronen. Es war wie eine Untermalung für das Vogelgezwitscher.

Die kleine schilffreie Stelle, an der sie ihre Motorräder abstellten, war menschenleer.

»Wow!«, sagte Anne, nachdem sie den Helm abgenommen hatte. »Da hast du aber nicht zu viel versprochen.«

»Klasse, nicht wahr? Ich habe sie auf einer meiner Crossbike-Touren durch Zufall entdeckt.«

Anne löste das Haarband aus ihrem Zopf, drehte einen Dutt und fixierte ihn wieder. Ciro beobachtete fasziniert, wie die glänzenden Haare samtweich über ihre Schultern fielen, und bedauerte das erneute Bändigen. Aber fürs Baden war das natürlich besser.

»Ich spring jetzt gleich rein. Kommst du mit?«, forderte er sie auf.

»Ja, lass uns kurz reinspringen und dann wieder nach Hause«, antwortete Anne, während sie auf ihr Handy sah.

Ciro verdrängte, dass Anne erneut drängelte, und befreite sich schnellstmöglich aus den warmen Klamotten. Aus dem Augenwinkel sah er, dass Anne es ihm gleichtat. Er stürmte auf das Wasser zu, stutzte und sah sich um. Wo blieb Anne?

»Was ist?«, fragte er.

Die stand breitbeinig da und hatte die Hand zum Sonnenschutz über den Augen. »Weißt du, dass du einen echt knackigen Arsch hast?«, fragte sie grinsend.

Ciro grinste wie ein Honigkuchenpferd. Nicht, dass er es nicht schon oft gehört hatte, aber aus Annes Mund klang es wie Musik.

Anne stand da wie die Venus persönlich – nicht zu dick, nicht zu dünn. Niemand würde vermuten, dass ihr Bauch schon ein Kind getragen hatte.

»Komm schon«, forderte Ciro sie auf und setzte einen Fuß ins Wasser. Er schnappte nach Luft. »Vvvvverdammt erfrischend, sag ich dir!«

Anne lachte. »Klar, es ist ja auch erst Juni.«

»Juni ist Sommer.«

»Schon, aber der ist hier doch immer kühler als unten am Rhein. Ziehst du jetzt etwa den Schwanz ein?«

»Schon, aber nicht in Sachen Baden«, rief er und ging todesmutig ein Stückchen vor.

Die Kälte machte das Atmen schwer. Wie sollte er da erst reagieren, wenn das Wasser am Bauch stand?

»Was ist jetzt mit dir? Du hast doch gar keinen Schwanz zum Einziehen«, spottete er.

Anne grinste und lief an. Das aufspritzende Wasser glitzerte in der Sonne, als sie in einem Schwung bis zur Brust hineinlief. Mein Gott, war diese Frau taff. Natürlich lief sie so dicht an ihm vorbei, dass er eine gehörige Portion Spritzer abbekam. Ciro musste tief Luft holen.

»Los jetzt«, forderte Anne und spritzte ihn noch einmal mit den Händen an.

»Warte duuu!«, rief er, lief weiter hinein, spritzte halbherzig zurück und ignorierte die Kälte.

»Geht doch«, meinte Anne grinsend, kurz bevor er sie erreicht hatte.

»Seinen Freund ärgern wird mit einem Kuss bestraft«, verkündete er, umarmte Anne und hob sie in die Höhe.

»Urteil angenommen«, erwiderte Anne, schlang die Arme um seinen Hals und küsste ihn.

Zärtlich spielten ihre Zungen. Seine Libido erwachte und verursachte ein verlangendes Ziehen im Unterleib. Das kalte Wasser machte ihm auf einmal nicht mehr so viel aus. Die paar Schwimmzüge, die sie danach machten, kosteten allerdings noch einmal Überwindung. Zwar wurde es mit der Zeit etwas angenehmer, aber mehr als ein paar Minuten war es im Wasser nicht auszuhalten.

»Komm, lass uns rausgehen, sonst erkälten wir uns noch«, schlug Anne vor.

Ciro war zwiegespalten. Eigentlich war ihm kalt, doch er wusste auch, dass Anne ihn dann viel zu schnell zum Aufbruch auffordern würde.

»Okay«, antwortete er dennoch. »Aber wir sollten uns vorher besser noch ein bisschen aufwärmen.«

»Ich weiß nicht. Ich fühle mich wie auf Kohlen. Irgendwie habe ich ein ganz schlechtes Gefühl«, antwortete Anne.

»Nur ganz kurz. Eine erkältete Mutter findet Linus bestimmt auch nicht so toll.«

Sie nickte. Sie sprinteten zu den Motorrädern und Anne sah zuerst auf ihr Handy, während Ciro die Handtücher und eine Decke aus den Packtaschen holte. Er breitete die Decke in der Sonne aus. Anne kam nach. Fürsorglich wickelte er sie in ein Handtuch und rubbelte sie trocken, bevor er sich selbst abtrocknete. Sie breiteten die Handtücher auf der Decke aus, bevor sie sich splitternackt draufleglten.

Anne seufzte und legte den Arm auf die Augen. Ciro lag auf der Seite, hatte den Kopf auf den einen Arm gestützt und den anderen auf ihren Bauch gelegt. Bei ihrem Anblick regte sich etwas bei ihm.

Wie fremdgesteuert fing er an, mit der flachen Hand um ihren Bauchnabel zu streicheln.

»Weißt du, was mich ein bisschen stolz macht?«, fragte er, während seine Kreise immer größer wurden.

»Na?«

»Dass ich es geschafft habe, dich ein bisschen entspannter zu machen. Jetzt musst du nur noch den Gedanken an Linus loslassen.«

»Vergiss es. Das schaffst du nicht, weil ich es auf keinen Fall will.«

Wie sollte er ihr klar machen, dass sie in seinen Augen klammerte?

»Warum hast du solche Angst, ihn an deinen Exmann zu verlieren? Ich kann das nicht nachvollziehen.«

»Weil er ihn lange Zeit bei sich hatte.«

»Ja, du zahlst immer noch Unterhalt, ich weiß. Auch 'ne Sache, die ich nicht verstehe. Nachdem du aus der Klinik entlassen warst, hättest du ihn dir doch wiederholen können. So glücklich wird er da doch nicht gewesen sein.«

»Oh doch, er war glücklich. Thorsten war ja inzwischen mit Lea zusammen, die liebte er abgöttisch. Lea hatte sogar ihre Arbeitszeiten reduziert, um sich besser um Linus zu kümmern. Ich wollte die neue Familie nicht auseinanderzerren. Ich hatte keine Arbeit und als ich welche hatte, hatte ich weniger Zeit. So war Linus nur an jedem zweiten Wochenende bei mir.«

»Und dann?«, fragte Ciro.

»Dann hat Lea Thorsten richtig kennengelernt, als er arbeitslos wurde. Und als sie dann wieder mehr arbeiten musste, sollte Thorsten auf das Kind aufpassen.«

»Lass mich raten, er hat es zu dir gebracht.«

»Richtig. Und zwar um mit seinen Kumpels ein XXL-Skatturnier durchzuziehen. Mir war das natürlich recht.«

»Verstehe. Bei so einem Männerding stört ein Kind.« Ciro wusste auch nicht warum, aber er hatte plötzlich das Bedürfnis, Annes Bauch zu küssen und gab dem nach.

»Kinder sind Thorsten sowieso lästig, aber er verbirgt das gut. Er hat immer Leute, die das Babysitten für ihn übernehmen. Ich habe länger gebraucht, um das zu kapieren.«

»Wenn der Kerl mir nicht schon unsympathisch wäre, dann spätestens jetzt«, kommentierte Ciro.

»Ja, genauso ging es Lea auch. Sie trennte sich.«

»Und hat jetzt ein eigenes Baby.«

»Genau. Und Linus praktisch eine Schwester. Linus sagt, bei Lea ist immer was los. Er ist liebend gerne dort. Zu gerne, finde ich manchmal. Das ist für mich sowieso schon schwer zu ertragen. Wenn Linus jetzt in der anderen Zeit auch noch ständig bei Thorsten ist, bin ich die Aufenthaltsstelle für den grauen Alltag.«

»Und er will womöglich ganz zu deinem Ex.«

»Eben. Zuzutrauen ist dem alles.«

»Du musst für das Sorgerecht kämpfen. Das kannst du doch nicht alles hinnehmen.«

»Leichter gesagt, als getan. Immerhin ist er der Vater.«

»Was ist mit Lea? Die würde dir doch helfen.«

»Ja, schon, aber da Thorsten immer alles an andere abgegeben hat, hat er sich natürlich auch nichts zuschulden kommen lassen. Reine Vermutungen, dass er sich nicht genug kümmern würde, reichen da nicht aus.«

»Diese Unsicherheit ist doch eine emotionale Belastung. Ich finde, du solltest für das Sorgerecht kämpfen. Schon allein, weil diesem Unsympathen der Unterhalt nicht zusteht. Den brauchst du ja wohl nötiger.«

»Ein Streit geht immer auf Kosten des Kindes. Und wenn ich alles verliere? Vielleicht stellt er mich als psychisch labil da?«

»Blödsinn. Warum du den Nervenzusammenbruch hattest, kann ja wohl jeder nachvollziehen. Außerdem, warum hat er dir dann Linus so lange überlassen, wenn du doch so labil bist?«

»Er könnte seine eigene Lebenskrise angeben. Immerhin war er arbeitslos.«

»War? Jetzt nicht mehr?«

»Nein.«

»Dann hat er doch genauso wenig Zeit wie du *und* er verdient wieder. Er braucht dein Geld also gar nicht.«

Anne seufzte. »Ich weiß, es ist vielleicht irrational, aber ich hab trotzdem Schiss.«

»So viel, dass du lieber die Bikes verkaufst?«

»Ich werde die Entscheidung nicht übers Knie brechen. Einverstanden?«

»Und wie«, sagte Ciro und küsste sie.

Anne schlang ihre Arme um seinen Hals, während sie in einem innigen Kuss versanken. Ciro keuchte. Obwohl er eigentlich durch das Gespräch abgelenkt war, hatte sich das Blut im Unterleib weiter angesammelt. Lüstern gingen seine Hände auf Wanderschaft.

Anne stöhnte leise in seinen Mund und wälzte sich lasziv. Der Zug war am Rollen und kaum noch aufzuhalten. Ciro packte eine Brust, streichelte und stimulierte den Nippel. Ihr sinnliches »Ahhh« ließ seinen Bauch vibrieren.

Die Geilheit brachte seinen Unterleib zum Kochen. Wie schön wäre jetzt eine Nummer unter freiem Himmel. Sein Atem ging schneller, er konnte den Gedanken nicht mehr vertreiben. Sein Herz hämmerte, während seine Lippen und Hände weiter auf Erkundungstour gingen.

Für einen Moment sahen sie sich in die Augen.

»Kondom?«, fragte Anne.

Er war ein Idiot! Warum hatte er keine Kondome mitgenommen? Es ging doch sonst nichts ohne Kondome.

Ciro schüttelte den Kopf und biss sich auf die Lippe.

»Sorry«, entschuldigte er sich, während seine Hand Richtung Venushügel wanderte. Er könnte ihr wenigstens mit der Hand Befriedigung verschaffen. Willig spreizte Anne ihre Beine, während er in ihre Spalte glitt. Verlockend üppige Feuchtigkeit umhüllte seinen Finger, als er mit ihrem Lustknöpfchen spielte. Anne entließ ein sinnliches Keuchen, was ihn noch mehr anfeuerte. Er drang ein, suchte den G-Punkt und fickte sie hingebungsvoll.

Mittlerweile war er steinhart, was auch Anne nicht entging. Sie umfasste seinen Schwanz, streichelte den Schaft, strich mit dem Daumen über die Eichel und pumpte, erst vorsichtig, dann immer schneller.

Sie waren vollkommen in ihr Petting versunken und beide kurz vor dem Höhepunkt, da klingelte Annes Handy.

Anne entfuhr ein Schrei. Ciro entließ frustriert den Atem.

Urplötzlich verwandelte sich sein Magen zu einem Stein. Dunkle Vorahnungen ließen sein Herz bis zum Hals schlagen.

»Ja ... Linus?«

Ciro schloss die Augen und sandte ein Stoßgebet zum Himmel.

Aufgeregt sprang Anne auf.

»Beruhig dich erstmal. Ganz ruhig. Was ist los?«

Ciros Kiefer schmerzte, so sehr biss er die Zähne aufeinander.

»Wo ist denn Papa? Ist der nicht da?«, fragte sie, während sie nervös auf und ab ging.

Ciros Atem stockte. Warum gerade jetzt?

»Eingeschlossen? Im Schlafzimmer? Das kann er ... warte, ich komm und hol dich ab. Bleib ganz ruhig.«

Annes Gesicht war knallrot. Sie wirkte derart aufgebracht, dass Ciro es mit der Angst zu tun bekam.

»Was ist los?«, fragte er, nachdem Anne aufgelegt hatte.

»Es ist vorbei! Es geht nicht! Ich war ein Idiot, dass du mich zu dieser unseligen Tour überreden konntest. Das machst du nie wieder, klar?!«, zischte sie völlig außer sich, während sie sich eilig die Kleider überwarf.

Ciro duckte sich schuldbewusst. Die Kälte, mit der sie die Worte gegen ihn schleuderte, verursachte bei ihm eine Gänsehaut.

»Sag mir doch bitte, was los ist«, flehte er.

»Linus blutet! Das ist los. Er hat sich mit Maik gestritten und geprügelt. Und ich bin so weit weg!« Annes Stimme brach.

Ciros Kehle war staubtrocken, doch er konnte es durch schlucken nicht beseitigen.

»Was hast du vor?«, krächzte er heiser.

»Zu ihm fahren. Was denkst du?«, schimpfte sie.

Ciro wich alles Blut aus dem Kopf. Er war wie gelähmt. Unter größter Kraftanstrengung holte er Luft.

»Du solltest in diesem Zustand nicht fahren. Ich fahre dich«, schlug er vor. Er sah, wie Tränen über Annes Wangen liefen, und fühlte sich so hilflos wie noch nie in seinem Leben.

»Du machst gar nichts mehr! Ich brauche dich nicht, klar! Du verschwindest aus unserem Leben! Sofort!«, schnauzte sie so laut, dass ihre Stimme sich überschlug.

»Anne, bitte, bleib ruhig!«

Hilflos streckte Ciro die Hand nach ihr aus.

Mit eiskaltem Blick schlug Anne die Hand weg.

»Bin ich - gerade wieder geworden. Du machst alles kaputt! Sei! Endlich! Still!«, donnerte sie, bevor sie ihren Helm überzog.

Anne schwang sich auf ihre Maschine, startete und fuhr davon, dass die Erde nur so spritzte. Da erst wurde Ciro bewusst, dass er immer noch nackt war. In Rekordgeschwindigkeit schlüpfte er in seine Klamotten, startete die BMW und versuchte, Anne wieder einzuholen.

Gott sei Dank hatte er mehr PS.

Dennoch dauerte es einige Zeit, bis er sie wieder entdeckte.

Gerade noch rechtzeitig, um mit anzusehen, wie sie in ihrer Rage eine Abbiegung verpasste. In einem wahnwitzigen Wendemanöver versuchte sie, ihren Fehler wiedergutzumachen, doch sie rutschte weg und landete auf dem Grün neben der Straße.

Kapitel 24 Was nun?

Fast wäre Ciro selbst von der Straße abgekommen, denn er spürte schon den rauen Straßenrand unter seinen Rädern. Er musste sich mehr zusammenreißen! Seine Aufgeregtheit nutzte niemandem. Er drosselte das Tempo. Doch nun fühlte es sich wie eine Ewigkeit an, bis er endlich bei Anne war.

Seine Augen wurden feucht, als sie so ohnmächtig dalag. Ein Bein war unnatürlich verdreht, das war sicher gebrochen. Vielleicht war sie sogar tot, oder lebensbedrohlich verletzt. Es war gut, dass sie Protektoren trug, da war die Gefahr für schwere Verletzungen vermindert. Ciro bekam keine Luft.

Er zwang sich, durchzuatmen. Was war jetzt zu tun?

Als Erstes sollte er seinen Helm abnehmen. Dadurch fiel das Atmen etwas leichter. Während er sein Motorrad aufbockte, ließ er Anne nicht aus den Augen. Sie lag immer noch reglos da. Eilig lief er zu ihr.

Ihr Brustkorb hob und senkte sich. Sie atmete. Gott sei Dank!

Schnell zückte er das Handy und rief die Eins-eins-zwei an. Bei der Meldung des Unfalls funktionierte er wie eine Maschine. Er wollte sich so schnell wie möglich um sie kümmern, aber erst musste er die Unfallstelle sichern. Seine Beine waren bleischwer, als er das Warndreieck aufstellte. Geschwind hatte er das Signal aufgestellt, um gleich danach wieder hastig zu Anne zu laufen.

Er schluckte schwer. Anne war immer noch reglos.

Abzubinden war nichts, denn es waren keine größeren Blutmengen sichtbar. Hilflos stand er daneben. Bei einem derartigen Unfall behielt man den Helm besser auf, falls Schädelverletzungen vorlagen.

Ciro hockte sich neben ihr hin und beobachtete sie mit Adleraugen. Ob sie Gefahr lief, zu erbrechen? Das war die wichtigste Frage, denn dann müsste er sie irgendwie in die stabile Seitenlage bringen, was bei bestimmten Verletzungen nicht so günstig war.

Gerade überlegte er, ob er es trotzdem wagen sollte, da öffnete Anne ihre Augen. Sein ganzer Bauch zog sich zusammen, um gleich danach vor Erleichterung zu explodieren.

»Anne«, murmelte er. »Was machst du nur für Sachen?«

»Was ist passiert?«, hauchte sie so leise, dass er es kaum verstehen konnte.

»Bleib ganz ruhig. Du hattest einen Unfall. Der Rettungswagen ist unterwegs.«

»Fuck.«

»Ja, genau. Fuck! Du hast mir eine Heidenangst eingejagt«, flüsterte er.

»Linus! Ich muss aufstehen«, hauchte sie.

»Nein, das geht nicht. Du hast ein Bein gebrochen.«

»Ich muss zu Linus. Sofort.« Anne bewegte ihren Arm. Wahrscheinlich wollte sie sich aufrichten.

Ciro drückte ihn beschwichtigend wieder herunter. »Du kannst nicht mehr fahren, glaub es mir.«

»Du bist schuld«, kam es aus ihrem Mund und traf Ciro wie ein Feuerball.

Sein ganzer Körper schien zu brennen. Trotzdem machte es keinen Sinn, sich zu verteidigen. Das würde sie nur unnötig aufregen.

»Ich kümmere mich um Linus. Mach dir keine Sorgen«, beruhigte er sie und drückte vorsichtig ihre Hand.

»Kommt nicht infrage. Du nicht. Lea«, stotterte sie.

»Ich hab ihre Nummer nicht.«

»Nimm mein Handy.«

Ciro nickte. Vorsichtig öffnete er ihre Lederjacke und fischte ihr Handy heraus.

»Anrufen.«

»Gleich. Lass erst den Rettungswagen kommen.«

»Jetzt«, befahl Anne knapp.

»Okay. Wie lautet der Code?«

Ciros Hände zitterten, als er die Zahlen eingab, die Anne nannte. Er wählte Leas Nummer und stellte auf Mithören.

»Anne?«, kam es vom anderen Ende der Leitung.

»Lea, du musst Linus von Thorsten abholen«, krächzte Anne schwach.

»Was?! Ich habe dich nicht verstanden«, antwortete Lea.

»Lea? Hier ist Ciro, Annes Freund«, übernahm Ciro das Gespräch und ignorierte Annes schwachen Protest. »Anne hatte einen Motorradunfall und muss in die Klinik. Linus ist bei Thorsten und hat sich dort wohl mit seinem Freund geprügelt. Angeblich blutet er und will abgeholt werden.«

»Ach du meine Güte«, kam es aus dem Telefon.

Ein Martinshorn war zu hören, das Blaulicht des Rettungswagens war schon am Horizont zu sehen.

»Holst du ihn?«, fragte Anne, etwas lauter, was sie sichtlich anstrengte.

»Ja, natürlich. Wird aber noch dauern, wir sind in Holland und werden Stau auf der Rückfahrt haben.«

»Ich hole ihn. Ich muss nur wissen, wo er wohnt«, bot Ciro sich an.

»Thorsten kennt dich doch gar nicht, oder?«, gab Lea zu bedenken.

»Ich regle das schon. Macht euch beide keine Sorgen. Und dann komme ich mit Linus ins Krankenhaus, von dort kannst du ihn dann mitnehmen«, schlug er vor.

»Gute Idee. Scheint mir die beste Lösung«, bestätigte Lea.

»Okay«, hauchte Anne und nannte noch Thorstens Adresse.

Inzwischen war der Rettungswagen eingetroffen, gleich danach folgten Notarzt und Polizei.

Ciro trat zurück und beobachtete die Tätigkeit des Teams. Das Ganze lief wie ein Film vor ihm ab. Er war unfähig, irgendetwas zu tun oder zu sagen.

Sein Herz stolperte, als er sah, wie Anne auf der Liege in den Rettungswagen geschoben wurde. Gleich war sie weg.

»Wohin bringt ihr sie?«, fragte er einen Sanitäter.

Der nannte ihm das Krankenhaus.

Er hob das Handy, um Lea Bescheid zu geben.

»Alles klar! Ich habe mitbekommen, wo ich gleich hinmuss«, kam sie ihm zuvor.

Ciro hatte vergessen, die Verbindung zu unterbrechen. Lea musste sich so was gedacht haben und war einfach drangeblieben.

»Wir haben den Abschleppservice gerufen, damit er das Motorrad abholt. Bleiben Sie hier? Wir haben noch ein paar Fragen«, fragte einer der Beamten.

Nichts war Ciro in diesem Moment gleichgültiger als das Motorrad. »Das geht nicht. Ich muss ihren Sohn abholen. Anne war auf dem Weg dorthin, bevor der Unfall passierte. Deshalb muss ich auch so schnell wie möglich los«, informierte er die Beamten.

Der Polizist nickte. »Wir haben noch ein paar Fragen.«

»Sie ist zu schnell in die Kurve, weil sie zu ihrem Sohn wollte, und ist weggerutscht. Ich habe alles gesehen«, erklärte Ciro ungeduldig.

»Sonst waren keine Beteiligten?«

»Nein. Hier können Sie mich erreichen. Ich muss jetzt unbedingt los, das habe ich versprochen«,

sagte er und hielt den Beamten eine Visitenkarte vom Laden, mit seiner Telefonnummer, hin.

Nur er ein paar Sekunden beobachtete er die Polizei, wie sie die Bremsspur vermaßen, bevor er sich auf seine Maschine schwang.

Die Beamten gaben grünes Licht und er durfte endlich losfahren.

Mit all seiner Kraft fokussierte er sich auf die Straße. Wenn er jetzt auch noch einen Unfall baute, käme das einer Katastrophe gleich. Er musste sich die Adresse noch genauer ansehen.

Doch dann fiel ihm ein, dass es Anne sicher missfallen würde, wenn er Linus auf dem Motorrad mitbrachte – ganz davon abgesehen, dass er keinen Helm für ihn hatte. Deshalb steuerte er erst einmal sein Haus an, um das Auto zu holen und sich einen Kindersitz zu besorgen.

»Ela! Ela! Wo bist du?!«, rief er aufgeregt.

»Hier, in der Küche«, drang es durch die Tür.

Ciro stürmte hinein.

Ela stand am Herd und brutzelte. »Du klingst ja so aufgeregt. Was ist denn?«, fragte sie.

»Hast du noch einen Kindersitz für ein siebenjähriges Kind?«

»Was willst du denn damit?«

»Linus transportieren«, antwortete er und gab ungeduldige Handzeichen.

Ela stutzte und sah ihn überrascht an. »Jetzt mal ganz langsam zum Mitschreiben. Wieso brauchst du einen? Anne hat doch sicher selber einen.«

»Das erkläre ich dir später«, grummelte er.

Ela schob die Pfanne von der Platte. »Wie wär's mit ein paar ganzen Sätzen?«

»Anne hatte einen Motorradunfall und liegt im Krankenhaus. Ich muss Linus abholen«, brummte er.

Ela schluckte. »Ist sie schwer verletzt? Wo ist Lea?«

»Nein. Holland. Können wir die Details auf später verschieben?«

Ela atmete tief durch, bevor sie ihre Handtasche holte und darin kramte. »Okay, nimm mein Auto. Der Kindersitz ist ab sechs. Linus dürfte groß genug dafür sein«, sagte sie und reichte ihm ihre Autoschlüssel. »Du kennst dich ja mit dem Wagen aus.«

Ciro nickte. »Danke.« Eilig suchte er die Adresse mit dem Handy. Die Hektik trieb ihm den Schweiß auf die Stirn. Er musste sich zusammenreißen und konzentriert bleiben!

Er fühlte sich wie durchgenudelt, als er endlich das Reihenhäuschen erreichte. Mit dem gepflasterten Vorgarten wirkte es ein wenig trostlos. Er holte tief

Luft, bevor er den Klingelknopf drückte. Es dauerte einige Zeit, bis sich hinter der Tür etwas regte. Ciros Herz pochte bis in die Schläfen.

»Was wollen Sie?«, fragte eine unfreundliche Stimme, die zu einem Mann in Jogginghose gehörte.

Der Gestank von Schweiß drang in Ciros Nase. Genauso hatte er sich den Geruch eines Totalausfalls vorgestellt.

»Ich soll Linus abholen«, antwortete Ciro verdattert. Thorstens schroffe Art brachte ihn aus dem Konzept.

»Wieso? Da kann ja jeder kommen. Was bist du überhaupt für ein Spacko?«, schleuderte ihm Thorsten entgegen.

Wer hier wohl der Spacko war? »Ich bin der Freund von Anne.«

»Platonisch, oder was? Seit wann hat die spröde Nuss einen Freund? Und warum kommt sie nicht selber?«, polterte Annes Ex.

»Sie kann nicht.«

»Was ist das überhaupt für eine Aussage?«, brummte Thorsten und wollte die Tür zuschlagen.

Ciro stemmte sich dagegen. »Linus hatte sie angerufen. Er wollte nach Hause, weil er bluten würde. Holen Sie ihn bitte her«, verlangte er und schob die Tür wieder auf. »Ich will ihn sprechen.«

»Er will noch nicht nach Hause.«

»Das klang am Telefon aber ganz anders.«

»Da hatte er sich mit Maik gestritten. Sie wissen doch, wie Kinder sind.«

»Nein, weiß ich nicht. Und jetzt lassen Sie mich mit ihm reden, sonst hole ich die Polizei.«

Es war sonst gar nicht Ciros Art, gleich mit der Polizei zu drohen. Aber bei diesem Kerl hatte er das Gefühl, dass man solche Drohungen aussprechen musste, um etwas zu erreichen. Vielleicht sollte er es sogar auf eine Prügelei ankommen lassen, denn Linus Vater zögerte immer noch und musterte ihn spöttisch.

Ciro ballte seine Faust.

Thorstens Blick wanderte zu Ciros Hand. »Dem Jungen geht's gut«, versicherte er.

»Davon möchte sich Anne selber überzeugen.«

»Ich frag es noch mal. Warum kommt sie nicht selbst?«, knurrte er.

»Sie ist im Krankenhaus, okay? Und wenn Sie jetzt den Jungen nicht holen, komme ich rein und hole ihn mir.«

»Dann hole ich die Polizei.«

»Nur zu. Ich schätze, Sie habe etwas zu verbergen, dass Sie den Jungen nicht holen«, gab Ciro zurück.

»Hören Sie, Wichtigtuer. Ich kenne Sie doch überhaupt nicht. Warum kommt nicht Annes Busenfreundin Lea?«

»Die ist in Holland.«

»Papa?! Wer ist da? Lea?«, hörte Ciro Linus' Stimme.

»Nein, ich bin's, Ciro. Komm mal her und sag dem Papa, dass du mich kennst«, rief Ciro ins Haus.

»Bleib, wo du bist«, polterte sein Vater.

Als Linus zu weinen anfing, schickte Thorsten »Heulsuse« hinterher.

Totalausfall. Das konnte Ciro nur bestätigen.

Linus ließ sich nicht einschüchtern und kam trotzdem zur Tür. Ciro war sofort klar, warum Thorsten nicht wollte, dass Linus kam. Sein kleines Gesicht war vom Weinen ganz verquollen. Er presste ein blutverschmiertes Handtuch an die Stirn. Der Rest des Köpfchens war nur notdürftig gereinigt. Ciros Herz zog sich bei dem Anblick beisammen.

»Ciro? Was willst du denn hier?« Linus blickte ihn halb erfreut, halb skeptisch an.

»Dich abholen und zu Mama bringen.«

»Wo ist Mama? Warum kommt sie nicht?«, fragte Linus enttäuscht.

»Die kann nicht selbst kommen, sie hat sich ein Bein gebrochen.« Das entsprach der Wahrheit und er hoffte, dass das Linus nicht allzu sehr beunruhigte.

»Wie ist das denn passiert?«, fragte Thorsten dazwischen.

»Egal«, erwiderte Ciro knapp.

»Wie?«, fragte Thorsten.

Ciro antwortete nicht. Wie es gekommen war, wollte er auf keinen Fall erzählen, sonst bekäme Linus womöglich noch ein schlechtes Gewissen.

»Dann will ich, dass Lea kommt«, schmollte Linus.

Breitbeinig und hilflos stand der süße Junge vor Ciro und presste sich immer noch das schmuddelige Handtuch vor den Kopf.

»Komm mal her, zeig mal«, forderte er Linus auf.

Der folgte nur zögernd.

»Ich will nach Hause«, wimmerte er, während Ciro das Handtuch vorsichtig anhob.

»Das blutet ja immer noch«, stellte er entsetzt fest. »Warum waren Sie damit nicht beim Arzt? Das muss behandelt werden und der Junge braucht eine Tetanusimpfung.«

»Blödsinn! Der soll sich nicht so haben, wegen der kleinen Schramme. Der wollte es mir ja noch nicht mal zeigen«, wiegelte Thorsten mürrisch ab.

›Ja, weil Sie ihn viel zu sehr eingeschüchtert haben‹, dachte Ciro und biss sich auf die Lippe. Es war besser, nicht darauf einzugehen, sonst würde das hier sicher noch länger dauern.

»Bestimmt, weil er eh wusste, dass es nur eine kleine Schramme war«, entfuhr es ihm dann trotzdem. Er wusste auch nicht, warum er Thorsten jetzt provozieren musste, aber er konnte nicht anders. Die Gleichgültigkeit dieses Typen ging ihm einfach zu sehr gegen den Strich.

»Was geht Sie das überhaupt an?«, schnauzte Thorsten.

Ciro wich mit dem Oberkörper zurück, blieb aber stehen. »Ne Menge«, erwiderte er trotzig.

»Damit Sie sich vor Anne aufspielen können? Vergiss es, die Mühe lohnt nicht. Da gibt's nichts mehr zu holen.«

›Schon klar. Darum haben Sie sie auch verlassen‹, hätte Ciro ihm am liebsten vorgeworfen. Solche Typen gingen immer davon aus, dass andere genauso selbstsüchtig dachten wie sie selber. Aber das war kein Gespräch, das man vor Linus führen sollte. Dann besann er sich auf die Sachen, die wichtig waren.

»Linus, kommst du mit? Ich fahre dich jetzt erst mal zum Notarzt.«

Linus nickte und ging ein Stück auf Ciro zu.

»Das kommt nicht infrage. Geh zurück ins Haus, Linus!«, grummelte Thorsten.

»Das wagen Sie nicht! Wenn sich das entzündet, haben Sie ein Problem. Sie wollen doch keine Anzeige wegen unterlassener Hilfeleistung riskieren?«

Thorstens Kaumuskeln mahlten. Auf dem bisher so kackfrechen Gesicht erschien unbeherrschte Wut.

Ciro wünschte sich, dass seine arrogante Visage platzen würde, wenn er mit der Faust dagegen schlug. Die Luft war zum Zerreißen gespannt. Die Beherrschung kostete ihn all seine Kraft. Er atmete angestrengt durch.

»Ich will zu Mama«, wimmerte Linus.

»Ich habe den Auftrag von Anne«, setzte Ciro nach.

»Nicht so schnell. Erst will ich mit Anne sprechen«, versuchte Thorsten es noch einmal.

»Das geht nicht. Ich hab ihr Handy. Ich schätze, sie kann jetzt sowieso keine Gespräche annehmen.«

Hinter Thorstens Stirn arbeitete es sichtbar.

»Wenn ich Linus nicht zum Arzt bringen darf, tragen Sie die Konsequenzen«, drohte Ciro nüchtern.

»Fuck! Verschwindet! Haut ab. Geht mir aus den Augen, nerviges Pack«, schimpfte er und drehte sich grummelnd um.

»Ich hol schnell mein Motorrad«, sagte Linus und flitzte zurück ins Haus.

»Du bist ein ganz unartiges Kind. Wieso darf Maik das Motorrad nicht mal haben?«, hörte Ciro eine Frauenstimme aus dem Haus.

»Du bist ein blöder Freund«, schalt eine Jungenstimme, wahrscheinlich die von Maik.

»Hier, ich habe deine Sachen schon gepackt«, keifte die Frauenstimme. »Das Handtuch bleibt hier!«

»Da hast du dein blödes Handtuch«, vernahm er Linus′ Stimme.

»Sag ich doch, du bist ein ganz freches Kind. Ich bin froh, dass du weg bist!«

Ciro verkniff sich ein Grinsen, obwohl Maik ihm leidtat. Doch wenn Thorsten mit dieser Hexe zusammenblieb, war die Gefahr, dass Linus zu oft da sein wollte, mit Sicherheit gebannt.

Linus kam zurück. In der einen Hand seine Tasche, in der anderen ein Motorradmodell einer Rennmaschine von Valentino Rossi. Ziemlich teuer und definitiv kein Kinderspielzeug.

Ciro sprang auf ihn zu und nahm ihm die Tasche ab. »Na, dann komm«, forderte er Linus auf.

Das war überflüssig, denn Linus verließ fluchtartig das Haus und schenkte seinem Vater kaum Beachtung.

»Hey, willst du nicht wenigstens Danke und Tschüss sagen?«, rief der ihm hinterher.

»Tschöö«, murmelte Linus und sah wieder weg.

»Undankbares Balg!«

Ciro warf die Tasche in den Kofferraum von Elas Auto und suchte dann den Verbandskasten, denn Linus´ Wunde blutete immer noch. Eine Kompresse schien ihm am geeignetsten. Er legte sie auf die Wunde und fixierte sie mit einem Pflaster.

»Steig schon mal ein«, bat er Linus.

»Ich will vorne sitzen«, verlangte er vehement.

Ciro grinste, während er die Kofferraumklappe schloss. »So, vorne sitzen, hm?«

»Lina darf das bei dir auch.«

»Na, du bist mir ja ein Früchtchen«, antwortete er lachend.

»Bin kein Früchtchen. Ich bin alt genug«, erklärte Linus trotzig.

»Soso, na dann ... ist ja wohl 'ne Ausnahmesituation«, erklärte er und sah Linus über das Auto an. »Und du zahlst die Strafe, wenn die Polizei uns anhält?«

Linus zog die Nase kraus. »Jaha. Mit Kindersitz darf ich das. Mama will das auch nicht, aber ich hab das gegoogelt.«

»Na, wenn das so ist ...«

»Juhu!«

Zufrieden grinsend holte Ciro den Sitz von der Rückbank und legte ihn nach vorn. So einfach konnte es sein, ein Kind glücklich zu machen.

»Wie ist das eigentlich passiert?«, fragte er, nachdem er Linus angeschnallt hatte.

»Maik wollte das Motorrad haben, aber ich wollte es selber. Ich sollte mit seinem Porsche spielen, aber das wollte ich nicht. Da ist er wütend geworden und hat mich damit gehauen.«

»Mit dem Motorrad?«, fragte er und startete den Wagen.

»Ja, Mensch«, antwortete Linus genervt.

»Dann hattest du ja auch einen Motorradunfall wie deine Mama«, scherzte Ciro.

»Sehr witzig.«

»Und was hat dein Papa gesagt?«

»Er kommt gleich. Wir sollen das unter uns ausmachen.«

»Er kommt gleich? Wo war er?«

»Im Schlafzimmer.«

Ciro erinnerte sich an die Worte von Anne vor ihrem überstürzten Aufbruch. Sein Vater hätte sich eingeschlossen. Der Widerling wollte sicher in Ruhe zu Ende vögeln. Das war bestimmt verletzte Aufsichtspflicht, damit hatte man womöglich ein Druckmittel. Wenn er jetzt die Wunde vom Arzt versorgen ließ, war die Unterlassung auch noch dokumentiert. Wahrscheinlich wollte Thorsten deswegen nicht damit zum Arzt – oder aus Bequemlichkeit.

»Woher hast du das Motorrad?«

»Hat Papa mir gekauft.«

»So was kauft er dir? Das ist doch gar kein Kinderspielzeug.«

»Maik wollte unbedingt den Porsche. Er hat im Laden ganz laut geschrien.«

Ciro schüttelte den Kopf. Leute gab's.

»Ciro?«

»Ja?«

»Warum ist Mama Motorrad gefahren? Mit mir wollte sie das nicht. Warum mit dir?«

Ciro schluckte. Der kleine Mann schien nun doch so etwas wie eifersüchtig zu sein.

»Oh, mit mir wollte sie das auch nicht. Im Gegenteil, sie will die Motorräder verkaufen, damit sie mehr Zeit und Geld für dich hat.«

»Echt?«

»Echt. Ich schwöre. Deine Mama hat dich verteufelt lieb. Viel lieber als mich.«

»Sie hat dich lieb?«

»Ich hoffe.«

»Hast du Mama denn lieb?«

»Ziemlich doll.«

»Heiratest du denn jetzt nicht mehr Lina?«

Ciro biss sich auf die Lippe. »Oh, ich denke, bis Lina heiraten kann, will sie mich gar nicht mehr.«

»Krieg ich jetzt einen Bruder?«

Jetzt konnte Ciro das Lachen nur noch verbergen, indem er sich über den Mund strich.

»Hm, schwer zu sagen. Warten wir es einfach ab, oder?«

Kapitel 25 Am Ende wird alles gut

Anne strahlte, als Ciro mit Linus in das Krankenzimmer kam.

»Siehst du, da ist die Mama.«

»Mama!« Linus kletterte aufs Bett und schlang seine kleinen Ärmchen erleichtert um Annes Hals. Glückselig umarmte sie ihren Sohn, der ihr einen dicken Schmatzer auf die Wange drückte.

»Du siehst ja aus wie das blühende Leben«, bemerkte Ciro lächelnd.

»Ja, das blühende Leben mit einem Gipsbein«, gab sie lachend zurück. »Zeig mal deine Wunde, Linus. Die sieht ja gefährlich aus.«

Mit stolzem Lächeln präsentierte Linus ihr die versorgte Platzwunde auf der Stirn, die sie mit mitfühlend-schmerzverzerrtem Gesicht begutachtete.

»Es hat ganz schön lange geblutet«, prahlte er.

»Aber die Ärztin hat gesagt, es ist nur ein Gefäß getroffen. Sie konnte es kleben. Das sieht gefährlicher aus, als es ist«, beruhigte Ciro.

»Hat Thorsten dir das erzählt?«, fragte Anne.

»Nein, der hielt es nicht für nötig, zum Arzt zu gehen.«

Anne schnappte nach Luft.

»Wir reden gleich darüber«, sagte Ciro und machte eine beschwichtigende Handbewegung.

»Ich krieg 'ne Narbe«, verkündete Linus stolz.

»Ja, wahrscheinlich«, bestätigte Ciro.

»Ciro hat gesagt, dann seh ich furchtlos aus und keiner wagt es mehr, mich zu ärgern. Cool, nicht?«

»Hört sich ziemlich gefährlich an«, antwortete sie lächelnd.

Anne war erleichtert. Auf den ersten Blick schien alles gut gelaufen zu sein. Dankbar sah sie zu Ciro hinüber, der ihr verschwörerisch zublinzelte.

»Was sagen die Ärzte zu deinen Verletzungen? Hast du schon alle Untersuchungen hinter dir?«, fragte er.

»Ja, es sieht so aus, als ob nur das Bein gebrochen ist. Noch ein paar Prellungen und Abschürfungen, aber sonst nichts Ernstes. Ich soll über Nacht noch zur Beobachtung hierbleiben und wenn nichts auffällig ist, kann ich morgen nach Hause.«

»Wie willst du das denn machen? Du kannst doch mit dem Gips gar nicht richtig laufen.«

»Ich frage Lea, ob Linus bei ihr bleiben kann, und beantrage bei der Krankenkasse Hilfe. So läuft es anscheinend heute.«

»Ich helfe dir auch. Ich werde sehen, dass ich im Laden eine Aushilfe bekomme«, bot Ciro an.

»Ja! Juhu, dann können wir spielen«, jubelte Linus und klatschte in die Hände.

»Worauf du dich verlassen kannst«, antwortete Ciro und lächelte Linus verschwörerisch zu.

Na, das wurde ja wieder einmal über ihren Kopf hinweg beschlossen. Anne holte gerade Luft, um ›Ich weiß nicht‹ zu sagen, da klopfte es. Unmittelbar danach öffnete sich die Tür und Lea sah durch einen Spalt.

»Mein Gott, Anne, was machst du nur für Sachen?«, fragte sie besorgt.

Anne lächelte verlegen. »Och, ich war nur ein bisschen kopflos und hatte mich verfahren.«

»In einer ziemlich verfahrenen Situation«, ergänzte Ciro.

»Dann möchte ich jetzt alle Einzelheiten wissen«, forderte Lea.

»Bekommst du. Kann ich vorher noch mit Ciro allein reden?«, fragte Anne.

Lea nickte. »Komm, Linus. Wir besorgen uns jetzt ein paar bunte Stifte und dann bemalen wir Mamas Gips.«

»Au ja!«, jubelte Linus und sprang von Annes Bett.

»Wir sind gleich wieder da.« Lea hielt Linus die Hand hin, die er freudig ergriff.

Als die Tür ins Schloss fiel, sahen sich Ciro und Anne einen Moment in die Augen.

»Ich war fies zu dir. Verzeihst du mir?«, flüsterte Anne.

Ciros Gesichtsausdruck wurde ernst und Annes Herz schlug bis zum Hals.

»Ich weiß, es ist nicht wiedergutzumachen«, ergänzte sie unsicher.

Ciro stand auf und setzte sich an den Bettrand.

»Es gibt nichts wiedergutzumachen. Ich habe Thorsten jetzt live erlebt und kann alles verstehen. Ich war zu leichtsinnig.« Er ergriff Annes Hand und streichelte sanft mit dem Daumen darüber.

Anne nickte. »Ich hatte dieses ungute Gefühl und konnte nichts dagegen tun.«

»Zu Recht. Das nennt man Mutterinstinkt. Wenn du mich fragst, dann hat er Linus nur geholt, um vor dem Kind seiner neuen Freundin seine Ruhe zu haben. Er dachte, die spielen zusammen, nachdem sie sich kennengelernt haben, und er hat dann seine Ruhe.«

Ciro strahlte so viel Sicherheit aus. Anne fühlte sich so geborgen, wie seit ihrer Kindheit nicht mehr. Alles war gut.

»Ja, wie ich vermutet hatte«, erklärte sie.

»Weißt du, es ist fast immer so, dass aus jedem Unglück auch etwas Gutes entsteht. Du kannst jetzt beruhigt die Unterhaltszahlungen an Thorsten einstellen. Ich denke, er ist klug genug, nicht dagegen anzugehen. Ich glaube sogar, dass er mit Linus nicht zum Arzt gegangen ist, weil er Angst hatte, dass seine verletzte Aufsichtspflicht dokumentiert werden könnte.«

Liebevoll strich Ciro ihr bei seinen Worten eine Strähne hinter ihre Schultern, um ihr am Schluss über die Wange zu streicheln. Wie zum Unterstreichen seiner Worte schickte die Sonne ihre Strahlen durch das Krankenhausfenster.

»Es fügt sich alles. Selbst wenn Thorsten es schafft, Linus noch mal zu einem Besuch zu überreden, wird nichts mehr passieren. Zur Sicherheit bleiben wir natürlich in der Nähe. Das verspreche ich dir«, beruhigte er sie weiter.

»Aber dann haben wir beide viel zu wenig Zeit, zusammen zu sein«, wandte Anne ein.

»Warum das? Wir verbringen die Zeit dann eben alle drei zusammen. Wo ist das Problem?«

»Aber wir kennen uns doch kaum.«

»Dann lernen wir uns eben kennen. Da müssen wir sowieso durch«, erklärte Ciro sanft.

»Und wenn Linus sein Herz an dich hängt und es mit uns schiefgeht?«

»Dann kann ich doch trotzdem mit ihm befreundet bleiben. Aber mal ehrlich, ziehst du die Bedenken jetzt nicht aus dem Hut?«

Anne lachte. »Ja, irgendwie schon.«

»Ich bin überzeugt, es wird großartig werden«, sagte er und zog sie zu einem Kuss heran.

Es war der zärtlichste, den Anne je von Ciro bekommen hatte – obwohl das eigentlich kaum noch möglich war. Annes Hände glitten durch Ciros Haar, hielten seinen Kopf fest und wollten ihn nicht mehr loslassen.

Jetzt war sie sich sicher. Er war der Richtige.

Es war, als umhüllte sie eine goldene Wolke aus Sicherheit und Geborgenheit.

Ohne Klopfen ging die Tür auf und Linus stürmte herein.

»Ich mal dir ein großes Motorrad auf den Gips!«, verkündete er mit Feuereifer in den Augen.

Ein wenig widerwillig trennten sie sich. Für einen kurzen Moment fanden sich ihre Blicke, um sich noch einmal ihrer Liebe zu versichern.

Ciro war ihr Seelenverwandter, das hatte er viel früher erkannt als sie.

Diese Beziehung würde sie glücklich machen – vielleicht sogar für immer.

Epilog

Anne sah aus dem Küchenfenster und lächelte. Draußen tobte Ciro unermüdlich mit Linus herum. Mit dem Dschungelspiel wurden sie nach und nach dem verwilderten Garten Herr. Gleich darauf konnte das neu gerodete Gebiet als Fußballwiese genutzt werden. Das Baumhaus war auch schon wieder instand. Linus war so glücklich, dass Ciro so viele gute Ideen hatte. Alles Sachen, die allein keinen Spaß machten. Die beiden waren beste Freunde. Ciro brachte sich ein, als wäre er sein eigener Sohn.

Thorsten hatte sich nicht mehr gemeldet, obwohl Anne die Unterhaltszahlungen eingestellt hatte. Das machte finanziell einen großen Unterschied und Anne sah vom Verkauf der Motorräder ab. Von seiner Nachbarin hatte sie erfahren, dass ihr Exmann sich wieder von Maiks Mutter getrennt hatte. Wen Thorsten nicht brauchte, den hatte er schnell wieder vergessen. Auch wenn es manchmal schmerzte, für Linus war es sicher besser so.

Als sie aus dem Krankenhaus kam, war Ciro Tag und Nacht für sie da und hatte definitiv bewiesen, dass er ein ganz anderer Mensch als ihr Verflossener war. Auf Ciro konnte sie sich verlassen, er war ihr Fels in der Brandung. Er hatte sich oft in seinem Laden frei genommen und Anne unterstützt, wo er nur konnte. Seine Versprechen waren Ciro heilig. Auf der Überholspur waren sie zur Familie zusammengewachsen. Doch Anne hatte es bisher keine Sekunde bereut.

Ciro hatte sich tatsächlich einen Beiwagen gekauft, sie hatten schon Touren zu dritt unternommen. Demnächst würden sie Annes Verwandte besuchen. Ciros Eltern kannte sie natürlich schon. Die waren von Anne und Linus begeistert.

Jetzt stand der nächste Schritt an. Ciro sollte zu ihnen ziehen. Natürlich war das nur noch eine Formalität, praktisch war er kaum noch bei sich zu Hause. Und wer wusste schon, was dann passierte ... Ciro wünschte sich eine ganze Fußballmannschaft an Kindern, aber da hatte Anne auch noch ein Wörtchen mitzureden.

Ende

Alle Bücher der "Liebe passiert" Reihe im Überblick:

In **Liebe wagt sich** fällt es Frauke schwer, sich auf einen attraktiven Unbekannten einzulassen. Auch für Elias ist es Liebe auf den ersten Blick, doch seine und ihre Vergangenheit lassen die Hürden unüberwindlich scheinen.

In **Liebe will nicht** versucht Lea mit allen Mitteln ihren Traum von der kleinen Familie zu bewahren. Doch der geheimnisvolle Frauenjäger Tim übt nicht nur eine magische Anziehung auf sie aus, er behauptet auch von sich, dass er nicht lieben kann.

In **Liebe kämpft nicht** ist Ela zutiefst enttäuscht, als sich ihre vermeintliche große Liebe als verhängnisvolle Enttäuschung entpuppt. Ist ihr neuer, verdammt heißer Nachbar Luca die Rettung?

In **Liebe stirbt nicht** fühlt sich Anne nach schweren Schicksalsschlägen innerlich tot. Daran kann der berüchtigte Casanova Ciro mit Sicherheit nichts ändern. Doch Ciro sieht in Anne nicht nur seine Seelenverwandte, sondern auch die Mutter seiner zukünftigen Kinder und gibt alles.